诗书人家

国学经典必读

门外文谈

鲁迅 著 蒙木 编

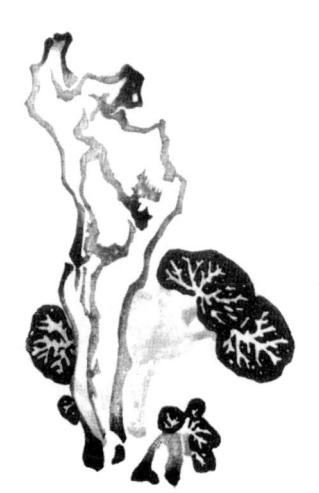

文津出版社

图书在版编目（CIP）数据

门外文谈 / 鲁迅著. 蒙木编. — 北京：文津出版社，2017.7
（国学经典必读）
ISBN 978-7-80554-643-8

Ⅰ. ①门… Ⅱ. ①鲁… ②蒙… Ⅲ. ①鲁迅杂文—杂文集 Ⅳ. ①I210.4

中国版本图书馆 CIP 数据核字（2017）第 085783 号

·国学经典必读·

门外文谈

MENWAI WENTAN

鲁迅 著　蒙木 编

*

文　津　出　版　社　出　版
（北京北三环中路 6 号）
邮政编码：100120
网　　址：www.bph.com.cn
北京出版集团公司总发行
新　华　书　店　经　销
北京华联印刷有限公司印刷

*

880 毫米×1230 毫米　32 开本　11 印张　211 千字
2017 年 7 月第 1 版　2017 年 7 月第 1 次印刷
ISBN 978-7-80554-643-8
定价：36.00 元
质量监督电话：010-58572393

目 录

第一编　语文杂谈

门外文谈 …………………………………………（ 3 ）
论睁了眼看 ………………………………………（ 30 ）
魏晋风度及文章与药及酒之关系 ………………（ 36 ）
"题未定"草（七至九）…………………………（ 62 ）
病后杂谈 …………………………………………（ 77 ）
病后杂谈之余 ……………………………………（ 95 ）
隔膜 ………………………………………………（112）
谈金圣叹 …………………………………………（116）
小品文的危机 ……………………………………（119）
帮忙文学与帮闲文学 ……………………………（123）
从帮忙到扯淡 ……………………………………（126）
流氓的变迁 ………………………………………（129）
作文秘诀 …………………………………………（132）
文摊秘诀十条 ……………………………………（137）
读书杂谈 …………………………………………（139）

随便翻翻 …………………………………（147）

读几本书 …………………………………（152）

读书忌 ……………………………………（155）

点句的难 …………………………………（157）

开给许世瑛的书单 ………………………（160）

第二编 小说史谈

中国小说的历史的变迁 …………………（165）

六朝小说和唐代传奇文有怎样的区别？…（206）

宋民间之所谓小说及其后来 ……………（209）

第三编 文史漫谈

关于中国的两三件事 ……………………（223）

这个与那个 ………………………………（233）

春末闲谈 …………………………………（242）

灯下漫笔 …………………………………（249）

古人并不纯厚 ……………………………（259）

北人与南人 ………………………………（261）

隐士 ………………………………………（264）

我的第一个师父 …………………………（268）

论"他妈的！" ……………………………（277）

由中国女人的脚，推定中国人之非中庸，又由此推定
   孔夫子有胃病 …………………………（283）

说"面子" …………………………………（289）

略论中国人的脸 ……………………………（293）

说胡须 ………………………………………（298）

世故三昧 ……………………………………（305）

捣鬼心传 ……………………………………（309）

送灶日漫笔 …………………………………（313）

谈皇帝 ………………………………………（318）

儒术 …………………………………………（321）

在现代中国的孔夫子 ………………………（326）

老调子已经唱完 ……………………………（335）

答中学生杂志社问 …………………………（343）

第一编

语文杂谈

凡有改革,最初,总是觉悟的智识者的任务。但这些智识者,却必须有研究,能思索,有决断,而且有毅力。他也用权,却不是骗人,他利导,却并非迎合。他不看轻自己,以为是大家的戏子,也不看轻别人,当作自己的喽罗。他只是大众中的一个人……

门外文谈①

一 开头

听说今年上海的热,是六十年来所未有的。白天出去混饭,晚上低头回家,屋子里还是热,并且加上蚊子,这时候,只有门外是天堂。因为海边的缘故罢,总有些风,用不着挥扇。虽然彼此有些认识,却不常见面的寓在四近的亭子间或搁楼里的邻人也都坐出来了,他们有的是店员,有的是书局里的校对员,有的是制图工人的好手。大家都已经做得筋疲力尽,叹着苦,但这时总还算有闲的,所以也谈闲天。

闲天的范围也并不小:谈旱灾,谈求雨,谈吊膀子,谈三寸怪人干,谈洋米,谈裸腿②,也谈古文,谈白话,谈大众语。因为我写过几篇白话文,所以关于古文之类他们特别要听我的话,我也只好特别说的多。这样的过了两三夜,才给别的话岔开,也总算谈完了。不料过了几天之后,有几个还要我写出来。

他们里面,有的是因为我看过几本古书,所以相信我的,有的是因为我看过一点洋书,有的又因为我看古书也看洋书;但有几位却因此反不相信我,说我是蝙蝠。我说到古文,他就笑道,你不是唐宋八大家③,能信么?我谈到大众语,他又笑道:你又不是劳苦大众,讲什么海话呢?

这也是真的。我们讲旱灾的时候,就讲到一位老爷下乡查灾,说有些地方是本可以不成灾的,现在成灾,是因为农民懒,不戽水。但一种报上,却记着一个六十老翁,因儿子戽水乏力而死,灾象如故,无路可走,自杀了。老爷和乡下人,意见是真有这么的不同的。那么,我的夜谈,恐怕也终不过是一个门外闲人的空话罢了。

飓风过后,天气也凉爽了一些,但我终于照着希望我写的几个人的希望,写出来了,比口语简单得多,大致却无异,算是抄给我们一流人看的。当时只凭记忆,乱引古书,说话是耳边风,错点不打紧,写在纸上,却使我很踌躇,但自己又苦于没有原书可对,这只好请读者随时指正了。

一九三四年,八月十六夜,写完并记。

二 字是什么人造的?

字是什么人造的?

我们听惯了一件东西,总是古时候一位圣贤所造的故事,对于文字,也当然要有这质问。但立刻就有忘记了来源的答话:字是仓颉④造的。

这是一般的学者的主张,他自然有他的出典。我还见过一幅这位仓颉的画像,是生着四只眼睛的老头陀。可见要造文字,相貌先得出奇,我们这种只有两只眼睛的人,是不但本领不够,连相貌也不配的。

然而做《易经》⑤的人(我不知道是谁),却比较的聪明,他说:"上古结绳而治,后世圣人易之以书契。"他不说仓颉,只说"后世圣人",不说创造,只说掉换,真是谨慎得很;也许他无意中就不相信古代会有一个独自造出许多文字来的人的了,所以就只是这么含含胡胡的来一句。

但是,用书契来代结绳的人,又是什么脚色呢?文学家?不错,从现在的所谓文学家的最要卖弄文字,夺掉笔杆便一无所能的事实看起来,的确首先就要想到他;他也的确应该给自己的吃饭家伙出点力。然而并不是的。有史以前的人们,虽然劳动也唱歌,求爱也唱歌,他却并不起草,或者留稿子,因为他做梦也想不到卖诗稿,编全集,而且那时的社会里,也没有报馆和书铺子,文字毫无用处。据有些学者告诉我们的话来看,这在文字上用了一番工夫的,想来该是史官了。

原始社会里,大约先前只有巫,待到渐次进化,事情繁复了,有些事情,如祭祀,狩猎,战争……之类,渐有记住的必要,巫就只好在他那本职的"降神"之外,一面也想法子来记事,这就是"史"的开头。况且"升中于天"⑥,他在本职上,也得将记载酋长和他的治下的大事的册子,烧给上帝看,因此一样的要做文章——虽然这大约是后起的事。再后来,职掌分得更清楚了,于是就有专门记事的史官。文字就是史官必要的工具,古人说:"仓颉,黄帝史。"⑦第一句未可信,但指出了史和文字的关系,却是很有意思的。至于后来的"文学家"用它来写"阿呀呀,我的爱哟,我要死了!"那些佳句,那不过是享享现成的罢了,"何足道哉"!

三 字是怎么来的?

照《易经》说,书契之前明明是结绳;我们那里的乡下人,碰到明天要做一件紧要事,怕得忘记时,也常常说:"裤带上打一个结!"那么,我们的古圣人,是否也用一条长绳,有一件事就打一个结呢?恐怕是不行的。只有几个结还记得,一多可就糟了。或者那正是伏羲皇上的"八卦"⑧之流,三条绳一组,都不打结是"乾",中间各打一结是"坤"罢?恐怕也不对。八组尚可,六十四组就难记,何况还会有五百十二组呢。只有在秘鲁还有存留的"打结字"(Quippus)⑨,用一条横绳,挂上许多直绳,拉来拉去的结起来,网不像网,倒似乎还可以表现较多的意思。我们上古的结绳,恐怕也是如此的罢。但它既然被书契掉换,又不是书契的祖宗,我们也不妨暂且不去管它了。

夏禹的"岣嵝碑"⑩是道士们假造的;现在我们能在实物上看见的最古的文字,只有商朝的甲骨和钟鼎文。但这些,都已经很进步了,几乎找不出一个原始形态。只在铜器上,有时还可以看见一点写实的图形,如鹿,如象,而从这图形上,又能发见和文字相关的线索:中国文字的基础是"象形"。

画在西班牙的亚勒泰米拉(Altamira)洞⑪里的野牛,是有名的原始人的遗迹,许多艺术史家说,这正是"为艺术的艺术",原始人画着玩玩。但这解释未免过于"摩登",因为原始人没有十九世纪的文艺家那么有闲,他的画一只牛,是有缘故的,为的是关于野牛,或者是猎取野牛,禁咒野牛的事。现在上海墙壁上的香烟和电影的广告画,尚且常有人张着嘴巴看,在少见多怪的原始社会里,有了这么一个奇迹,那轰动一时,就可想而知了。他们一面看,知道了野牛这东西,原来可以用线条移在别的平面上,同时仿佛也认识了一个"牛"字,一面也佩服这作者的才能,但没有人请他作自传赚钱,所以姓氏也就湮没了。但在社会里,仓颉也不止一个,有的在刀柄上刻一点图,有的在门户上画一些画,心心相印,口口相传,文字就多起来,史官一采集,便可以敷衍记事了。中国文字的由来,恐怕也逃不出这例子的。

自然,后来还该有不断的增补,这是史官自己可以办到的，新字夹在熟字中，又是象形，别人也容易推测到那字的意义。直到现在，中国还在生出新字来。但是，硬做新仓颉，却要失败的，吴的朱育，唐的武则天，都曾经造过古怪字，也都白费力。现在最会造字的是中国化学家，许多原质和化合物的名目，很不容易认得，连音也难以读出来了。老实说，我是一看见就头痛的，觉得远不如就用万国通用的拉丁名来得爽快，如果二十来个字母都认不得，请恕我直说：那么，化学也大抵学不好的。

四　写字就是画画

《周礼》和《说文解字》⑫上都说文字的构成法有六种，这里且不谈罢，只说些和"象形"有关的东西。

象形，"近取诸身，远取诸物"⑬，就是画一只眼睛是"目"，画一个圆圈，放几条毫光是"日"，那自然很明白，便当的。但有时要碰壁，譬如要画刀口，怎么办呢？不画刀背，也显不出刀口来，这时就只好别出心裁，在刀口上加一条短棍，算是指明"这个地方"的意思，造了"刃"。这已经颇有些办事棘手的模样了，何况还有无形可象的事件，于是只得来"象意"⑭，也叫作"会意"。一只手放在树上是"采"，一颗心放在屋子和饭碗之间是"寍"，有吃有住，安寍了。但要写"宁可"的宁，却又得在碗下面放一条线，表明这不过是用了"窑"的声音的意思。"会意"比"象形"更麻烦，它至少要画两样。如"寶"字，则要画一个屋顶，一串玉，一个缶，一个贝，计四样；我看"缶"字还是杵臼两形合成的，那么一共有五样。单单为了寶这一个字，就很要破费些工夫。

不过还是走不通，因为有些事物是画不出，有些事物是画不来，譬如松柏，叶样不同，原是可以分出来的，但写字究竟是写字，不能像绘画那样精工，到底还是硬挺不下去。来打开这僵局的是"谐声"，意义和形象离开了关系。这已经是"记音"了，所以有人说，这是中国文字的进步。不错，也可以说是进步，然而那基础也还是画画儿。例如"菜，从草，采声"，画一棵草，一个爪，一株树：三样；"海，从水，每声"，画一条河，一位戴帽（？）的太太，也三样。总之：如果要写字，就非永远画画不成。

但古人是并不愚蠢的，他们早就将形象改得简单，远离了写实。篆字圆折，还有图画的余痕，从隶书到现在的楷书⑮，和形象就天差地远。不过那基础并未改变，天差地远之后，就成为不象形的象形字，写起来虽然比较的简单，认起来却非常困难了，要凭空一个一个的记住。而且有些字，也至今并不简单，例如"鸞"或"鑿"，去叫孩子写，非练习半年六月，是很难写在半寸见方的格子里面的。

还有一层，是"谐声"字也因为古今字音的变迁，很有些和"声"不大"谐"的了。现在还有谁读"滑"为

"骨",读"海"为"每"呢?

古人传文字给我们,原是一份重大的遗产,应该感谢的。但在成了不象形的象形字,不十分谐声的谐声字的现在,这感谢却只好踌躇一下了。

五 古时候言文一致么?

到这里,我想来猜一下古时候言文是否一致的问题。

对于这问题,现在的学者们虽然并没有分明的结论,但听他口气,好像大概是以为一致的;越古,就越一致。⑯不过我却很有些怀疑,因为文字愈容易写,就愈容易写得和口语一致,但中国却是那么难画的象形字,也许我们的古人,向来就将不关重要的词摘去了的。

《书经》⑰有那么难读,似乎正可作照写口语的证据,但商周人的的确的口语,现在还没有研究出,还要繁也说不定的。至于周秦古书,虽然作者也用一点他本地的方言,而文字大致相类,即使和口语还相近罢,用的也是周秦白话,并非周秦大众语。汉朝更不必说了,虽是肯将《书经》里难懂的字眼,翻成今字的司马迁,也不过在特别情况之下,采用一点俗语,例如陈涉的老朋友看见他为王,惊异道:"伙颐,涉之为王沉沉者"⑱,而其中的"涉之为王"四个字,我还疑心太史公加过修剪的。

那么,古书里采录的童谣,谚语,民歌,该是那时的老牌俗语罢。我看也很难说。中国的文学家,是颇有爱改别人文章的脾气的。最明显的例子是汉民间的《淮南王歌》,同一地方的同一首歌,《汉书》和《前汉纪》记的就两样。

一面是——

一尺布,尚可缝;
一斗粟,尚可舂。
兄弟二人,不能相容。

一面却是——

一尺布,暖童童;
一斗粟,饱蓬蓬。
兄弟二人不相容。

比较起来,好像后者是本来面目,但已经删掉了一些也说不定的:只是一个提要。后来宋人的语录,话本,元人的杂剧和传奇里的科白,也都是提要,只是它用字较为平常,删去的文字较少,就令人觉得"明白如话"了。

我的臆测,是以为中国的言文,一向就并不一致的,大原因便是字难写,只好节省些。当时的口语的摘要,是古人的文;古代的口语的摘要,是后人的古文。所以我们的做古文,是在用了已经并不象形的象形字,未必一定谐声的谐声字,在纸上描出今人谁也不说,懂的也不多的,古人的口语的摘要来。你想,这难不难呢?

六　于是文章成为奇货了

文字在人民间萌芽,后来却一定为特权者所收揽。据《易经》的作者所推测,"上古结绳而治",则连结绳就已是治人者的东西。待到落在巫史的手里的时候,更不必说了,他们都是酋长之下,万民之上的人。社会改变下去,学习文字的人们的范围也扩大起来,但大抵限于特权者。至于平民,那是不识字的,并非缺少学费,只因为限于资格,他不配。而且连书籍也看不见。中国在刻版还未发达的时候,有一部好书,往往是"藏之秘阁,副在三馆"[19],连做了士子,也还是不知道写着什么的。

因为文字是特权者的东西,所以它就有了尊严性,并且有了神秘性。中国的字,到现在还很尊严,我们在墙壁上,就常常看见挂着写上"敬惜字纸"的篓子;至于符的驱邪治病,那就靠了它的神秘性。文字既然含着尊严性,那么,知道文字,这人也就连带的尊严起来了。新的尊严者日出不穷,对于旧的尊严者就不利,而且知道文字的人们一多,也会损伤神秘性的。符的威力,就因为这好像是字的东西,除道士以外,谁也不认识的缘故。所以,对于文字,他们一定要把持。

欧洲中世，文章学问，都在道院里；克罗蒂亚（Kroatia）[20]，是到了十九世纪，识字的还只有教士的，人民的口语，退步到对于旧生活刚够用。他们革新的时候，就只好从外国借进许多新语来。

我们中国的文字，对于大众，除了身分，经济这些限制之外，却还要加上一条高门槛：难。单是这条门槛，倘不费他十来年工夫，就不容易跨过。跨过了的，就是士大夫，而这些士大夫，又竭力的要使文字更加难起来，因为这可以使他特别的尊严，超出别的一切平常的士大夫之上。汉朝的杨雄的喜欢奇字，就有这毛病的，刘歆想借他的《方言》稿子，他几乎要跳黄浦。唐朝呢，樊宗师的文章做到别人点不断，李贺的诗做到别人看不懂，也都为了这缘故。还有一种方法是将字写得别人不认识，下焉者，是从《康熙字典》上查出几个古字来，夹进文章里面去；上焉者是钱坫的用篆字来写刘熙的《释名》，最近还有钱玄同先生的照《说文》字样给太炎先生抄《小学答问》。

文字难，文章难，这还都是原来的；这些上面，又加以士大夫故意特制的难，却还想它和大众有缘，怎么办得到。但士大夫们也正愿其如此，如果文字易识，大家都会，文字就不尊严，他也跟着不尊严了。说白话不如文言的人，就从这里出发的；现在论大众语，说大众只要教给"千字课"[21]就够的人，那意思的根柢也还是在这里。

七　不识字的作家

用那么艰难的文字写出来的古语摘要,我们先前也叫"文",现在新派一点的叫"文学",这不是从"文学子游子夏"[22]上割下来的,是从日本输入,他们的对于英文 Literature 的译名。会写写这样的"文"的,现在是写白话也可以了,就叫作"文学家",或者叫"作家"。

文学的存在条件首先要会写字,那么,不识字的文盲群里,当然不会有文学家的了。然而作家却有的。你们不要太早的笑我,我还有话说。我想,人类是在未有文字之前,就有了创作的,可惜没有人记下,也没有法子记下。我们的祖先的原始人,原是连话也不会说的,为了共同劳作,必需发表意见,才渐渐的练出复杂的声音来,假如那时大家抬木头,都觉得吃力了,却想不到发表,其中有一个叫道"杭育杭育",那么,这就是创作;大家也要佩服,应用的,这就等于出版;倘若用什么记号留存了下来,这就是文学;他当然就是作家,也是文学家,是"杭育杭育派"[23]。不要笑,这作品确也幼稚得很,但古人不及今人的地方是很多的,这正是其一。就是周朝的什么"关关雎鸠,在河之洲,窈窕淑女,君子好逑"罢,它是《诗经》里的头一篇,所以吓得我们只好磕头佩服,假如先前未曾有过这样的一篇诗,现在的新诗人用这意思做一首白话诗,到无论什么副刊上去投稿试试罢,我看十分之九是要被编辑者塞进字纸篓去的。"漂亮的好小姐呀,是少爷的好一对儿!"什么话呢?

就是《诗经》的《国风》里的东西,好许多也是不识字的无名氏作品,因为比较的优秀,大家口口相传的。王官们检出它可作行政上参考的记录了下来,此外消灭的正不知有多少。希腊人荷马——我们姑且当作有这样一个人——的两大史诗[24],也原是口吟,现存的是别人的记录。东晋到齐陈的《子夜歌》和《读曲歌》之类,唐朝的《竹枝词》和《柳枝词》之类,原都是无名氏的创作,经文人的采录和润色之后,留传下来的。这一润色,留传固然留传了,但可惜的是一定失去了许多本来面目。到现在,到处还有民谣,山歌,渔歌等,这就是不识字的诗人的作品;也传述着童话和故事,这就是不识字的小说家的作品;他们,就都是不识字的作家。

但是,因为没有记录作品的东西,又很容易消灭,流布的范围也不能很广大,知道的人们也就很少了。偶有一点为文人所见,往往倒吃惊,吸入自己的作品中,作为新的养料。旧文学衰颓时,因为摄取民间文学或外国文学而起一个新的转变,这例子是常见于文学史上的。不识字的作家虽然不及文人的细腻,但他却刚健,清新。

要这样的作品为大家所共有,首先也就是要这作家能写字,同时也还要读者们能识字以至能写字,一句话:将文字交给一切人。

八　怎么交代？

将文字交给大众的事实，从清朝末年就已经有了的。"莫打鼓，莫打锣，听我唱个太平歌……"是钦颁的教育大众的俗歌；㉕此外，士大夫也办过一些白话报，但那主意，是只要大家听得懂，不必一定写得出。《平民千字课》就带了一点写得出的可能，但也只够记账，写信。倘要写出心里所想的东西，它那限定的字数是不够的。譬如牢监，的确是给了人一块地，不过它有限制，只能在这圈子里行立坐卧，断不能跑出设定了的铁栅外面去。

劳乃宣和王照他两位都有简字，进步得很，可以照音写字了。民国初年，教育部要制字母，他们俩都是会员，劳先生派了一位代表，王先生是亲到的，为了入声存废问题，曾和吴稚晖先生大战，战得吴先生肚子一凹，棉裤也落了下来。但结果总算几经斟酌，制成了一种东西，叫作"注音字母"。那时很有些人，以为可以替代汉字了，但实际上还是不行，因为它究竟不过简单的方块字，恰如日本的"假名"㉖一样，夹上几个，或者注在汉字的旁边还可以，要它拜帅，能力就不够了。写起来会混杂，看起来要眼花。那时的会员们称它为"注音字母"，是深知道它的能力范围的。再看日本，他们有主张减少汉字的，有主张拉丁拼音的，但主张只用"假名"的却没有。

再好一点的是用罗马字拼法，研究得最精的是赵元任先生罢，我不大明白。用世界通用的罗马字拼起来——现在是连土耳其也采用了——一词一串，非常清晰，是好的。但教我似的门外汉来说，好像那拼法还太繁。要精密，当然不得不繁，但繁得很，就又变了"难"，有些妨碍普及了。最好是另有一种简而不陋的东西。

这里我们可以研究一下新的"拉丁化"法，《每日国际文选》里有一小本《中国语书法之拉丁化》，《世界》第二年第六七号合刊附录的一份《言语科学》，就都是绍介这东西。价钱便宜，有心的人可以买来看。它只有二十八个字母，拼法也容易学。"人"就是 Rhen，"房子"就是 Fangz，"我吃果子"是 Wo ch goz，"他是工人"是 Ta sh gungrhen。现在在华侨里实验，见了成绩的，还只是北方话。但我想，中国究竟还是讲北方话——不是北京话——的人们多，将来如果真有一种到处通行的大众语，那主力也恐怕还是北方话罢。为今之计，只要酌量增减一点，使它合于各该地方所特有的音，也就可以用到无论什么穷乡僻壤去了。

那么，只要认识二十八个字母，学一点拼法和写法，除懒虫和低能外，就谁都能够写得出，看得懂了。况且它还有一个好处，是写得快。美国人说，时间就是金钱；但我想：时间就是性命。无端的空耗别人的时间，其实是无异于谋财害命的。不过像我们这样坐着乘风凉,谈闲天的人们,可又是例外。

九　专化呢,普遍化呢?

到了这里,就又碰着了一个大问题:中国的言语,各处很不同,单给一个粗枝大叶的区别,就有北方话,江浙话,两湖川贵话,福建话,广东话这五种,而这五种中,还有小区别。现在用拉丁字来写,写普通话,还是写土话呢?要写普通话,人们不会;倘写土话,别处的人们就看不懂,反而隔阂起来,不及全国通行的汉字了。这是一个大弊病!

我的意思是:在开首的启蒙时期,各地方各写它的土话,用不着顾到和别地方意思不相通。当未用拉丁写法之前,我们的不识字的人们,原没有用汉字互通着声气,所以新添的坏处是一点也没有的。倒有新的益处,至少是在同一语言的区域里,可以彼此交换意见,吸收智识了——那当然,一面也得有人写些有益的书。问题倒在这各处的大众语文,将来究竟要它专化呢,还是普通化?

方言土语里,很有些意味深长的话,我们那里叫"炼话",用起来是很有意思的,恰如文言的用古典,听者也觉得趣味津津。各就各处的方言,将语法和词汇,更加提炼,使他们发达上去的,就是专化。这于文学,是很有益处的,它可以做得比仅用泛泛的话头的文章更加有意思。但专化又有专化的危险。言语学我不知道，看生物，是一到专化，往往要灭亡的。未有人类以前的许多动植物，就因为太专化了，失其可变性，环境一改，无法应付，只好灭亡。——幸而我们人类还不算专化的动物，请你们不要愁。

大众，是有文学，要文学的，但决不该为文学做牺牲，要不然，他的荒谬和为了保存汉字，要十分之八的中国人做文盲来殉难的活圣贤就并不两样。所以，我想，启蒙时候用方言，但一面又要渐渐的加入普通的语法和词汇去。先用固有的，是一地方的语文的大众化，加入新的去，是全国的语文的大众化。

几个读书人在书房里商量出来的方案，固然大抵行不通，但一切都听其自然，却也不是好办法。现在在码头上，公共机关中，大学校里，确已有着一种好像普通话模样的东西，大家说话，既非"国语"，又不是京话，各各带着乡音，乡调，却又不是方言，即使说的吃力，听的也吃力，然而总归说得出，听得懂。如果加以整理，帮它发达，也是大众语中的一支，说不定将来还简直是主力。我说要在方言里"加入新的去"，那"新的"的来源就在这地方。待到这一种出于自然，又加人工的话一普遍，我们的大众语文就算大致统一了。

此后当然还要做。年深月久之后，语文更加一致，和"炼话"一样好，比"古典"还要活的东西，也渐渐的形成,文学就更加精采了。马上是办不到的。你们想,国粹家当作宝贝的汉字,不是化了三四千年工夫,这才有这么一堆古怪成绩么?

至于开手要谁来做的问题,那不消说:是觉悟的读书人。有人说:"大众的事情,要大众自己来做!"[22]那当然不错的,不过得看看说的是什么脚色。如果说的是大众,那有一点是对的,对的是要自己来,错的是推开了帮手。倘使说的是读书人呢,那可全不同了:他在用漂亮话把持文字,保护自己的尊荣。

十　不必恐慌

但是,这还不必实做,只要一说,就又使另一些人发生恐慌了。

首先是说提倡大众语文的,乃是"文艺的政治宣传员如宋阳之流"[23],本意在于造反。给带上一顶有色帽,是极简单的反对法。不过一面也就是说,为了自己的太平,宁可中国有百分之八十的文盲。那么,倘使口头宣传呢,就应该使中国有百分之八十的聋子了。但这不属于"谈文"的范围,这里也无须多说。

专为着文学发愁的,我现在看见有两种。一种是怕大众如果都会读,写,就大家都变成文学家了[24]。这真是怕天掉下来的好人。上次说过,在不识字的大众里,是一向就有作家的。我久不到乡下去了,先前是,农民们还有一点余闲,譬如乘凉,就有人讲故事。不过这讲手,大抵是特定的人,他比较的见识多,说话巧,能够使人听下去,懂明白,并且觉得有趣。这就是作家,抄出他的话来,也就是作品。倘有语言无味,偏爱多嘴的人,大家是不要听的,还要送给他许多冷话——讥刺。我们弄了几千年文言,十来年白话,凡是能写的人,何尝个个是文学家呢?即使都变成文学家,又不是军阀或土匪,于大众也并无害处的,不过彼此互看作品而已。

还有一种是怕文学的低落。大众并无旧文学的修养,比起士大夫文学的细致来,或者会显得所谓"低落"的,但也未染旧文学的痼疾,所以它又刚健,清新。无名氏文学如《子夜歌》之流,会给旧文学一种新力量,我先前已经说过了;现在也有人介绍了许多民歌和故事。还有戏剧,例如《朝花夕拾》所引《目连救母》里的无常鬼㉚的自传,说是因为同情一个鬼魂,暂放还阳半日,不料被阎罗责罚,从此不再宽纵了——

　　那怕你铜墙铁壁!
　　那怕你皇亲国戚!……

何等有人情,又何等知过,何等守法,又何等果决,我们的文学家做得出来么?

这是真的农民和手业工人的作品,由他们闲中扮演。借目莲的巡行来贯串许多故事,除"小尼姑下山"外,和刻本的《目连救母记》是完全不同的。其中有一段"武松打虎",是甲乙两人,一强一弱,扮着戏玩。先是甲扮武松,乙扮老虎;被甲打得要命,乙埋怨他了,甲道:"你是老虎,不打,不是给你咬死了?"乙只得要求互换,却又被甲咬得要命,一说怨话,甲便道:"你是武松,不咬,不是给你打死了?"我想:比起希腊的伊索[31],俄国的梭罗古勃[32]的寓言来,这是毫无逊色的。

如果到全国的各处去收集,这一类的作品恐怕还很多。但自然,缺点是有的。是一向受着难文字,难文章的封锁,和现代思潮隔绝。所以,倘要中国的文化一同向上,就必须提倡大众语,大众文,而且书法更必须拉丁化。

十一　大众并不如读书人所想像的愚蠢

但是,这一回,大众语文刚一提出,就有些猛将趁势出现了,来路是并不一样的,可是都向白话,翻译,欧化语法,新字眼进攻。他们都打着"大众"的旗,说这些东西,都为大众所不懂,所以要不得。其中有的是原是文言余孽,借此先来打击当面的白话和翻译的,就是祖传的"远交近攻"的老法术;有的是本是懒惰分子,未尝用功,要大众语未成,白话先倒,让他在这空场上夸海口的,其实也还是文言文的好朋友,我都不想在这里多谈。现在要说的只是那些好意的,然而错误的人,因为他们不是看轻了大众,就是看轻了自己,仍旧犯着古之读书人的老毛病。

读书人常常看轻别人,以为较新,较难的字句,自己能懂,大众却不能懂,所以为大众计,是必须彻底扫荡的;说话作文,越俗,就越好。这意见发展开来,他就要不自觉的成为新国粹派。或则希图大众语文在大众中推行得快,主张什么都要配大众的胃口,甚至于说要"迎合大众",故意多骂几句,以博大众的欢心。这当然自有他的苦心孤诣,但这样下去,可要成为大众的新帮闲的。

说起大众来,界限宽泛得很,其中包括着各式各样的人,但即使"目不识丁"的文盲,由我看来,其实也并不如读书人所推想的那么愚蠢。他们是要智识,要新的智识,要学习,能摄取的。当然,如果满口新诂法,新名词,他们是什么也不懂;但逐渐的检必要的灌输进去,他们却会接受;那消化的力量,也许还赛过成见更多的读书人。初生的孩子,都是文盲,但到两岁,就懂许多话,能说许多话了,这在他,全部是新名词,新语法。他那里是从《马氏文通》或《辞源》里查来的呢,也没有教师给他解释,他是听过几回之后,从比较而明白了意义的。大众的会摄取新词汇和语法,也就是这样子,他们会这样的前进。所以,新国粹派的主张,虽然好像为大众设想,实际上倒尽了拖住的任务。不过也不能听大众的自然,因为有些见识,他们究竟还在觉悟的读书人之下，如果不给他们随时拣选，也许会误拿了无益的，甚而至于有害的东西。所以，"迎合大众"的新帮闲，是绝对的要不得的。

由历史所指示，凡有改革，最初，总是觉悟的智识者的任务。但这些智识者，却必须有研究，能思索，有决断，而且有毅力。他也用权，却不是骗人，他利导，却并非迎合。他不看轻自己，以为是大家的戏子，也不看轻别人，当作自己的喽罗。他只是大众中的一个人，我想，这才可以做大众的事业。

十二　煞尾

话已经说得不少了。总之，单是话不行，要紧的是做。要许多人做：大众和先驱，要各式的人做：教育家，文学家，言语学家……。这已经迫于必要了，即使目下还有点逆水行舟，也只好拉纤；顺水固然好得很，然而还是少不得把舵的。

这拉纤或把舵的好方法，虽然也可以口谈，但大抵得益于实验，无论怎么看风看水，目的只是一个：向前。

各人大概都有些自己的意见，现在还是给我听听你们诸位的高论罢。

①本篇最初发表于 1934 年 8 月 24 日至 9 月 10 日的《申报·自由谈》，署名华圉。后收入《且介亭杂文》于 1927 年 7 月出版。后来作者将本文与其他有关语文改革的文章四篇辑为《门外文谈》一书，1935 年 9 月出版。

②这些是当时报刊所常见的新闻话题。

③唐宋八大家：韩愈、柳宗元、欧阳修、苏洵、苏轼、苏辙、王安石、曾巩。

④仓颉，相传为黄帝的史官，东汉许慎《说文解字·叙》："黄帝之史仓颉……初造书契。"

⑤《易经》即《周易》，这里引的两句，见该书《系辞》篇。

⑥"升中于天"，语见《礼记·礼器》。据汉代郑玄注："升，上也；中，犹成也；燔柴祭天，告以诸侯之成功也。"

⑦"仓颉，黄帝史"，语见《汉书·古今人表》。史，即史官。

⑧伏羲，我国传说中的上古帝王，相传他教民结网，从事渔猎畜牧。"八卦"，相传为他所作，包括：乾（☰）、坤（☷）、震（☳）、艮（☶）、离（☲）、坎（☵）、兑（☱）、巽（☴）。

⑨"打结字"，古代秘鲁印第安人用以帮助记忆的一种线结，以结绳的方式记录天气、日期、数目等的变化。线的颜色，线结的大小和多少，都表示着不同的意义。

⑩"岣嵝碑"，又称禹碑，在湖南衡山岣嵝峰，相传为夏禹治水时所刻；碑文共七十七字，难于辨识。此碑在明朝以前，不见于记载，故多疑为伪造。

⑪亚勒泰米拉洞，通译作阿尔塔米拉岩洞，在西班牙北部桑坦德

省境，发现于 1879 年。洞窟中有旧石器时代用三种颜色画成的壁画，画的都是野牛、野鹿、野猪和长毛巨象等动物。

⑫《周礼》，记述周王朝官制和战国时代各国制度的资料汇编，大约成书于战国时期。《说文解字》，东汉许慎撰，我国第一部系统介绍汉字形、音、义的著作。这里讲的汉字六种构成法，即《周礼》和《说文解字》中所记载的"六书"。《周礼》中所说的有：象形、会意、转注、处事、假借、谐声。《说文解字》中所说的稍有不同：指事、象形、形声、会意、转注、假借。

⑬"近取诸身，远取诸物"，语见《易经·系辞》。

⑭"象意"，《汉书·艺文志》："六书，谓象形、象事、象意、象声、转注、假借，造字之本也。"唐代颜师古注："象意即会意也。"

⑮篆字、隶书、楷书是汉字演进过程中先后出现的几种字体的名称。

⑯胡适著《国语文学史》于 1927 年出版时，黎锦熙在《代序》中说，这部文学史所以始于战国秦汉而不包括《诗经》，是因为胡适要从他认为语言文字开始分歧的时代写起。《代序》不同意战国前语文合一的看法。1928 年胡适将此书修订，抽去《代序》，改名《白话文学史》出版，在第一章说："我们研究古代文字，可以推知当战国的时候中国的文体已经不能与语体一致了。"仍坚持他的战国前言文一致的看法。

⑰《书经》即《尚书》，我国上古历史文件和部分追述古代事迹的著作的汇编。

⑱"伙颐，涉之为王沉沉者"，语见司马迁《史记·陈涉世家》。

据唐代司马贞《索隐》："服虔云：楚人谓多为伙。按又言'颐'者，助声之辞也。"又据南朝宋裴骃《集解》："应劭曰：'沈沈，宫室深邃之貌也。'"

⑲秘阁、三馆都是藏书的地方。《宋史·职官志》载："国初以史馆、昭文馆、集贤院为三馆，皆寓崇文院。太宗端拱元年（988）诏就崇文院中堂建秘阁，择三馆真本书籍万余卷，及内出古画墨迹，藏其中。"

⑳克罗蒂亚，通译作克罗地亚。

㉑"千字课"，1922年陶行知等人创办的中华平民教育促进会编纂《平民千字课本》，作为成年人补习常用汉字的读本。后来一些书店也仿照编印了类似读本。

㉒"文学子游子夏"，语见《论语·先进》；子游、子夏，即孔丘的弟子言偃、卜商。

㉓"杭育杭育派"，意指大众文学。林语堂在1934年4月28、30日及5月3日《申报·自由谈》所载《方巾气研究》一文中说："在批评方面，近来新旧卫道派颇一致，方巾气越来越重。凡非哼哼唧唧文学，或杭育杭育文学，皆在鄙视之列。"

㉔荷马的两大史诗，指《伊利亚特》和《奥德赛》。是否确有荷马其人，欧洲文学史家颇多争论，所以这里说"姑且当作有这样一个人"。

㉕光绪三十二年（1906）起，清政府为了推行所谓"通俗教育"，将一些官方发布的政治时事材料，用白话编成通俗的故事和歌谣进行宣讲。"太平歌"以"莲花落"形式编写，一般都用文中所引的三句开头，是当时钦颁的通俗歌谣之一。

㉖"假名",日文的字母,因为是从"真名"(即汉字)假借而来的,所以称为"假名"。分片假名(楷体)和平假名(草体)二种。

㉗"大众的事情,要大众自己来做!"在当时大众语文学的论争中,报刊上曾有过不少这类议论,如吴稚晖在1934年8月1日《申报·自由谈》发表的《大众语万岁》一文中说:"让大众自己来创造,不要代办。"章克标在《人言》第二十一期(1934年7月7日)中说:"大众语文学是要由大众自己创造出来的,才算是真正的大众语文学。"

㉘"文艺的政治宣传员如宋阳之流",这是《新垒》主编李焰生在《社会月报》第一卷第三期(1934年8月15日)发表的《由大众语文文学到国民语文文学》一文中的话:"所谓大众语文,意义是模糊的,提倡不是始自现在,那些文艺的政治宣传员如宋阳之流,数年前已经很热闹的讨论过。"宋阳,即瞿秋白。他曾在《文学月报》第一卷第一号、第三号(1932年6月、10月)先后发表《大众文艺的问题》和《再论大众文艺答止敬》两文。

㉙1934年8月1日、2日《申报·电影专刊》署名米同的《"大众语"根本上的错误》一文中说:"要是照他们所说,用'大众语'来写作一切文艺作品的话,到了那个时限,一切的人都可以说出就是文章,记下来就是作品,那时不是文学毁灭的时候,就是大家都成了文学家了。"

㉚《目连救母》,《盂兰盆经》中的佛教故事,说佛的大弟子目连有大神通,尝入地狱救母。唐代已有《大目乾连冥间救母变文》,以后曾被编成多种戏曲,这里是指绍兴戏。无常鬼,即迷信传说中的

"勾魂使者",参看《朝花夕拾·无常》。《目连救母记》,明代新安郑之珍作。

㉛伊索(Aesop,约前六世纪),相传是古希腊寓言作家,现在流传的《伊索寓言》,共有三百余篇。

㉜梭罗古勃(1863—1927),通译作索洛古勃,俄国文学家,《域外小说集》中曾译载他的寓言十篇。

论睁了眼看①

虚生先生所做的时事短评中,曾有一个这样的题目:"我们应该有正眼看各方面的勇气"(《猛进》十九期)②。诚然,必须敢于正视,这才可望敢想,敢说,敢作,敢当。倘使并正视而不敢,此外还能成什么气候。然而,不幸这一种勇气,是我们中国人最所缺乏的。

但现在我所想到的是别一方面——

中国的文人,对于人生,——至少是对于社会现象,向来就多没有正视的勇气。我们的圣贤,本来早已教人"非礼勿视"的了;而这"礼"又非常之严,不但"正视",连"平视""斜视"也不许。现在青年的精神未可知,在体质,却大半还是弯腰曲背,低眉顺眼,表示着老牌的老成的子弟,驯良的百姓,——至于说对外却有大力量,乃是近一月来的新说,还不知道究竟是如何。

再回到"正视"问题去:先既不敢,后便不能,再后,就自然不视,不见了。一辆汽车坏了,停在马路上,一群人围着呆看,所得的结果是一团乌油油的东西。然而由本身的矛盾或社会的缺陷所生的苦痛,虽不正视,却要身受的。文人究竟是敏感人物,从他们的作品上看来,有些人确也早已感到不满,可是一到快要显露缺陷的危机一发之际,他们总即刻连说"并无其事",同时便闭上了眼睛。这闭着的眼睛便看见一切圆满,当前的苦痛不过是"天之将降大任于是人也,必先苦其心志,劳其筋骨,饿其体肤,空乏其身,行拂乱其所为。"于是无问题,无缺陷,无不平,也就无解决,无改革,无反抗。因为凡事总要"团圆",正无须我们焦躁;放心喝茶,睡觉大吉。再说费话,就有"不合时宜"之咎,免不了要受大学教授的纠正了。呸!

我并未实验过,但有时候想:倘将一位久蛰洞房的老太爷抛在夏天正午的烈日底下,或将不出闺门的千金小姐拖到旷野的黑夜里,大概只好闭了眼睛,暂续他们残存的旧梦,总算并没有遇到暗或光,虽然已经是绝不相同的现实。中国的文人也一样,万事闭眼睛,聊以自欺,而且欺人,那方法是:瞒和骗。

中国婚姻方法的缺陷,才子佳人小说作家早就感到了,他于是使一个才子在壁上题诗,一个佳人便来和,由倾慕——现在就得称恋爱——而至于有"终身之约"。但约定之后,也就有了难关。我们都知道,"私订终身"在诗和戏曲或小说上尚不失为美谈(自然只以与终于中状元的男人私订为限),实际却不容于天下的,仍然免不了要离异。明末的作家便闭上眼睛,并这一层也加以补救了,说是:才子及第,奉旨成婚。"父母之命媒妁之言"经这大帽子来一压,便成了半个铅钱也不值,问题也一点没有了。假使有之,也只在才子的能否中状元,而决不在婚姻制度的良否。

(近来有人以为新诗人的做诗发表,是在出风头,引异性;且迁怒于报章杂志之滥登。殊不知即使无报,墙壁实"古已有之",早做过发表机关了;据《封神演义》,纣王已曾在女娲庙壁上题诗,那起源实在非常之早。报章可以不取白话,或排斥小诗,墙壁却拆不完,管不及的;倘一律刷成黑色,也还有破磁可划,粉笔可书,真是穷于应付。做诗不刻木板,去藏之名山,却要随时发表,虽然很有流弊,但大概是难以杜绝的罢。)

《红楼梦》中的小悲剧,是社会上常有的事,作者又是比较的敢于实写的,而那结果也并不坏。无论贾氏家业再振,兰桂齐芳,即宝玉自己,也成了个披大红猩猩毡斗篷的和尚。和尚多矣,但披这样阔斗篷的能有几个,已经是"入圣超凡"无疑了。至于别的人们,则早在册子里一一注定,末路不过是一个归结:是问题的结束,不是问题的开头。读者即小有不安,也终于奈何不得。然而后来或续或改,非借尸还魂,即冥中另配,必令"生旦当场团圆"才肯放手者,乃是自欺欺人的瘾太大,所以看了小小骗局,还不甘心,定须闭眼胡说一通而后快。赫克尔(E. Haeckel)[③]说过:人和人之差,有时比类人猿和原人之差还远。我们将《红楼梦》的续作者和原作者一比较,就会承认这话大概是确实的。

"作善降祥"④的古训,六朝人本已有些怀疑了,他们作墓志,竟会说"积善不报,终自欺人"的话。但后来的昏人,却又瞒起来。元刘信将三岁痴儿抛入醮纸火盆,妄希福祐,是见于《元典章》⑤的;剧本《小张屠焚儿救母》却道是为母延命,命得延,儿亦不死了。一女愿侍痼疾之夫,《醒世恒言》中还说终于一同自杀的;后来改作的却道是有蛇坠入药罐里,丈夫服后便全愈了。凡有缺陷,一经作者粉饰,后半便大抵改观,使读者落诬妄中,以为世间委实尽够光明,谁有不幸,便是自作,自受。

有时遇到彰明的史实,瞒不下,如关羽岳飞的被杀,便只好别设骗局了。一是前世已造夙因,如岳飞;一是死后使他成神,如关羽。定命不可逃,成神的善报更满人意,所以杀人者不足责,被杀者也不足悲,冥冥中自有安排,使他们各得其所,正不必别人来费力了。

中国人的不敢正视各方面,用瞒和骗,造出奇妙的逃路来,而自以为正路。在这路上,就证明着国民性的怯弱,懒惰,而又巧滑。一天一天的满足着,即一天一天的堕落着,但却又觉得日见其光荣。在事实上,亡国一次,即添加几个殉难的忠臣,后来每不想光复旧物,而只去赞美那几个忠臣;遭劫一次,即造成一群不辱的烈女,事过之后,也每每不思惩凶,自卫,却只顾歌咏那一群烈女。仿佛亡国遭劫的事,反而给中国人发挥"两间正气"的机会,增高价值,即在此一举,应该一任其至,不足忧悲似的。自然,此上也无可为,因为我们已经借死人获得最上的光荣了。沪汉烈士的追悼会⑥中,活的人们在一块很可景仰的高大的木主下互相打骂,也就是和我们的先辈走着同一的路。

文艺是国民精神所发的火光,同时也是引导国民精神的前途的灯火。这是互为因果的,正如麻油从芝麻榨出,但以浸芝麻,就使它更油。倘以油为上,就不必说;否则,当掺入别的东西,或水或碱去。中国人向来因为不敢正视人生,只好瞒和骗,由此也生出瞒和骗的文艺来,由这文艺,更令中国人更深地陷入瞒和骗的大泽中,甚而至于已经自己不觉得。世界日日改变,我们的作家取下假面,真诚地,深入地,大胆地看取人生并且写出他的血和肉来的时候早到了;早就应该有一片崭新的文场,早就应该有几个凶猛的闯将!

现在,气象似乎一变,到处听不见歌吟花月的声音了,代之而起的是铁和血的赞颂。然而倘以欺瞒的心,用欺瞒的嘴,则无论说 A 和 O,或 Y 和 Z,一样是虚假的;只可以吓哑了先前鄙薄花月的所谓批评家的嘴,满足地以为中国就要中兴。可怜他在"爱国"的大帽子底下又闭上了眼睛了——或者本来就闭着。

没有冲破一切传统思想和手法的闯将,中国是不会有真的新文艺的。

一九二五年七月二十二日。

①原刊 1925 年 8 月 3 日《语丝》周刊第三十八期，后收入《坟》。

②徐炳昶（1888—1976），字旭生，笔名虚生、遯庵。北京大学哲学系教授，1926 年被聘任为北京大学教务长，后又任北平大学女子师院院长、北平师大校长；后一直致力于史前研究和考古研究。新中国成立后，任中国科学院考古研究所研究员。

《猛进》为政论性刊物，1925 年 3 月 6 日由北京大学猛进社创办。徐炳昶、李宗侗先后任主编。

③赫克尔，通译作海克尔（1834—1919），德国生物学家。

④语出《尚书·伊训》："惟上帝不常，作善降之百祥；作不善降之百殃。"

⑤《元典章》：即《大元圣政国朝典章》，系汇辑元朝前六十余年间的法令文牍。

⑥沪汉烈士的追悼会：1925 年 6 月 25 日，北京各界数十万人游行示威，并在天安门追悼上海五卅惨案和汉口惨案死难者。会场上设有一座两丈四尺高的木质灵位，悬挂着三丈六尺长的挽联，上写"在孔曰成仁在孟曰正命""于礼为国殇于义为鬼雄"；横额作"天地正气"。

魏晋风度及文章与药及酒之关系

——九月间在广州夏期学术演讲会讲——①

我今天所讲的,就是黑板上写着的这样一个题目。

中国文学史,研究起来,可真不容易,研究古的,恨材料太少,研究今的,材料又太多,所以到现在,中国较完全的文学史尚未出现。今天讲的题目是文学史上的一部分,也是材料太少,研究起来很有困难的地方。因为我们想研究某一时代的文学,至少要知道作者的环境,经历和著作。

汉末魏初这个时代是很重要的时代,在文学方面起一个重大的变化,因当时正在黄巾②和董卓大乱之后,而且又是党锢③的纠纷之后,这时曹操出来了。——不过我们讲到曹操,很容易就联想起《三国志演义》④,更而想起戏台上那一位花面的奸臣,但这不是观察曹操的真正方法。现在我们再看历史,在历史上的记载和论断有时也是极靠不住的,不能相信的地方很多,因为通常我们晓得,某朝的年代长一点,其中必定好人多;某朝的年代短一点,其中差不多没有好人。为什么呢?因为年代长了,做史的是本朝人,当然恭维本朝的人物,年代短了,做史的是别朝人,便很自由地贬斥其异朝的人物,所以在秦朝,差不多在史的记载上半个好人也没有。曹操在史上年代也是颇短的,自然也逃不了被后一朝人说坏话的公例。其实,曹操是一个很有本事的人,至少是一个英雄,我虽不是曹操一党,但无论如何,总是非常佩服他。

研究那时的文学,现在较为容易了,因为已经有人做过工作:在文集一方面有清严可均辑的《全上古三代秦汉三国晋南北朝文》。其中于此有用的,是《全汉文》,《全三国文》,《全晋文》。

在诗一方面有丁福保辑的《全汉三国晋南北朝诗》。——丁福保是做医生的,现在还在。

辑录关于这时代的文学评论有刘师培编的《中国中古文学史》。这本书是北大的讲义,刘先生已死,此书由北大出版。

上面三种书对于我们的研究有很大的帮助。能使我们看出这时代的文学的确有点异彩。

我今天所讲,倘若刘先生的书里已详的,我就略一点;反之,刘先生所略的,我就较详一点。

董卓之后,曹操专权。在他的统治之下,第一个特色便是尚刑名。他的立法是很严的,因为当大乱之后,大家都想做皇帝,大家都想叛乱,故曹操不能不如此。曹操曾自己说过："倘无我，不知有多少人称王称帝！"⑤这句话他倒并没有说谎。因此之故，影响到文章方面，成了清峻的风格。——就是文章要简约严明的意思。

此外还有一个特点，就是尚通脱。他为什么要尚通脱呢？自然也与当时的风气有莫大的关系。因为在党锢之祸以前，凡党中人都自命清流，不过讲"清"讲得太过，便成固执，所以在汉末，清流的举动有时便非常可笑了。

比方有一个有名的人，普通的人去拜访他，先要说几句话，倘这几句话说得不对，往往会遭倨傲的待遇，叫他坐到屋外去，甚而至于拒绝不见。

又如有一个人，他和他的姊夫是不对的，有一回他到姊姊那里去吃饭之后，便要将饭钱算回给姊姊。她不肯要，他就于出门之后，把那些钱扔在街上，算是付过了。⑥

个人这样闹闹脾气还不要紧，若治国平天下也这样闹起执拗的脾气来，那还成甚么话？所以深知此弊的曹操要起来反对这种习气，力倡通脱。通脱即随便之意。此种提倡影响到文坛，便产生多量想说甚么便说甚么的文章。

更因思想通脱之后，废除固执，遂能充分容纳异端和外来的思想，故孔教以外的思想源源引入。

总括起来，我们可以说汉末魏初的文章是清峻，通脱。在曹操本身，也是一个改造文章的祖师，可惜他的文章传的很少。他胆子很大，文章从通脱得力不少，做文章时又没有顾忌，想写的便写出来。

所以曹操征求人才时也是这样说，不忠不孝不要紧，只要有才便可以。⑦这又是别人所不敢说的。曹操做诗，竟说是"郑康成行酒伏地气绝"⑧，他引出离当时不久的事实，这也是别人所不敢用的。还有一样，比方人死时，常常写点遗令，这是名人的一件极时髦的事。当时的遗令本有一定的格式，且多言身后当葬于何处何处，或葬于某某名人的墓旁；操独不然，他的遗令不但没有依着格式，内容竟讲到遗下的衣服和伎女怎样处置等问题⑨。

陆机虽然评曰"贻尘谤于后王"⑩，然而我想他无论如何是一个精明人，他自己能做文章，又有手段，把天下的方士文士统统搜罗起来，省得他们跑在外面给他捣乱。所以他帷幄里面，方士文士就特别地多。

孝文帝曹丕⑪，以长子而承父业，篡汉而即帝位。他也是喜欢文章的。其弟曹植⑫，还有明帝曹叡⑬，都是喜欢文章的。不过到那个时候，于通脱之外，更加上华丽。丕著有《典论》，现已失散无全本，那里面说："诗赋欲丽"，"文以气为主"。《典论》的零零碎碎，在唐宋类书中；一篇整的《论文》，在《文选》⑭中可以看见。

后来有一般人很不以他的见解为然。他说诗赋不必寓教训，反对当时那些寓训勉于诗赋的见解，用近代的文学眼光看来，曹丕的一个时代可说是"文学的自觉时代"，或如近代所说是为艺术而艺术（Art for Art's Sake）⑮的一派。所以曹丕做的诗赋很好，更因他以"气"为主，故于华丽以外，加上壮大。归纳起来，汉末，魏初的文章，可说是："清峻，通脱，华丽，壮大。"在文学的意见上，曹丕和曹植表面上似乎是不同的。曹丕说文章事可以留名声于千载⑯；但子建却说文章小道⑰，不足论的。据我的意见，子建大概是违心之论。这里有两个原因，第一，子建的文章做得好，一个人大概总是不满意自己所做而羡慕他人所为的，他的文章已经做得好，于是他便敢说文章是小道；第二，子建活动的目标在于政治方面，政治方面不甚得志⑱，遂说文章是无用了。

曹操曹丕以外，还有下面的七个人：孔融，陈琳，王粲，徐幹，阮瑀，应瑒，刘桢，都很能做文章，后来称为"建安七子"⑲。七人的文章很少流传，现在我们很难判断；但，大概都不外是"慷慨"，"华丽"罢。华丽即曹丕所主张，慷慨就因当天下大乱之际，亲戚朋友死于乱者特多，于是为文就不免带着悲凉，激昂和"慷慨"了。

七子之中，特别的是孔融，他专喜和曹操捣乱。曹丕《典论》里有论孔融的，因此他也被拉进"建安七子"一块儿去。其实不对，很两样的。不过在当时，他的名声可非常之大。孔融作文，喜用讥嘲的笔调，曹丕很不满意他。孔融的文章现在传的也很少，就他所有的看起来，我们可以瞧出他并不大对别人讥讽，只对曹操。比方操破袁氏兄弟，曹丕把袁熙的妻甄氏拿来，归了自己，孔融就写信给曹操，说当初武王伐纣，将妲己给了周公了。操问他的出典,他说,以今例古,大概那时也是这样的。又比方曹操要禁酒,说酒可以亡国,非禁不可,孔融又反对他,说也有以女人亡国的,何以不禁婚姻?[20]

其实曹操也是喝酒的。我们看他的"何以解忧?惟有杜康"[21]的诗句,就可以知道。为什么他的行为会和议论矛盾呢?此无他,因曹操是个办事人,所以不得不这样做;孔融是旁观的人,所以容易说些自由话。曹操见他屡屡反对自己,后来借故把他杀了。他杀孔融的罪状大概是不孝。因为孔融有下列的两个主张:

第一,孔融主张母亲和儿子的关系是如瓶之盛物一样,只要在瓶内把东西倒了出来,母亲和儿子的关系便算完了。第二,假使有天下饥荒的一个时候,有点食物,给父亲不给呢?孔融的答案是:倘若父亲是不好的,宁可给别人。——曹操想杀他,便不惜以这种主张为他不忠不孝的根据,把他杀了。倘若曹操在世,我们可以问他,当初求才时就说不忠不孝也不要紧,为何又以不孝之名杀人呢?然而事实上纵使曹操再生,也没人敢问他,我们倘若去问他,恐怕他把我们也杀了!

与孔融一同反对曹操的尚有一个祢衡,后来给黄祖杀掉的。祢衡的文章也不错,而且他和孔融早是"以气为主"来写文章的了。故在此我们又可知道,汉文慢慢壮大起来,是时代使然,非专靠曹操父子之功的。但华丽好看,却是曹丕提倡的功劳。

这样下去一直到明帝的时候，文章上起了个重大的变化，因为出了一个何晏[22]。

何晏的名声很大，位置也很高，他喜欢研究《老子》和《易经》。至于他是怎样的一个人呢？那真相现在可很难知道，很难调查。因为他是曹氏一派的人，司马氏很讨厌他，所以他们的记载对何晏大不满。因此产生许多传说，有人说何晏的脸上是搽粉的，又有人说他本来生得白，不是搽粉的。[23]但究竟何晏搽粉不搽粉呢？我也不知道。

但何晏有两件事我们是知道的。第一，他喜欢空谈，是空谈的祖师；第二，他喜欢吃药，是吃药的祖师。[24]

此外，他也喜欢谈名理。他身子不好，因此不能不服药。他吃的不是寻常的药，是一种名叫"五石散"的药。

"五石散"是一种毒药，是何晏吃开头的。汉时，大家还不敢吃，何晏或者将药方略加改变，便吃开头了。五石散的基本，大概是五样药：石钟乳，石硫黄，白石英，紫石英，赤石脂；另外怕还配点别样的药。但现在也不必细细研究它，我想各位都是不想吃它的。

从书上看起来，这种药是很好的，人吃了能转弱为强。因此之故，何晏有钱，他吃起来了；大家也跟着吃。那时五石散的流毒就同清末的鸦片的流毒差不多，看吃药与否以分阔气与否的。现在由隋巢元方做的《诸病源候论》的里面可以看到一些。据此书，可知吃这药是非常麻烦的，穷人不能吃，假使吃了之后，一不小心，就会毒死。先吃下去的时候，倒不怎样的，后来药的效验既显，名曰"散发"。倘若没有"散发"，就有弊而无利。因此吃了之后不能休息，非走路不可，因走路才能"散发"，所以走路名曰"行散"。比方我们看六朝人的诗，有云："至城东行散"，就是此意。后来做诗的人不知其故，以为"行散"即步行之意，所以不服药也以"行散"二字入诗，这是很笑话的。

走了之后，全身发烧，发烧之后又发冷。普通发冷宜多穿衣，吃热的东西。但吃药后的发冷刚刚要相反：衣少，冷食，以冷水浇身。倘穿衣多而食热物，那就非死不可。因此五石散一名寒食散。只有一样不必冷吃的，就是酒。

吃了散之后，衣服要脱掉，用冷水浇身；吃冷东西；饮热酒。这样看起来，五石散吃的人多，穿厚衣的人就少；比方在广东提倡，一年以后，穿西装的人就没有了。因为皮肉发烧之故，不能穿窄衣。为豫防皮肤被衣服擦伤，就非穿宽大的衣服不可。现在有许多人以为晋人轻裘缓带，宽衣，在当时是人们高逸的表现，其实不知他们是吃药的缘故。一班名人都吃药，穿的衣都宽大，于是不吃药的也跟着名人，把衣服宽大起来了！

还有，吃药之后，因皮肤易于磨破，穿鞋也不方便，故不穿鞋袜而穿屐。所以我们看晋人的画像或那时的文章，见他衣服宽大，不鞋而屐，以为他一定是很舒服，很飘逸的了，其实他心里都是很苦的。

更因皮肤易破，不能穿新的而宜于穿旧的，衣服便不能常洗。因不洗,便多虱。所以在文章上,虱子的地位很高,"扪虱而谈"[25],当时竟传为美事。比方我今天在这里演讲的时候,扪起虱来,那是不大好的。但在那时不要紧,因为习惯不同之故。这正如清朝是提倡抽大烟的,我们看见两肩高耸的人,不觉得奇怪。现在就不行了,倘若多数学生,他的肩成为一字样,我们就觉得很奇怪了。

此外可见服散的情形及其他种种的书,还有葛洪的《抱朴子》。

到东晋以后,作假的人就很多,在街旁睡倒,说是"散发"以示阔气。[26]就像清时尊读书,就有人以墨涂唇,表示他是刚才写了许多字的样子。故我想,衣大,穿屐,散发等等,后来效之,不吃也学起来,与理论的提倡实在是无关的。

又因"散发"之时,不能肚饿,所以吃冷物,而且要赶快吃,不论时候,一日数次也不可定。因此影响到晋时"居丧无礼"。——本来魏晋时,对于父母之礼是很繁多的。比方想去访一个人,那么,在未访之前,必先打听他父母及其祖父母的名字,以便避讳。否则,嘴上一说出这个字音,假如他的父母是死了的,主人便会大哭起来[27]——他记得父母了——给你一个大大的没趣。晋礼居丧之时,也要瘦,不多吃饭,不准喝酒。但在吃药之后,为生命计,不能管得许多,只好大嚼,所以就变成"居丧无礼"了。

居丧之际,饮酒食肉,由阔人名流倡之,万民皆从之,因为这个缘故，社会上遂尊称这样的人叫作名士派。

吃散发源于何晏，和他同志的，有王弼和夏侯玄[28]两个人，与晏同为服药的祖师。有他三人提倡，有多人跟着走。他们三人多是会做文章，除了夏侯玄的作品流传不多外，王何二人现在我们尚能看到他们的文章。他们都是生于正始的，所以又名曰"正始名士"[29]。但这种习惯的末流，是只会吃药，或竟假装吃药，而不会做文章。

东晋以后，不做文章而流为清谈，由《世说新语》[30]一书里可以看到。此中空论多而文章少，比较他们三个差得远了。三人中王弼二十余岁便死了，夏侯何二人皆为司马懿所杀。因为他二人同曹操有关系，非死不可，犹曹操之杀孔融，也是借不孝做罪名的。

二人死后，论者多因其与魏有关而骂他，其实何晏值得骂的就是因为他是吃药的发起人。这种服散的风气，魏，晋，直到隋，唐还存在着，因为唐时还有"解散方"，即解五石散的药方，可以证明还有人吃，不过少点罢了。唐以后就没有人吃，其原因尚未详，大概因其弊多利少，和鸦片一样罢？

晋名人皇甫谧作一书曰《高士传》，我们以为他很高超。但他是服散的，曾有一篇文章，自说吃散之苦。因为药性一发，稍不留心，即会丧命，至少也会受非常的苦痛，或要发狂；本来聪明的人，因此也会变成痴呆。所以非深知药性，会解救，而且家里的人多深知药性不可。晋朝人多是脾气很坏，高傲，发狂，性暴如火的，大约便是服药的缘故。比方有苍蝇扰他，竟至拔剑追赶；㉛就是说话，也要胡胡涂涂地才好，有时简直是近于发疯。但在晋朝更有以痴为好的，这大概也是服药的缘故。

魏末，何晏他们以外，又有一个团体新起，叫做"竹林名士"，也是七个，所以又称"竹林七贤"㉜。正始名士服药，竹林名士饮酒。竹林的代表是嵇康㉝和阮籍㉞。但究竟竹林名士不纯粹是喝酒的，嵇康也兼服药，而阮籍则是专喝酒的代表。但嵇康也饮酒，刘伶也是这里面的一个。他们七人中差不多都是反抗旧礼教的。

这七人中，脾气各有不同。嵇阮二人的脾气都很大；阮籍老年时改得很好，嵇康就始终都是极坏的。

阮年青时，对于访他的人有加以青眼和白眼的分别㉟。白眼大概是全然看不见眸子的，恐怕要练习很久才能够。青眼我会装，白眼我却装不好。

后来阮籍竟做到"口不臧否人物"㊱的地步，嵇康却全不改变。结果阮得终其天年，而嵇竟丧于司马氏之手，与孔融、何晏等一样，遭了不幸的杀害。这大概是因为吃药和吃酒之分的缘故：吃药可以成仙，仙是可以骄视俗人的；饮酒不会成仙，所以敷衍了事。

他们的态度，大抵是饮酒时衣服不穿，帽也不带。若在平时，有这种状态，我们就说无礼，但他们就不同。居丧时不一定按例哭泣；子之于父，是不能提父的名，但在竹林名士一流人中，子都会叫父的名号[37]。旧传下来的礼教，竹林名士是不承认的。即如刘伶——他曾做过一篇《酒德颂》，谁都知道——他是不承认世界上从前规定的道理的，曾经有这样的事，有一次有客见他，他不穿衣服。人责问他；他答人说，天地是我的房屋，房屋就是我的衣服，你们为什么进我的裤子中来？[38]至于阮籍，就更甚了，他连上下古今也不承认，在《大人先生传》里有说："天地解兮六合开，星辰陨兮日月颓，我腾而上将何怀？"他的意思是天地神仙，都是无意义，一切都不要，所以他觉得世上的道理不必争，神仙也不足信，既然一切都是虚无，所以他便沉湎于酒了。然而他还有一个原因，就是他的饮酒不独由于他的思想，大半倒在环境。其时司马氏已想篡位，而阮籍名声很大，所以他讲话就极难，只好多饮酒，少讲话，而且即使讲话讲错了，也可以借醉得到人的原谅。只要看有一次司马懿求和阮籍结亲，而阮籍一醉就是两个月，没有提出的机会，[39]就可以知道了。

阮籍作文章和诗都很好，他的诗文虽然也慷慨激昂，但许多意思都是隐而不显的。宋的颜延之已经说不大能懂，我们现在自然更很难看得懂他的诗了。他诗里也说神仙，但他其实是不相信的。嵇康的论文，比阮籍更好，思想新颖，往往与古时旧说反对。孔子说："学而时习之，不亦说乎？"嵇康做的《难自然好学论》，却道，人是并不好学的，假如一个人可以不做事而又有饭吃，就随便闲游不喜欢读书了，所以现在人之好学，是由于习惯和不得已。还有管叔、蔡叔，是疑心周公，率殷民叛，因而被诛，一向公认为坏人的。而嵇康做的《管蔡论》，就也反对历代传下来的意思，说这两个人是忠臣，他们的怀疑周公，是因为地方相距太远，消息不灵通。

但最引起许多人的注意，而且于生命有危险的，是《与山巨源绝交书》中的"非汤武而薄周孔"。司马懿因这篇文章，就将嵇康杀了⑩。非薄了汤武周孔，在现时代是不要紧的，但在当时却关系非小。汤武是以武定天下的；周公是辅成王的；孔子是祖述尧舜，而尧舜是禅让天下的。嵇康都说不好，那么，教司马懿篡位的时候，怎么办才是好呢？没有办法。在这一点上，嵇康于司马氏的办事上有了直接的影响，因此就非死不可了。嵇康的见杀，是因为他的朋友吕安不孝，连及嵇康，罪案和曹操的杀孔融差不多。魏晋，是以孝治天下的，不孝，故不能不杀。为什么要以孝治天下呢？因为天位从禅让，即巧取豪夺而来，若主张以忠治天下，他们的立脚点便不稳，办事便棘手，立论也难了，所以一定要以孝治天下。但倘只是实行不孝，其实那时倒不很要紧的，嵇康的害处是在发议论；阮籍不同，不大说关于伦理上的话，所以结局也不同。

但魏晋也不全是这样的情形，宽袍大袖，大家饮酒。反对的也很多。在文章上我们还可以看见裴頠的《崇有论》，孙盛的《老子非大贤论》，这些都是反对王何们的。

在史实上，则何曾劝司马懿杀阮籍有好几回，司马懿不听他的话，这是因为阮籍的饮酒，与时局的关系少些的缘故。

然而后人就将嵇康阮籍骂起来，人云亦云，一直到现在，一千六百多年。季札说："中国之君子，明于礼义而陋于知人心。"㊶这是确的，大凡明于礼义，就一定要陋于知人心的，所以古代有许多人受了很大的冤枉。例如嵇阮的罪名，一向说他们毁坏礼教。但据我个人的意见，这判断是错的。魏晋时代，崇奉礼教的看来似乎很不错，而实在是毁坏礼教，不信礼教的。表面上毁坏礼教者，实则倒是承认礼教，太相信礼教。因为魏晋时所谓崇奉礼教，是用以自利，那崇奉也不过偶然崇奉，如曹操杀孔融，司马懿杀嵇康，都是因为他们和不孝有关，但实在曹操司马懿何尝是著名的孝子，不过将这个名义，加罪于反对自己的人罢了。于是老实人以为如此利用，亵黩了礼教，不平之极，无计可施，激而变成不谈礼教，不信礼教，甚至于反对礼教。——但其实不过是态度，至于他们的本心，恐怕倒是相信礼教，当作宝贝，比曹操司马懿们要迂执得多。现在说一个容易明白的比喻罢，譬如有一个军阀，在北方——在广东的人所谓北方和我常说的北方的界限有些不同，我常称山东山西直隶河南之类为北方——那军阀从前是压迫民党的，后来北伐军势力一大，他便挂起了青天白日旗，说自己已经信仰三民主义了，是总理的信徒。这样还不够，他还要做总理的纪念周。这时候，真的三民主义的信徒，去呢,不去呢?不去,他那里就可以说你反对三民主义,定罪,杀人。但既然在他的势力之下,没有别法,真的总理的信徒,倒会不谈三民主义,或者听人假惺惺的谈起来就皱眉,好像反对三民主义模样。所以我想,魏晋时所谓反对礼教的人,有许多大约也如此。他们倒是迂夫子,将礼教当作宝贝看待的。

还有一个实证,凡人们的言论,思想,行为,倘若自己以为不错的,就愿意天下的别人,自己的朋友都这样做。但嵇康阮籍不这样,不愿意别人来模仿他。竹林七贤中有阮咸,是阮籍的侄子,一样的饮酒。阮籍的儿子阮浑也愿加入时,阮籍却道不必加入,吾家已有阿咸在,够了。[42]假若阮籍自以为行为是对的,就不当拒绝他的儿子,而阮籍却拒绝自己的儿子,可知阮籍并不以他自己的办法为然。至于嵇康,一看他的《绝交书》,就知道他的态度很骄傲的;有一次,他在家打铁,——他的性情是很喜欢打铁的——钟会来看他了,他只打铁,不理钟会。[43]钟会没有意味,只得走了。其时嵇康就问他:"何所闻而来,何所见而去?"钟会答道:"闻所闻而来,见所见而去。"这也是嵇康杀身的一条祸根。但我看他做给他的儿子看的《家诫》,[44]——当嵇康被杀时,其子方十岁,算来当他做这篇文章的时候,他的儿子是未满十岁的——就觉得宛然是两个人。他在《家诫》中教他的儿子做人要小心,还有一条一条的教训。有一条是说长官处不可常去,亦不可住宿;官长送人们出来时，你不要在后面，因为恐怕将来官长惩办坏人时，你有暗中密告的嫌疑。又有一条是说宴饮时候有人争论，你可立刻走开，免得在旁批评，因为两者之间必有对与不对，不批评则不像样，一批评就总要是甲非乙，不免受一方见怪。还有人要你饮酒，即使不愿饮也不要坚决地推辞，必须和和气气的拿着杯子。我们就此看来，实在觉得很希奇：嵇康是那样高傲的人，而他教子就要他这样庸碌。因此我们知道，嵇康自己对于他自己的举动也是不满足的。所以批评一个人的言行实在难，社会上对于儿子不像父亲，称为"不肖"，以为是坏事，殊不知世上正有不愿意他的儿子像自己的父亲哩。试看阮籍嵇康，就是如此。这是，因为他们生于乱世，不得已，才有这样的行为，并非他们的本态。但又于此可见魏晋的破坏礼教者，实在是相信礼教到固执之极的。

不过何晏王弼阮籍嵇康之流，因为他们的名位大，一般的人们就学起来，而所学的无非是表面，他们实在的内心，却不知道。因为只学他们的皮毛，于是社会上便很多了没意思的空谈和饮酒。许多人只会无端的空谈和饮酒，无力办事，也就影响到政治上，弄得玩"空城计"，毫无实际了。在文学上也这样，嵇康阮籍的纵酒，是也能做文章的，后来到东晋，空谈和饮酒的遗风还在，而万言的大文如嵇阮之作，却没有了。刘勰㊺说："嵇康师心以遣论，阮籍使气以命诗。"这"师心"和"使气"，便是魏末晋初的文章的特色。正始名士和竹林名士的精神灭后，敢于师心使气的作家也没有了。

到东晋，风气变了。社会思想平静得多，各处都夹入了佛教的思想。再至晋末，乱也看惯了，篡也看惯了，文章便更和平。代表平和的文章的人有陶潜⑯。他的态度是随便饮酒，乞食，高兴的时候就谈论和作文章，无尤无怨。所以现在有人称他为"田园诗人"，是个非常和平的田园诗人。他的态度是不容易学的，他非常之穷，而心里很平静。家常无米，就去向人家门口求乞。他穷到有客来见，连鞋也没有，那客人给他从家丁取鞋给他，他便伸了足穿上了。虽然如此，他却毫不为意，还是"采菊东篱下，悠然见南山"。这样的自然状态，实在不易模仿。他穷到衣服也破烂不堪，而还在东篱下采菊，偶然抬起头来，悠然的见了南山，这是何等自然。现在有钱的人住在租界里，雇花匠种数十盆菊花，便做诗，叫作"秋日赏菊效陶彭泽体"，自以为合于渊明的高致，我觉得不大像。

陶潜之在晋末，是和孔融于汉末与嵇康于魏末略同，又是将近易代的时候。但他没有什么慷慨激昂的表示，于是便博得"田园诗人"的名称。但《陶集》里有《述酒》一篇，是说当时政治的。⑰这样看来，可见他于世事也并没有遗忘和冷淡，不过他的态度比嵇康阮籍自然得多，不至于招人注意罢了。还有一个原因，先已说过，是习惯。因为当时饮酒的风气相沿下来，人见了也不觉得奇怪，而且汉魏晋相沿，时代不远，变迁极多，既经见惯，就没有大感触，陶潜之比孔融嵇康和平，是当然的。例如看北朝的墓志，官位升进，往往详细写着，再仔细一看，他是已经经历过两三个朝代了，但当时似乎并不为奇。

据我的意思，即使是从前的人，那诗文完全超于政治的所谓"田园诗人"，"山林诗人"，是没有的。完全超出于人间世的，也是没有的。既然是超出于世，则当然连诗文也没有。诗文也是人事，既有诗，就可以知道于世事未能忘情。譬如墨子兼爱，杨子为我。㊽墨子当然要著书；杨子就一定不著，这才是"为我"。因为若做出书来给别人看，便变成"为人"了。

由此可知陶潜总不能超于尘世，而且，于朝政还是留心，也不能忘掉"死"，这是他诗文中时时提起的㊾。用别一种看法研究起来，恐怕也会成一个和旧说不同的人物罢。

自汉末至晋末文章的一部分的变化与药及酒之关系，据我所知的大概是这样。但我学识太少，没有详细的研究，在这样的热天和雨天费去了诸位这许多时光，是很抱歉的。现在这个题目总算是讲完了。

①本篇记录稿最初发表于1927年8月11、12、13、15、16、17日广州《民国日报》副刊《现代青年》第一七三至一七八期；改定

稿发表于1927年11月16日《北新》半月刊第二卷第二号。后收入《而已集》。

②黄巾，指东汉末年张角领导的起义军。因参加的人都以黄巾缠头为标志，被称为"黄巾军"。

③党锢，东汉末年，宦官擅权，政治黑暗。一部分比较正直的官僚，便与太学生互通声气，揭露宦官集团的罪恶。汉桓帝延熹九年（166），宦官诬告司隶校尉李膺、太仆杜密和太学生领袖郭泰、贾彪等人结党为乱，桓帝便捕李膺、范滂等下狱，株连二百余人。以后又于灵帝建宁二年（169）、熹平元年（172）、熹平五年（176）三次捕杀党人，更诏各州郡凡党人的门生、故吏、父子、兄弟有做官的，都免官禁锢。直到灵帝中平元年（184）黄巾起义，才下诏将他们赦免。这件事，史称"党锢之祸"。

④《三国志演义》，即长篇小说《三国演义》，元末明初罗贯中著。书中将曹操描写为"奸雄"。

⑤《三国志·魏书·武帝纪》裴松之注引《魏武故事》，曹操"自明本志"，表白他自己并无篡汉的意思，曾说："设使国家无有孤，不知当几人称帝，几人称王！"

⑥《太平御览》卷四二五引谢承《后汉书》："范丹姊病，往看之，姊设食；丹以姊婿不德，出门留二百钱，姊使人追索还之，丹不得已受之。闻里中刍藁童仆更相怒曰：'言汝清高，岂范史云辈而云不盗我菜乎？'丹闻之，曰：'吾之微志，乃在童竖之口，不可不勉。'遂投钱去。"

⑦曹操特别强调以才能为用人的标准。《魏书·武帝纪》载建安十五年令说："今天下尚未定，此特求贤之急时也。……若必廉士而

后可用，则齐桓其何以霸世！今天下得无有被褐怀玉而钓于渭滨者乎？又得无盗嫂受金而未遇无知者乎？二三子其佐我明扬仄陋，唯才是举，吾得而用之。"又裴注引王沈《魏书》所载二十二年令说："今天下得无有至德之人，放在民间？及果勇不顾，临敌力战，若文俗之吏，高才异质，或堪为将守；负汙辱之名，见笑之行，或不仁不孝，而有治国用兵之术：其各举所知，勿有所遗。"

⑧《三国志·魏书·袁绍传》裴注引《英雄记》载曹操《董卓歌》："德行不亏缺，变故自难常。郑康成行酒伏地气绝，郭景图命尽于园桑。"按郑康成（127—200），名玄，北海高密（今山东高密）人，东汉经学家，其生存时代较曹操约早二十余年。

⑨曹操的遗令，散见于《三国志·魏书·武帝纪》及其他古书中，严可均缀合为一篇，收入《全三国文》卷三，其中有这样的话："吾婢妾与伎人皆勤苦，使著铜雀台，善待之。……余香可分与诸夫人……诸舍中（按指诸妾）无所为，可学作履组卖也。吾历官所得绶（印绶），皆著藏中，吾余衣裘，可别为一藏，不能者兄弟可共分之。"

⑩陆机（261—303），字士衡，吴郡华亭（今上海松江）人，晋代文学家。他评曹操的话，见萧统《文选》卷六十《吊魏武帝文》："彼裒绂于何有，贻尘谤于后王。"

⑪曹丕（187—226），字子桓，本是曹操的次子，因操长子曹昂随操征张绣阵亡，故一般常以曹丕为长子。建安二十五年（220）废汉献帝自立为帝，即魏文帝。他爱好文学，创作之外，兼擅批评，所著《典论》，已佚，今仅存《论文》一篇，它论各种文体的特征说："奏议宜雅，书论宜理，铭诔尚实，诗赋欲丽。"又论文气说：

"文以气为主,气之清浊有体,不可力强而致。"

⑫ 曹植(192—232),字子建,曹操的第三子。曾封东阿王,后封陈王,死谥思,后世称陈思王。他是建安诗歌最杰出的代表。

⑬ 曹叡(204—239),字元仲,曹丕的儿子,即魏明帝。

⑭《文选》,南朝梁昭明太子箫统编选。内选秦汉至齐梁间的诗文,共三十卷,是我国最早的一部诗文总集。曹丕《典论·论文》,见该书第五十二卷。

⑮ "为艺术而艺术",19世纪法国作家戈蒂耶(T. Gautier)提出的一种文艺观点(见小说《莫班小姐》序)。它认为艺术可以超越一切功利而存在,创作的目的就在于艺术作品的本身,与社会政治无关。

⑯ 曹丕《典论·论文》:"盖文章经国之大业,不朽之盛事。"

⑰ 曹植《与杨德祖书》:"辞赋小道,固未足以揄扬大义,彰示来世也。昔扬子云先朝执戟之臣耳,犹称壮夫不为也;吾虽德薄,位为藩侯,犹庶几戮力上国,流惠下民,建永世之业,留金石之功;岂徒以翰墨为勋绩,辞赋为君子哉!"

⑱ 曹植早年以文才为曹操所爱,多次想立他为太子。但他后来因为任性骄纵,失去了曹操的欢心。曹丕即位以后,他常被猜忌,更觉雄才无所施展。明帝时又一再上表求"自试",希望能够用他带兵去征吴伐蜀,建功立业,但他的要求也未实现。

⑲ "建安七子",这个名称始于曹丕的《典论·论文》:"今之文人,鲁国孔融文举,广陵陈琳孔璋,山阳王粲仲宣,北海徐干伟长,陈留阮瑀元瑜,汝南应玚德琏,东平刘桢公干:斯七子者,于学无所遗,于辞无所假,咸以自骋骥騄于千里,仰齐足而并驰。"后人据

此便称孔融等为"建安七子"。

⑳"建安七子"中,陈琳等都是曹操门下的属官,只有孔融(153—208)例外;在年龄上,他比其余六人约长十余岁而又最先去世,辈分不同。他常常讽刺曹操。《后汉书·孔融传》载:"曹操攻屠邺城,袁氏妇子多见侵略,而操子不私纳袁熙(按为袁绍子)妻甄氏。融乃与操书,称'武王伐纣,以妲己赐周公'。操不悟,后问出何经典。对曰:'以今度之,想当然耳。'……时年饥兵兴,操表制酒禁,融频书争之,多侮慢之辞。"唐代章怀太子(李贤)注引孔融与曹操论酒禁书,其中有"夏商亦以妇人失天下,今令不断婚姻。而将酒独急者,疑但惜谷耳"等语。

㉑"何以解忧?惟有杜康",见曹操的《短歌行》。杜康,相传为周代人,善造酒。

㉒何晏(?—249),字平叔,南阳宛(今河南南阳)人。曹操的女婿。后被司马懿所杀。他是魏晋玄学的代表人物之一,今存《论语集解》等。

㉓《三国志·魏书·曹爽传》注引鱼豢《魏略》说:"晏性自喜,动静粉白不去手,行步顾影。"但晋代人裴启所著《语林》则说:"(晏)美姿仪,面绝白,魏文帝疑其著粉;后正夏月,唤来,与热汤饼,既啖,大汗出,随以朱衣自拭,色转皎洁,帝始信之。"

㉔《世说新语·言语》载:"何平叔云:服五石散,非唯治病,亦觉神明开朗。"五石散,又名寒食散,余嘉锡著有《寒食散考》。

㉕王猛(325—375),字景略,北海剧(今山东寿光)人。《晋书·王猛传》说:"桓温入关,猛被褐而诣之,一面谈当世之事,扪虱而言,旁若无人。"

㉖《太平广记》卷二四七引侯白《启颜录》载:"后魏孝文帝时,诸王及贵臣多服石药,皆称石发。乃有热者,非富贵者,亦云服石发热,时人多嫌其诈作富贵体。有一人于市门前卧,宛转称热,要人竞看,同伴怪之,报曰:'我石发。'同伴人曰:'君何时服石,今得石发?'曰:'我昨市米中有石,食之今发。'众人大笑。自后少有人称患石发者。"

㉗《世说新语·任诞》载:"桓南郡(桓玄)被召作太子洗马,船泊荻渚。王大(王忱)服散后已小醉,往看桓,桓为设酒,不能冷饮,频语左右,令温酒来。桓乃流涕呜咽,王便欲去。桓以手巾掩泪,因谓王曰:'犯我家讳,何预卿事。'王叹曰:'灵宝(桓玄小名)故自达。'"按桓玄的父亲名温,所以他听见王忱叫人温酒便哭泣起来。

㉘王弼(226—249)字辅嗣,魏国山阳(今河南焦作)人。王粲的族孙。注《易》及《老子》,与何晏同为魏晋玄学最卓越的代表。夏侯玄(209—254),字太初,沛国谯(今安徽亳县)人。早期的玄学领袖。后为司马师所杀。鲁迅误为司马懿。

㉙正始(240—249),魏废帝齐王曹芳的年号。《世说新语·文学》"袁彦伯作《名士传》成"条下梁刘孝标注:"宏(彦伯名)以夏侯太初、何平叔、王辅嗣为正始名士。阮嗣宗、嵇叔夜、山巨源、向子期、刘伯伦、阮仲容、王浚冲为竹林名士。"

㉚《世说新语》,南朝宋刘义庆撰。内容是记述东汉至东晋间一般名士的言谈、轶事等。南朝梁刘孝标所注,余嘉锡笺疏,均极有功力。刘义庆(403—444),彭城(今江苏徐州)人,宋武帝刘裕的侄子,袭爵为临川王。

㉛《三国志·魏书·梁习传》注引《魏略》:"(王)思又性急,尝执笔作书,蝇集笔端,驱去复来,如是再三。思恚怒,自起逐蝇,不能得,还取笔掷地,蹋坏之。"

㉜《三国志·魏书·王粲传》内附述嵇康事略,裴注引《魏氏春秋》说:"康寓居河内之山阳县……与陈留阮籍、河内山涛、河南向秀、籍兄子咸、琅琊王戎、沛人刘伶相与友善,游于竹林,号为'七贤'。"《世说新语·任诞》亦有一则,说七人"常集于竹林之下,肆意酣畅,故世谓'竹林七贤'"。

㉝嵇康(223—262),字叔夜,谯国铚(今安徽宿县)人,杰出思想家、诗人、音乐家,曾与魏宗室婚,拜中散大夫。现存《嵇康集》十卷,有鲁迅校本。

㉞阮籍(210—263),字嗣宗,陈留尉氏(今河南尉氏)人,阮瑀之子,杰出的思想家、诗人,与嵇康齐名。曾任魏步兵校尉。

㉟《晋书·阮籍传》:"籍又能为青白眼,见礼俗之士,以白眼对之。"他的母亲死了,"嵇喜来吊,籍作白眼,喜不怿而退。喜弟康闻之,乃赍酒挟琴造焉,籍大悦,乃见青眼。由是礼法之士疾之若雠"。

㊱"口不臧否人物",见《晋书·阮籍传》:"籍虽不拘礼教,然发言玄远,口不臧否人物。"

㊲晋代常有子呼父名的例子,如《晋书·胡母辅之传》:"辅之正酣饮,谦之(辅之的儿子)规而厉声曰:'彦国(辅之的号),年老不得为尔!将令我尻背东壁。'辅之欢笑,呼入与共饮。"

又《王蒙传》:"王蒙,字仲祖……美姿容,尝览镜自照,称其父字曰:'王文开生如此儿耶!'"

㊳《世说新语·任诞》载：

"刘伶恒纵酒放达，或脱衣裸形在屋中，人见讥之。伶曰：'我以天地为栋宇，屋室为裈衣，诸君何为入我裈中？'"

㊴《晋书·阮籍传》载："文帝（司马昭，鲁迅误记为司马懿）初欲为武帝（司马炎）求婚于籍，籍醉六十日，不得言而止。"

㊵山巨源，即"竹林七贤"之一的山涛（205—283），河内怀（今河南武陟）人。他在魏元帝（曹奂）景元年间投靠司马昭，曾任选曹郎，后将去职，欲举嵇康代任，康作《与山巨源绝交书》，表示和他绝交，书中自说不堪受礼法的束缚，"又每非汤武而薄周孔，在人间不止，此事会显，世教所不容"。后来嵇康受朋友吕安案的牵连，钟会便乘机劝司马昭把他杀了。鲁迅误记为司马懿。

㊶《庄子·田子方》："温伯雪子适齐，舍于鲁，鲁人有请见之者，温伯雪子曰：'不可，吾闻中国之君子，明乎礼义而陋于知人心，吾不欲见也。'"据唐代成玄英注：温伯，字雪子，春秋时楚国人。鲁迅误记为季札。

㊷《晋书·阮籍传》："（籍）子浑，字长成，有父风，少慕通达，不饰小节，籍谓曰：'仲容已豫吾此流，汝不得复尔。'"又《世说新语·任诞》也载有此事。阮咸，字仲容，阮籍之侄。

㊸《晋书·嵇康传》："初，康居贫，尝与向秀共锻于大树之下，以自赡给。颍川钟会，贵公子也，精练有才辩，故往造焉。康不为之礼，而锻不辍。良久会去，康谓曰：'何所闻而来，何所见而去？'会曰：'闻所闻而来，见所见而去。'会以此憾之。"

钟会（225—264），字士季，颍川长社（今河南长葛）人。司马昭的重要谋士。263年统兵伐蜀，蜀平后谋反，被杀。

㊹《家诫》见《嵇康集》卷十。嵇康的儿子名绍，字延祖。

㊺刘勰（？—约520），字彦和，南朝梁代人，著有《文心雕龙》。这里所引的两句，见其《才略》篇。

㊻陶潜（约372—427），又名渊明，字元亮，浔阳柴桑（今江西九江）人，晋宋之际伟大的诗人。他有《乞食》一诗中说："饥来驱我去，不知竟何之。行行至斯里，叩门拙言辞。"又南朝宋檀道鸾《续晋阳秋》说："江州刺史王弘造渊明，无履，弘从人脱履以给之。弘语左右为彭泽作履，左右请履度，渊明于众坐伸脚，及履至，著而不疑。""采菊东篱下"句见他所作的《饮酒》诗第五首。

㊼陶潜的《述酒》诗，据南宋汤汉的注语，以为它是为当时最重大的政治事变——晋宋易代而作，注语中说："晋元熙二年（420）六月，刘裕废恭帝（司马德文）为零陵王，明年，以毒酒一甖授张伟使酖王，伟自饮而卒；继又令兵人逾垣进药，王不肯饮，遂掩杀之。此诗所为作，故以《述酒》名篇也。诗辞尽隐语，故观者弗省。……予反复详考，而后知决为零陵哀诗也。"（见《陶靖节诗注》卷三）

㊽墨子（约前468—前376），名翟，鲁国人，春秋战国时代思想家，墨家创始人，提倡"兼爱"的学说。杨子，指杨朱，战国时代思想家。《孟子·尽心》说："杨子取为我，拔一毛而利天下，不为也。"

㊾陶潜诗文中多次提到"死"，如《与子俨等疏》中说："天地赋命，生必有死；自古圣贤，谁能独免。"另还有著名的《拟挽歌辞》等。

"题未定"草（七至九）[①]

七

还有一样最能引读者入于迷途的，是"摘句"。它往往是衣裳上撕下来的一块绣花，经摘取者一吹嘘或附会，说是怎样超然物外，与尘浊无干，读者没有见过全体，便也被他弄得迷离惝恍。最显著的便是上文说过的"悠然见南山"的例子，忘记了陶潜的《述酒》和《读山海经》等诗，捏成他单是一个飘飘然，就是这摘句作怪。新近在《中学生》的十二月号上，看见了朱光潜[②]先生的《说'曲终人不见，江上数峰青'》的文章，推这两句为诗美的极致，我觉得也未免有以割裂为美的小疵。他说的好处是：

> 我爱这两句诗，多少是因为它对于我启示了一种哲学的意蕴。"曲终人不见"所表现的是消逝，"江上数峰青"所表现的是永恒。可爱的乐声和奏乐者虽然消逝了，而青山却巍然如旧，永远可以让我们把心情

寄托在它上面。人到底是怕凄凉的，要求伴侣的。曲终了，人去了，我们一霎时以前所游目骋怀的世界猛然间好像从脚底倒塌去了。这是人生最难堪的一件事，但是一转眼间我们看到江上青峰，好像又找到另一个可亲的伴侣，另一个可托足的世界，而且它永远是在那里的。"山穷水尽疑无路，柳暗花明又一村"，此种风味似之。不仅如此，人和曲果真消逝了么；这一曲缠绵悱恻的音乐没有惊动山灵？它没有传出江上青峰的妩媚和严肃？它没有深深地印在这妩媚和严肃里面？反正青山和湘灵的瑟声已发生这么一回的因缘，青山永在，瑟声和鼓瑟的人也就永在了。

这确已说明了他的所以激赏的原因。但也没有尽。读者是种种不同的，有的爱读《江赋》和《海赋》，有的欣赏《小园》或《枯树》。后者是徘徊于有无生灭之间的文人，对于人生，既惮扰攘，又怕离去，懒于求生，又不乐死，实有太板，寂绝又太空，疲倦得要休息，而休息又太凄凉，所以又必须有一种抚慰。于是"曲终人不见"之外，如"只在此山中，云深不知处"或"笙歌归院落，灯火下楼台"③之类，就往往为人所称道。因为眼前不见，而远处却在，如果不在，便悲哀了，这就是道士之所以说"至心归命礼，玉皇大天尊！"④也。

抚慰劳人的圣药，在诗，用朱先生的话来说，是

"静穆"：

> 艺术的最高境界都不在热烈。就诗人之所以为人而论，他所感到的欢喜和愁苦也许比常人所感到的更加热烈。就诗人之所以为诗人而论，热烈的欢喜或热烈的愁苦经过诗表现出来以后，都好比黄酒经过长久年代的储藏，失去它的辣性，只剩一味醇朴。我在别的文章里曾经说过这一段话："懂得这个道理，我们可以明白古希腊人何以把和平静穆看作诗的极境，把诗神亚波罗摆在蔚蓝的山巅，俯瞰众生扰攘，而眉宇间却常如作甜蜜梦，不露一丝被扰动的神色？"这里所谓"静穆"（Serenity）自然只是一种最高理想，不是在一般诗里所能找得到的。古希腊——尤其是古希腊的造形艺术——常使我们觉到这种"静穆"的风味。"静穆"是一种豁然大悟，得到归依的心情。它好比低眉默想的观音大士，超一切忧喜，同时你也可说它泯化一切忧喜。这种境界在中国诗里不多见。屈原阮籍李白杜甫都不免有些像金刚怒目，愤愤不平的样子。陶潜浑身是"静穆"，所以他伟大。

古希腊人，也许把和平静穆看作诗的极境的罢，这一点我毫无知识。但以现存的希腊诗歌而论，荷马的史诗，是雄大而活泼的，沙孚⑤的恋歌，是明白而热烈的，都不静穆。我想，立"静穆"为诗的极境，而此境不见于诗，也许和立蛋形为人体的最高形式，而此形终不见于人一样。至于亚波罗⑥之在山巅，那可因为他是"神"的缘故，无论古今，凡神像，总是放在较高之处的。这像，我曾见过照相，睁着眼睛，神清气爽，并不像"常如作甜蜜梦"。不过看见实物，是否"使我们觉到这种'静穆'的风味"，在我可就很难断定了，但是，倘使真的觉得，我以为也许有些因为他"古"的缘故。

我也是常常徘徊于雅俗之间的人，此刻的话，很近于大煞风景，但有时却自以为颇"雅"的；间或喜欢看看古董。记得十多年前，在北京认识了一个土财主，不知怎么一来，他也忽然"雅"起来了，买了一个鼎，据说是周鼎，真是土花斑驳，古色古香。而不料过不几天，他竟叫铜匠把它的土花和铜绿擦得一干二净，这才摆在客厅里，闪闪的发着铜光。这样的擦得精光的古铜器，我一生中还没见过第二个。一切"雅士"，听到的无不大笑，我在当时，也不禁由吃惊而失笑了，但接着就变成肃然，好像得了一种启示。这启示并非"哲学的意蕴"，是觉得这才看见了近于真相的周鼎。鼎在周朝，恰如碗之在现代，我们的碗，无整年不洗之理，所以鼎在当时，一定是干干净净，金光灿烂的，换了术语来说，就是它并不"静穆"，倒有些"热烈"。这一种俗气至今未脱，变化了我衡量古美术的眼光，例如希腊雕刻罢，我总以为它现在之见得"只剩一味醇朴"

者,原因之一,是在曾埋土中,或久经风雨,失去了锋棱和光泽的缘故,雕造的当时,一定是崭新,雪白,而且发闪的,所以我们现在所见的希腊之美,其实并不准是当时希腊人之所谓美,我们应该悬想它是一件新东西。

凡论文艺,虚悬了一个"极境",是要陷入"绝境"的,在艺术,会迷惘于土花,在文学,则被拘迫而"摘句"。但"摘句"又大足以困人,所以朱先生就只能取钱起的两句,而踢开他的全篇,又用这两句来概括作者的全人,又用这两句来打杀了屈原,阮籍,李白,杜甫等辈,以为"都不免有些像金刚怒目,愤愤不平的样子"。其实是他们四位,都因为垫高朱先生的美学说,做了冤屈的牺牲的。

我们现在先来看一看钱起的全篇罢省试湘灵鼓瑟:

> 善鼓云和瑟,常闻帝子灵。冯夷空自舞,楚客不堪听。苦调凄金石,清音入杳冥。苍梧来怨慕,白芷动芳馨。流水传湘浦,悲风过洞庭。曲终人不见,江上数峰青。⑦

要证成"醇朴"或"静穆",这全篇实在是不宜称引的,因为中间的四联,颇近于所谓"衰飒"。但没有上文,末两句便显得含胡,不过这含胡,却也许又是称引者之所谓超妙。现在一看题目,便明白"曲终"者结"鼓瑟","人不见"者点"灵"字,"江上数峰青"者做"湘"字,全篇虽不失为唐人的好试帖,但末两句也并不怎么神奇了。况且题上明说是"省试",当然不会有"愤愤不平的样子",假使屈原不和椒兰⑧吵架,却上京求取功名,我想,他大约也不至于在考卷上大发牢骚的,他首先要防落第。

我们于是应该再来看看这《湘灵鼓瑟》的作者的另外的诗了。但我手头也没有他的诗集,只有一部《大历诗略》,也是迂夫子的选本,不过篇数却不少,其中有一首是:

> 下第题长安客舍
>
> 不遂青云望,愁看黄鸟飞。梨花寒食夜,客子未春衣。世事随时变,交情与我违。空余主人柳,相见却依依。

一落第,在客栈的墙壁上题起诗来,他就不免有些愤愤了,可见那一首《湘灵鼓瑟》,实在是因为题目,又因为省试,所以只好如此圆转活脱。他和屈原,阮籍,李白,杜甫四位,有时都不免是怒目金刚,但就全体而论,他长不到丈六。⑨

世间有所谓"就事论事"的办法,现在就诗论诗,或者也可以说是无碍的罢。不过我总以为倘要论文,最好是顾及全篇,并且顾及作者的全人,以及他所处的社会状态,这才较为确凿。要不然,是很容易近乎说梦的。但我也并非反对说梦,我只主张听者心里明白所听的是说梦,这和我劝那些认真的读者不要专凭选本和标点本为法宝来研究文学的意思,大致并无不同。自己放出眼光看过较多的作品,就知道历来的伟大的作者,是没有一个"浑身是'静穆'"的。陶潜正因为并非"浑身是'静穆',所以他伟大"。现在之所以往往被尊为"静穆",是因为他被选文家和摘句家所缩小,凌迟了。

八

现在还在流传的古人文集,汉人的已经没有略存原状的了,魏的嵇康,所存的集子里还有别人的赠答和论难,晋的阮籍,集里也有伏义的来信,大约都是很古的残本,由后人重编的。《谢宣城集》⑩虽然只剩了前半部,但有他的同僚一同赋咏的诗。我以为这样的集子最好,因为一面看作者的文章,一面又可以见他和别人的关系,他的作品,比之同咏者,高下如何,他为什么要说那些话……现在采取这样的编法的,据我所知道,则《独秀文存》⑪,也附有和所存的"文"相关的别人的文字。

那些了不得的作家,谨严入骨,惜墨如金,要把一生的作品,只删存一个或者三四个字,刻之泰山顶上,"传之其人"⑫,那当然听他自己的便,还有鬼蜮似的"作家",明明有天兵天将保佑,姓名大可公开,他却偏要躲躲闪闪,生怕他的"作品"和自己的原形发生关系,随作随删,删到只剩下一张白纸,到底什么也没有,那当然也听他自己的便。如果多少和社会有些关系的文字,我以为是都应该集印的,其中当然夹杂着许多废料,所谓"榛楛弗剪"⑬,然而这才是深山大泽。现在已经不像古代,要手抄,要木刻,只要用铅字一排就够。虽说排印,糟蹋纸墨自然也还是糟蹋纸墨的,不过只要一想连杨邨人之流的东西也还在排印,那就无论什么都可以闭着眼睛发出去了。中国人常说"有一利必有一弊",也就是"有一弊必有一利":揭起小无耻之旗,固然要引出无耻群,但使谦让者泼剌起来,却是一利。

收回了谦让的人,在实际上也并不少,但又是所谓"爱惜自己"的居多。"爱惜自己"当然并不是坏事情,至少,他不至于无耻,然而有些人往往误认"装点"和"遮掩"为"爱惜"。集子里面,有兼收"少作"的,然而偏去修改一下,在孩子的脸上,种上一撮白胡须;也有兼收别人之作的,然而又大加拣选,决不取谩骂诬蔑的文章,以为无价值。其实是这些东西,一样的和本文都有价值的,即使那力量还不够引出无耻群,但倘和有价值的本文有关,这就是它在当时的价值。中国的史家是早已明白了这一点的,所以历史里大抵有循吏传,隐逸传,却也有酷吏传和佞幸传,有忠臣传,也有奸臣传。因为不如此,便无从知道全般。

而且一任鬼蜮的技俩随时消灭,也不能洞晓反鬼蜮者的人和文章。山林隐逸之作不必论,倘使这作者是身在人间,带些战斗性的,那么,他在社会上一定有敌对。只是这些敌对决不肯自承,时时撒娇道:"冤乎枉哉,这是他把我当作假想敌了呀!"可是留心一看,他的确在放暗箭,一经指出,这才改为明枪,但又说这是因为被诬为"假想敌"⑭的报复。所用的技俩,也是决不肯任其流传的,不但事后要它消灭,就是临时也在躲闪;而编集子的人又不屑收录。于是到得后来,就只剩了一面的文章了,无可对比,当时的抗战之作,就都好像无的放矢,独个人在向着空中发疯。我尝见人评古人的文章,说谁是"锋棱太露",谁又是"剑拔弩张",就因为对面的文章,完全消灭了的缘故,倘在,是也许可以减去评论家几分懵懂的。所以我以为此后该有博采种种所谓无价值的别人的文章,作为附录的集子。以前虽无成例,却是留给后来的宝贝,其功用与铸了魑魅罔两的形状的禹鼎⑮相同。

就是近来的有些期刊,那无聊,无耻与下流,也是世界上不可多得的物事,然而这又确是现代中国的或一群人的"文学",现在可以知今,将来可以知古,较大的图书馆,都必须保存的。但记得 C 君曾经告诉我,不但这些,连认真切实的期刊,也保存的很少,大抵只在把外国的杂志,一大本一大本的装起来;还是生着"贵古而贱今,忽近而图远"的老毛病。

九

仍是上文说过的所谓《珍本丛书》之一的张岱《琅嬛文集》，那卷三的书牍类里，有《又与毅儒八弟》的信，开首说：

> 前见吾弟选《明诗存》，有一字不似钟谭者，必弃置不取；今几社诸君子盛称王李，痛骂钟谭，而吾弟选法又与前一变，有一字似钟谭者，必弃置不取。钟谭之诗集，仍此诗集，吾弟手眼，仍此手眼，而乃转若飞蓬，捷如影响，何胸无定识，目无定见，口无定评，乃至斯极耶？盖吾弟喜钟谭时，有钟谭之好处，尽有钟谭之不好处，彼盖工常带璞，原不该尽视为连城；吾弟恨钟谭时，有钟谭之不好处，仍有钟谭之好处，彼盖瑕不掩瑜，更不可尽弃为瓦砾。吾弟勿以几社君子之言，横据胸中，虚心平气，细细论之，则其妍丑自见，奈何以他人好尚为好尚哉！……

这是分明的画出随风转舵的选家的面目，也指证了选本的难以凭信的。张岱自己，则以为选文造史，须无自己的意见，他在《与李砚翁》的信里说："弟《石匮》一书，淘笔四十余载，心如止水秦铜，并不自立意见，故下笔描绘,妍媸自见,敢言刻划,亦就物肖形而已。……"然而心究非镜,也不能虚,所以立"虚心平气"为选诗的极境,"并不自立意见"为作史的极境者,也像立"静穆"为诗的极境一样,在事实上不可得。数年前的文坛上所谓"第三种人"杜衡辈,标榜超然,实为群丑,不久即本相毕露,知耻者皆羞称之,无待这里多说了;就令自觉不怀他意,屹然中立如张岱者,其实也还是偏倚的。他在同一信中,论东林⑯云:

> ……夫东林自顾泾阳讲学以来,以此名目,祸我国家者八九十年,以其党升沉,用占世数兴败,其党盛则为终南之捷径,其党败则为元祐之党碑⑰。……盖东林首事者实多君子,窜入者不无小人,拥戴者皆为小人,招徕者亦有君子,此其间线索甚清,门户甚迥。……东林之中,其庸庸碌碌者不必置论,如贪婪强横之王图,奸险凶暴之李三才,闯贼首辅之项煜,上笺劝进之周钟,以致窜入东林,乃欲俱奉之以君子,则吾臂可断,决不敢徇情也。东林之尤可丑者,时敏之降闯贼曰,'吾东林时敏也',以冀大用。鲁王监国,蕞尔小朝廷,科道任孔当辈犹曰,'非东林不可进用'。则是东林二字,直与蕞尔鲁国及汝偕亡者。手刃此辈,置之汤镬,出薪真不可不猛也。……

这真可谓"词严义正"。所举的群小，也都确实的，尤其是时敏，虽在三百年后，也何尝无此等人，真令人惊心动魄。然而他的严责东林，是因为东林党中也有小人，古今来无纯一不杂的君子群，于是凡有党社，必为自谓中立者所不满，就大体而言，是好人多还是坏人多，他就置之不论了。或者还更加一转云：东林虽多君子，然亦有小人，反东林者虽多小人，然亦有正士，于是好像两面都有好坏，并无不同，但因东林世称君子，故有小人即可丑，反东林者本为小人，故有正士则可嘉，苛求君子，宽纵小人，自以为明察秋毫，而实则反助小人张目。倘说：东林中虽亦有小人，然多数为君子，反东林者虽亦有正士，而大抵是小人。那么，斤量就大不相同了。

谢国桢先生作《明清之际党社运动考》，钩索文籍，用力甚勤，叙魏忠贤两次虐杀东林党人毕，说道："那时候，亲戚朋友，全远远的躲避，无耻的士大夫，早投降到魏党的旗帜底下了。说一两句公道话，想替诸君子帮忙的，只有几个书呆子，还有几个老百姓。"

这说的是魏忠贤使缇骑捕周顺昌，被苏州人民击散的事。诚然，老百姓虽然不读诗书，不明史法，不解在瑜中求瑕，屎里觅道，但能从大概上看，明黑白，辨是非，往往有决非清高通达的士大夫所可几及之处的。刚刚接到本日的《大美晚报》，有"北平特约通讯"，记学生游行，被警察水龙喷射，棍击刀砍，一部分则被闭于城外，使受冻馁,"此时燕冀中学师大附中及附近居民纷纷组织慰劳队,送水烧饼馒头等食物,学生略解饥肠……"谁说中国的老百姓是庸愚的呢,被愚弄诓骗压迫到现在,还明白如此。张岱又说:"忠臣义士多见于国破家亡之际,如敲石出火,一闪即灭,人主不急起收之,则火种绝矣。"(《越绝诗小序》)他所指的"人主"是明太祖,和现在的情景不相符。

石在,火种是不会绝的。但我要重申九年前的主张:不要再请愿!

十二月十八——十九夜。

---

①本篇第七节最初发表于1936年1月上海《海燕》月刊第一期,八、九两节最初发表于同年2月《海燕》第二期。后收入《且介亭杂文二集》。

②朱光潜(1897—1986),字孟实,安徽桐城人,学贯中西的著名美学家,北京大学教授。这里所说的文章发表于《中学生》杂志第六十号(1935年12月)。

③"只在此山中"二句,见唐代诗人贾岛《寻隐者不遇》。"笙歌归院落"二句,见唐代诗人白居易《宴散》。

④"至心归命礼"二句,是道教经典中常见的话,意思是诚心皈依道教,礼拜玉皇大帝。

⑤沙孚(Sappho),通译作萨福,约公元前六世纪时的古希腊女

诗人。她流传至今的作品只有两三篇完整的短诗和一些断片,内容主要是歌颂爱情和友谊。

⑥亚波罗,通译作阿波罗,希腊神话中太阳神,也是光明、艺术之神。

⑦钱起(722—约780),唐天宝间进士,"大历十才子"之一。《省试湘灵鼓瑟》是他参加进士考试时所作的一首试帖诗。"省试"唐代各州县贡士到京城参加考试,由尚书省的礼部主试,故称省试或礼部试。

⑧椒兰,指楚大夫子椒和楚怀王少子子兰。

⑨丈六,佛家语,指佛的身量。晋代袁宏《后汉纪·明帝纪》载:"佛身长一丈六尺。"

⑩《谢宣城集》,南朝齐诗人谢朓的诗文集。谢朓(464—499),字玄晖,曾官宣城太守。

⑪《独秀文存》,陈独秀的文集。

⑫司马迁《报任少卿书》:"藏之名山,传之其人。"

⑬晋代陆机《文赋》:"彼榛楛之勿剪,亦蒙荣于集翠。"榛楛,丛生的荆棘。

⑭"假想敌",杜衡在《星火》第二卷第二期(1935年11月)发表的《文坛的骂风》一文中说:"杂文是战斗的。……但有时没有战斗的对象,而这'战斗的'杂文依然为人所需要,于是乎不得不去找'假想敌'。……至于写这些文章的动机,……三分是为了除了杂文无文可写,除了骂人无杂文可写,除了胡乱找'假想敌'无人可骂之故。"

⑮相传夏禹铸九鼎,象征九州。魑,山神,兽形;魅,怪物;罔

两，水神，又写作魍魉。

⑯东林，指明末的东林党。主要人物有顾宪成、高攀龙等，他们聚集在无锡东林书院讲学，议论时政，影响很大。一部分比较正直的官吏也和他们互通声气，形成了以上层知识分子为主的政治集团。明天启五年（1625）他们遭到宦官魏忠贤的残酷迫害和镇压，被杀害的达数百人。

⑰元祐党碑：宋徽宗时，蔡京当权，奏请把宋哲宗（年号元祐）朝反对王安石新法的司马光、苏轼等三〇九人镌名立碑于太学端礼门前，指为奸党，称为党人碑，或元祐党碑。党人子孙后来引以为荣，当党人碑被毁之后，还重新摹刻。

病后杂谈①

一

生一点病,的确也是一种福气。不过这里有两个必要条件:一要病是小病,并非什么霍乱吐泻,黑死病,或脑膜炎之类;二要至少手头有一点现款,不至于躺一天,就饿一天。这二者缺一,便是俗人,不足与言生病之雅趣的。

我曾经爱管闲事,知道过许多人,这些人物,都怀着一个大愿。大愿,原是每个人都有的,不过有些人却模模胡胡,自己抓不住,说不出。他们中最特别的有两位:一位是愿天下的人都死掉,只剩下他自己和一个好看的姑娘,还有一个卖大饼的;另一位是愿秋天薄暮,吐半口血,两个侍儿扶着,恹恹的到阶前去看秋海棠。这种志向,一看好像离奇,其实却照顾得很周到。第一位姑且不谈他罢,第二位的"吐半口血",就有很大的道理。才子本来多病,但要"多",就不能重,假使一吐就是一碗或几升,一个人的血,能有几回好吐呢?过不几天,就雅不下去了。

我一向很少生病，上月却生了一点点。开初是每晚发热，没有力，不想吃东西，一礼拜不肯好，只得看医生。医生说是流行性感冒。好罢，就是流行性感冒。但过了流行性感冒一定退热的时期，我的热却还不退。医生从他那大皮包里取出玻璃管来，要取我的血液，我知道他在疑心我生伤寒病了，自己也有些发愁。然而他第二天对我说，血里没有一粒伤寒菌；于是注意的听肺，平常；听心，上等。这似乎很使他为难。我说，也许是疲劳罢；他也不甚反对，只是沉吟着说，但是疲劳的发热，还应该低一点。……

好几回检查了全体，没有死症，不至于呜呼哀哉是明明白白的，不过是每晚发热，没有力，不想吃东西而已，这真无异于"吐半口血"，大可享生病之福了。因为既不必写遗嘱，又没有大痛苦，然而可以不看正经书，不管柴米账，玩他几天，名称又好听，叫作"养病"。从这一天起，我就自己觉得好像有点儿"雅"了；那一位愿吐半口血的才子，也就是那时躺着无事，忽然记了起来的。

光是胡思乱想也不是事，不如看点不劳精神的书，要不然，也不成其为"养病"。像这样的时候，我赞成中国纸的线装书，这也就是有点儿"雅"起来了的证据。洋装书便于插架，便于保存，现在不但有洋装二十五六史，连《四部备要》也硬领而皮靴了，[②]——原是不为无见的。但看洋装书要年富力强，正襟危坐，有严肃的态度。假使你躺着看,那就好像两只手捧着一块大砖头,不多工夫,就两臂酸麻,只好叹一口气,将它放下。所以,我在叹气之后,就去寻线装书。

一寻,寻到了久不见面的《世说新语》之类一大堆,躺着来看,轻飘飘的毫不费力了,魏晋人的豪放潇洒的风姿,也仿佛在眼前浮动。由此想到阮嗣宗的听到步兵厨善于酿酒,就求为步兵校尉;陶渊明的做了彭泽令,就教官田都种秫,以便做酒,因了太太的抗议,这才种了一点秔。这真是天趣盎然,决非现在的"站在云端里呐喊"③者们所能望其项背。但是,"雅"要想到适可而止,再想便不行。例如阮嗣宗可以求做步兵校尉,陶渊明补了彭泽令,他们的地位,就不是一个平常人,要"雅",也还是要地位。"采菊东篱下,悠然见南山"是渊明的好句,但我们在上海学起来可就难了。没有南山,我们还可以改作"悠然见洋房"或"悠然见烟囱"的,然而要租一所院子里有点竹篱,可以种菊的房子,租钱就每月总得一百两,水电在外;巡捕捐按房租百分之十四,每月十四两。单是这两项,每月就是一百十四两,每两作一元四角算,等于一百五十九元六。近来的文稿又不值钱,每千字最低的只有四五角,因为是学陶渊明的雅人的稿子,现在算他每千字三大元罢,但标点,洋文,空白除外。那么,单单为了采菊,他就得每月译作净五万三千二百字。吃饭呢?要另外想法子生发,否则,他只好"饥来驱我去,不知竟何之"了。

"雅"要地位，也要钱，古今并不两样的，但古代的买雅，自然比现在便宜；办法也并不两样，书要摆在书架上，或者抛几本在地板上，酒杯要摆在桌子上，但算盘却要收在抽屉里，或者最好是在肚子里。

此之谓"空灵"。

二

为了"雅"，本来不想说这些话的。后来一想，这于"雅"并无伤，不过是在证明我自己的"俗"。王夷甫④口不言钱，还是一个不干不净人物，雅人打算盘，当然也无损其为雅人。不过他应该有时收起算盘，或者最妙是暂时忘却算盘，那么，那时的一言一笑，就都是灵机天成的一言一笑，如果念念不忘世间的利害，那可就成为"杭育杭育派"了。这关键，只在一者能够忽而放开，一者却是永远执着，因此也就大有了雅俗和高下之分。我想，这和时而"敦伦"⑤者不失为圣贤，连白天也在想女人的就要被称为"登徒子"⑥的道理，大概是一样的。

所以我恐怕只好自己承认"俗"，因为随手翻了一通《世说新语》，看过"娲隅跃清池"⑦的时候，千不该万不该的竟从"养病"想到"养病费"上去了，于是一骨碌爬起来，写信讨版税，催稿费。写完之后，觉得和魏晋人有点隔膜，自己想，假使此刻有阮嗣宗或陶渊明在面前出现，我们也一定谈不来的。于是另换了几本书，大抵是明末清初的野史，时代较近，看起来也许较有趣味。第一本拿在手里的是《蜀碧》⑧。

这是蜀宾⑨从成都带来送我的，还有一部《蜀龟鉴》⑩，都是讲张献忠⑪祸蜀的书，其实是不但四川人，而是凡有中国人都该翻一下的著作，可惜刻的太坏，错字颇不少。翻了一遍，在卷三里看见了这样的一条——

> 又，剥皮者，从头至尻，一缕裂之，张于前，如鸟展翅，率逾日始绝。有即毙者，行刑之人坐死。

也还是为了自己生病的缘故罢，这时就想到了人体解剖。医术和虐刑，是都要生理学和解剖学智识的。中国却怪得很，固有的医书上的人身五脏图，真是草率错误到见不得人，但虐刑的方法，则往往好像古人早懂得了现代的科学。例如罢，谁都知道从周到汉，有一种施于男子的"宫刑"，也叫"腐刑"，次于"大辟"一等。对于女性就叫"幽闭"，向来不大有人提起那方法，但总之，是决非将她关起来，或者将它缝起来。近时好像被我查出一点大概来了，那办法的凶恶，妥当，而又合乎解剖学，真使我不得不吃惊。但妇科的医书呢？几乎都不明白女性下半身的解剖学的构造，他们只将肚子看作一个大口袋，里面装着莫名其妙的东西。

单说剥皮法，中国就有种种。上面所抄的是张献忠式；还有孙可望[12]式，见于屈大均的《安龙逸史》[13]，也是这回在病中翻到的。其时是永历六年，即清顺治九年，永历帝已经躲在安隆（那时改为安龙），秦王孙可望杀了陈邦传父子，御史李如月就弹劾他"擅杀勋将，无人臣礼"，皇帝反打了如月四十板。可是事情还不能完，又给孙党张应科知道了，就去报告了孙可望。

可望得应科报，即令应科杀如月，剥皮示众。俄缚如月至朝门，有负石灰一筐，稻草一捆，置于其前。如月问，'如何用此？'其人曰，'是揎你的草！'如月叱曰，'瞎奴！此株株是文章，节节是忠肠也！'既而应科立右角门阶，捧可望令旨，喝如月跪。如月叱曰，'我是朝廷命官，岂跪贼令！？'乃步至中门，向阙再拜。……应科促令仆地，剖脊，及臀，如月大呼曰：'死得快活，浑身清凉！'又呼可望名，大骂不绝。及断至手足，转前胸，犹微声恨骂；至颈绝而死。随以灰渍之，纫以线，后乃入草，移北城门通衢阁上，悬之。……

张献忠的自然是"流贼"式；孙可望虽然也是流贼出身，但这时已是保明拒清的柱石，封为秦王，后来降了满洲，还是封为义王，所以他所用的其实是官式。明初，永乐皇帝剥了那忠于建文帝的景清⑭的皮,也就是用这方法的。大明一朝,以剥皮始,以剥皮终,可谓始终不变;至今在绍兴戏文里和乡下人的嘴上,还偶然可以听到"剥皮揎草"的话,那皇泽之长也就可想而知了。

真也无怪有些慈悲心肠人不愿意看野史,听故事;有些事情,真也不像人世,要令人毛骨悚然,心里受伤,永不全愈的。残酷的事实尽有,最好莫如不闻,这才可以保全性灵,也是"是以君子远庖厨也"⑮的意思。比灭亡略早的晚明名家的潇洒小品在现在的盛行,实在也不能说是无缘无故。不过这一种心地晶莹的雅致,又必须有一种好境遇,李如月仆地"剖脊",脸孔向下,原是一个看书的好姿势⑯,但如果这时给他看袁中郎的《广庄》⑰,我想他是一定不要看的。这时他的性灵有些儿不对,不懂得真文艺了。

然而,中国的士大夫是到底有点雅气的,例如李如月说的"株株是文章,节节是忠肠",就很富于诗趣。临死做诗的,古今来也不知道有多少。直到近代,谭嗣同⑱在临刑之前就做一绝"闭门投辖思张俭",秋瑾⑲女士也有一句"秋雨秋风愁杀人",然而还雅得不够格,所以各种诗选里都不载,也不能卖钱。

三

清朝有灭族,有凌迟,却没有剥皮之刑,这是汉人应该惭愧的,但后来脍炙人口的虐政是文字狱。虽说文字狱,其实还含着许多复杂的原因,在这里不能细说;我们现在还直接受到流毒的,是他删改了许多古人的著作的字句,禁了许多明清人的书。

《安龙逸史》大约也是一种禁书,我所得的是吴兴刘氏嘉业堂[20]的新刻本。他刻的前清禁书还不止这一种,屈大均的又有《翁山文外》;还有蔡显的《闲渔闲闲录》[21],是作者因此"斩立决",还累及门生的,但我细看了一遍,却又寻不出什么忌讳。对于这种刻书家,我是很感激的,因为他传授给我许多知识——虽然从雅人看来,只是些庸俗不堪的知识。但是到嘉业堂去买书,可真难。我还记得,今年春天的一个下午,好容易在爱文义路找着了,两扇大铁门,叩了几下,门上开了一个小方洞,里面有中国门房,中国巡捕,白俄镖师各一位。巡捕问我来干什么的。我说买书。他说账房出去了,没有人管,明天再来罢。我告诉他我住得远,可能给我等一会呢?他说,不成!同时也堵住了那个小方洞。过了两天,我又去了,改作上午,以为此时账房也许不至于出去。但这回所得回答却更其绝望,巡捕曰:"书都没有了!卖完了!不卖了!"

我就没有第三次再去买,因为实在回复的斩钉截铁。现在所有的几种,是托朋友去辗转买来的,好像必须是熟人或走熟的书店,这才买得到。

每种书的末尾,都有嘉业堂主人刘承干先生的跋文,他对于明季的遗老很有同情，对于清初的文祸也颇不满。但奇怪的是他自己的文章却满是前清遗老的口风；书是民国刻的，"仪"字还缺着末笔㉒。我想，试看明朝遗老的著作，反抗清朝的主旨，是在异族的入主中夏的，改换朝代，倒还在其次。所以要顶礼明末的遗民，必须接受他的民族思想，这才可以心心相印。现在以明遗老之仇的满清的遗老自居，却又引明遗老为同调，只着重在"遗老"两个字，而毫不问遗于何族，遗在何时，这真可以说是"为遗老而遗老"，和现在文坛上的"为艺术而艺术"，成为一副绝好的对子了。

倘以为这是因为"食古不化"的缘故，那可也并不然。中国的士大夫，该化的时候，就未必决不化。就如上面说过的《蜀龟鉴》，原是一部笔法都仿《春秋》的书，但写到"圣祖仁皇帝康熙元年春正月"，就有"赞"道："……明季之乱甚矣！风终豳，雅终《召旻》，㉓托乱极思治之隐忧而无其实事，孰若臣祖亲见之，臣身亲被之乎？是编以元年正月终者，非徒谓体元表正㉔，蔑以加兹；生逢盛世，荡荡难名，一以寄没世不忘之恩，一以见太平之业所由始耳！"

《春秋》上是没有这种笔法的。满洲的肃王的一箭，不但射死了张献忠㉕，也感化了许多读书人，而且改变了"春秋笔法"㉖了。

四

病中来看这些书,归根结蒂,也还是令人气闷。但又开始知道了有些聪明的士大夫,依然会从血泊里寻出闲适来。例如《蜀碧》,总可以说是够惨的书了,然而序文后面却刻着一位乐斋先生的批语道:"古穆有魏晋间人笔意。"

这真是天大的本领!那死似的镇静,又将我的气闷打破了。

我放下书,合了眼睛,躺着想想学这本领的方法,以为这和"君子远庖厨也"的法子是大两样的,因为这时是君子自己也亲到了庖厨里。瞑想的结果,拟定了两手太极拳。一,是对于世事要"浮光掠影",随时忘却,不甚了然,仿佛有些关心,却又并不恳切;二,是对于现实要"蔽聪塞明",麻木冷静,不受感触,先由努力,后成自然。第一种的名称不大好听,第二种却也是却病延年的要诀,连古之儒者也并不讳言的。这都是大道。还有一种轻捷的小道,是:彼此说谎,自欺欺人。

有些事情,换一句话说就不大合式,所以君子憎恶俗人的"道破"。其实,"君子远庖厨也"就是自欺欺人的办法:君子非吃牛肉不可,然而他慈悲,不忍见牛的临死的觳觫,于是走开,等到烧成牛排,然后慢慢的来咀嚼。牛排是决不会"觳觫"的了,也就和慈悲不再有冲突,于是他心安理得，天趣盎然，剔剔牙齿，摸摸肚子，"万物皆备于我矣"[27]了。彼此说谎也决不是伤雅的事情，东坡先生在黄州，有客来，就要客谈鬼，客说没有，东坡道："姑妄言之！"[28]至今还算是一件韵事。

撒一点小谎，可以解无聊，也可以消闷气；到后来，忘却了真，相信了谎。也就心安理得，天趣盎然了起来。永乐的硬做皇帝，一部分士大夫是颇以为不大好的。尤其是对于他的惨杀建文的忠臣。和景清一同被杀的还有铁铉[29]，景清剥皮，铁铉油炸，他的两个女儿则发付了教坊，叫她们做婊子。这更使士大夫不舒服，但有人说，后来二女献诗于原问官，被永乐所知，赦出，嫁给士人了。

这真是"曲终奏雅"[30]，令人如释重负，觉得天皇毕竟圣明，好人也终于得救。她虽然做过官妓，然而究竟是一位能诗的才女，她父亲又是大忠臣，为夫的士人，当然也不算辱没。但是，必须"浮光掠影"到这里为止，想不得下去。一想，就要想到永乐的上谕，有些是凶残猥亵，将张献忠祭梓潼神的"咱老子姓张，你也姓张，咱老子和你联了宗罢。尚飨！"的名文，和他的比起来，真是高华典雅，配登西洋的上等杂志，那就会觉得永乐皇帝决不像一位爱才怜弱的明君。况且那时的教坊是怎样的处所？罪人的妻女在那里是并非静候嫖客的，据永乐定法，还要她们"转营"，这就是每座兵营里都去几天，目的是在使她们为多数男性所凌辱，生出"小龟子"和"淫贱材儿"来！所以,现在成了问题的"守节",在那时,其实是只准"良民"专利的特典。在这样的治下,这样的地狱里,做一首诗就能超生的么?

我这回从杭世骏的《订讹类编》(续补卷上)里,这才确切的知道了这佳话的欺骗。他说:

> ……考铁长女诗,乃吴人范昌期"题老妓卷"作也。诗云:"教坊落籍洗铅华,一片春心对落花。旧曲听来空有恨,故园归去却无家。云鬟半軃临青镜,雨泪频弹湿绛纱。安得江州司马在,尊前重为赋琵琶。"昌期,字鸣凤;诗见张士瀹《国朝文纂》。同时杜琼用嘉亦有次韵诗,题曰《无题》,则其非铁氏作明矣。次女诗所谓"春来雨露深如海,嫁得刘郎胜阮郎",其论尤为不伦。宗正睦㮵论革除事,谓建文流落西南诸诗,皆好事伪作,则铁女之诗可知。……

《国朝文纂》我没有见过,铁氏次女的诗,杭世骏也并未寻出根底,但我以为他的话是可信的,——虽然他败坏了口口相传的韵事。况且一则他也是一个认真的考证学者,二则我觉得凡是得到大杀风景的结果的考证,往往比表面说得好听,玩得有趣的东西近真。

首先将范昌期的诗嫁给铁氏长女,聊以自欺欺人的是谁呢?我也不知道。但"浮光掠影"的一看,倒也罢了,一经杭世骏道破，再去看时，就很明白的知道了确是咏老妓之作，那第一句就不像现任官妓的口吻。不过中国的有一些士大夫，总爱无中生有，移花接木的造出故事来，他们不但歌颂升平，还粉饰黑暗。关于铁氏二女的撒谎，尚其小焉者耳，大至胡元杀掠，满清焚屠之际，也还会有人单单捧出什么烈女绝命，难妇题壁的诗词来，这个艳传，那个步韵，比对于华屋丘墟，生民涂炭之惨的大事情还起劲。到底是刻了一本集，连自己们都附进去，而韵事也就完结了。

我在写着这些的时候，病是要算已经好了的了，用不着写遗书。但我想在这里趁便拜托我的相识的朋友，将来我死掉之后，即使在中国还有追悼的可能，也千万不要给我开追悼会或者出什么记念册。因为这不过是活人的讲演或挽联的斗法场，为了造语惊人，对仗工稳起见，有些文豪们是简直不恤于胡说八道的。结果至多也不过印成一本书，即使有谁看了，于我死人，于读者活人，都无益处，就是对于作者，其实也并无益处，挽联做得好，也不过挽联做得好而已。

现在的意见，我以为倘有购买那些纸墨白布的闲钱，还不如选几部明人，清人或今人的野史或笔记来印印，倒是于大家很有益处的。但是要认真，用点工夫，标点不要错。

十二月十一日。

① 本篇第一节最初发表于 1935 年 2 月《文学》月刊第四卷第二号,其他三节都被当局审查删去。后收入《且介亭杂文》。

② 上海开明书店出版的《二十五史》(即原来的《二十四史》加上《新元史》),共精装九大册;上海书报合作社出版的《二十六史》(上述的《二十五史》加上《清史稿》),共精装二十大册。又上海中华书局印行的《四部备要》(经、史、子、集四部古籍三三六种)原订二千五百册,也有精装本,合订一百册。

③ 在《人间世》半月刊第十三期(1934 年 10 月 5 日)《怎样洗炼白话入文》一文中说:"今日既无人能用一二十字说明大众语是何物,又无人能写一二百字模范大众语,给我们见识见识,只管在云端呐喊,宜乎其为大众之谜也。"

④ 王夷甫(256—311),名衍,竹林七贤之一王戎的堂弟。《晋书·王戎传》:"衍疾郭(王衍妻郭氏)之贪鄙,故口未尝言钱。郭欲试之,令婢以钱绕床,使不得行。衍晨起见钱,谓婢曰:'举阿堵物却!'"又说:"衍虽居宰辅之重,不以经国为念,而思自全之计。……识者鄙之。"

⑤ "敦伦",做爱的意思。清代袁枚在《答杨笠湖书》中说:"李刚主自负不欺之学,日记云:昨夜与老妻'敦伦'一次。至今传为笑谈。"按李塨(1659—1733),字刚主,清代思想家,与其师颜习斋合称颜李。

⑥ 宋玉曾作《登徒子好色赋》,后来就称好色的人为登徒子。

⑦ "隅跃清池",《世说新语·排调》载:"郝隆为桓公南蛮参军,三月三日会,作诗,不能者罚酒三升。隆初以不能受罚,既饮,

揽笔便作一句云：'隅跃清池。'桓问：'隅是何物？'答曰：'蛮名隅为鱼。'桓公曰：'作诗何以作蛮语？'隆曰：'千里投公，始得蛮府参军，那得不作蛮语也？'"

⑧《蜀碧》，清代彭遵泗著，主要记述了张献忠在四川时的事迹。

⑨蜀宾，许钦文的笔名。

⑩《蜀龟鉴》，清代刘景伯著，杂录明季遗闻。

⑪张献忠（1606—1646），延安柳树涧（今陕西定边东）人，明末起义军领袖。崇祯三年（1630）起义，转战陕西、河南等地。崇祯十七年（1644）入川，在成都建立大西国。清顺治三年（1646）出川途中，在川北盐亭界为清兵所害。旧史书中常有关于他杀人的夸大记载。

⑫孙可望（？—1660），陕西米脂人，张献忠的养子及部将。张败死后，他率部从四川转往贵州、云南。永历五年（1651）他向南明永历帝求封为秦王，最后又投降清朝。

⑬屈大均（1630—1696），字翁山，广东番禺人，明末学者，参加抗清活动失败后一度削发为僧。所著《翁山文外》《安龙逸史》等均是清朝禁毁书籍之一。

⑭景清，真宁（今甘肃正宁）人，建文帝（朱允炆）时官御史大夫。据《明史·景清传》载，成祖（朱棣）登位，他佯为归顺，后以谋刺成祖，磔死。他被剥皮事，见谷应泰《明史纪事本末·壬午殉难》："八月望日早朝，清绯衣入。……朝毕，出御门，清奋跃而前，将犯驾。文皇急命左右收之，得所佩剑。清知志不得遂，乃起植立嫚骂。抉其齿，且抉且骂，含血直噀御袍。乃命剥其皮，草椟之，械系长安门。"

⑮ "是以君子远庖厨也",语见《孟子·梁惠王》。

⑯ 看书的好姿势,《论语》第二十八期(1933年11月1日)载有黄嘉音作的一组画,题为《介绍几个读论语的好姿势》,共六图,其中之一为"游蛟伏地式",画的是一人伏在地上看书。作者在这里顺笔给以讽刺。

⑰ 袁中郎(1568—1610),名宏道,字中郎。他与兄宗道、弟中道,反对文学上的拟古主义,主张"独抒性灵,不拘格套",世称"公安派"。当时林语堂、周作人等借公安派为代表的明人小品以宣扬所谓"闲适"、"性灵"。《广庄》是袁中郎仿《庄子》文体谈道家思想的作品。

⑱ 谭嗣同(1865—1898),字复生,湖南浏阳人,清末维新运动的重要人物,戊戌政变中牺牲的"六君子"之一。"闭门投辖思张俭",原作"望门投止思张俭",是他被害前所作七绝《狱中题壁》的第一句。张俭,后汉山阳高平(今山东邹县)人,赵王张耳之后。《后汉书·党锢列传》载:他的仇家"上书告俭与同郡二十四人为党,于是刊章讨捕。俭得亡命,困迫遁走,望门投止,莫不重其名行,破家相容"。"闭门投辖"是汉代陈遵好客的故事,见《汉书·游侠列传》。

⑲ 秋瑾(1879？—1907),字璇卿,号竞雄,别署鉴湖女侠,浙江绍兴人,其故居和鲁迅故居很近,又相继赴日本留学。她是光复会主要人物之一,1907年7月,她因筹划起义事泄,被清政府逮捕,15日(夏历六月初六)被害于绍兴城内轩亭口。陈去病在《鉴湖女侠秋瑾传》中叙述秋瑾受审时的情形说:"有见之者,谓初终无所供,惟于刑庭书'秋雨秋风愁杀人'句而已。"

⑳吴兴刘氏嘉业堂，我国著名的私人藏书楼，在浙江吴兴南浔镇，藏书达六十万卷，并自行雕版印书，刻有《嘉业堂丛书》《求恕斋丛书》等。创办人刘承干（1882—1963），字贞一，号翰怡，浙江吴兴人。

㉑蔡显（约 1697—1767），字笠夫，江苏华亭（今上海松江）人。所著《闲渔闲闲录》，是一部杂录朝典、时事、诗句的杂记，刘氏嘉业堂刻本于 1915 年印行。《清代文字狱档》第二辑收有"蔡显《闲渔闲闲录》案"，此案发生于乾隆三十二年（1767），据当时的奏折称：蔡显系雍正时举人，年七十一岁，自号闲渔；所著《闲闲录》一书，语含诽谤，意多悖逆。后来的结果是蔡显被"斩决"，他的儿子"斩监候秋后处决"，门人等分别"杖流"及"发伊犁等处充当苦差"。

㉒缺着末笔，从唐代开始的一种避讳方法，即在书写或镌刻本朝皇帝或尊长的名字时省略最末一笔。刘承干对"儀"字缺末笔，是避清废帝溥仪（儀）的讳。

㉓《诗经》计分"国风""小雅""大雅""颂"四类。《豳》列于"国风"的最后。《召旻》是"大雅"的最后一篇。

㉔"体元"，见《春秋》隐公元年："元年，春，王正月。"晋代杜预注："凡人君即位，欲其体元以居正，故不言一年一月也。""表正"，见《书经·仲虺之诰》："表正万邦。"汉代孔安国注："仪表天下，法正万国。"

㉕《春秋》是春秋时期鲁国的编年史，相传为孔子所修。过去的经学家认为它每用一字，都隐含"褒""贬"的"微言大义"，称为"春秋笔法"。

㉖"万物皆备于我矣",语见《孟子·尽心》。

㉗苏轼(1037—1101),字子瞻,号东坡居士,眉山(今属四川)人,宋代大文豪。叶梦得《石林避暑录话》卷一:"子瞻在黄州及岭表,每旦起,不招客相与语,则必出而访客。所与游者亦不尽择,各随其人高下,谈谐放荡,不复为畛畦。有不能谈者,则强之使说鬼,或辞无有,则曰'姑妄言之',于是闻者无不绝倒,皆尽欢而去。"

㉘铁铉(1366—1402),字鼎石,河南邓州(今邓县)人。明建文帝时任山东参政,燕王朱棣(即后来的永乐帝)起兵夺位,他在济南屡破燕王兵,升兵部尚书。燕王登位后被处死。据谷应泰《明史纪事本末·壬午殉难》载:"铁铉被执至京陛见,背立庭中,正言不屈,令一顾不可得。割其耳鼻,竟不肯顾……遂寸磔之,至死,犹喃喃骂不绝。文皇(永乐)乃令舁大镬至,纳油数斛,熬之,投铉尸,顷刻成煤炭。"

㉙关于铁铉两个女儿入教坊的事,据明代王鏊的《震泽纪闻》载:"铉有二女,入教坊数月,终不受辱。有铉同官至,二女为诗以献。文皇曰:'彼终不屈平?'乃赦出之,皆适士人。"教坊,唐代开始设立的掌管教练女乐的机构。后来封建统治者常把罪犯的妻女罚入教坊,实际上是一种官妓。

㉚"曲终奏雅",语见《汉书·司马相如传》:"扬雄以为靡丽之赋劝百而讽一,犹骋郑卫之声,曲终而奏雅,不已戏乎?"

病后杂谈之余

——关于"舒愤懑"——①

一

我常说明朝永乐皇帝的凶残,远在张献忠之上,是受了宋端仪的《立斋闲录》的影响的。那时我还是满洲治下的一个拖着辫子的十四五岁的少年,但已经看过记载张献忠怎样屠杀蜀人的《蜀碧》,痛恨着这"流贼"的凶残。后来又偶然在破书堆里发见了一本不全的《立斋闲录》,还是明抄本,我就在那书上看见了永乐的上谕,于是我的憎恨就移到永乐身上去了。

那时我毫无什么历史知识,这憎恨转移的原因是极简单的,只以为流贼尚可,皇帝却不该,还是"礼不下庶人"②的传统思想。至于《立斋闲录》,好像是一部少见的书,作者是明人,而明朝已有抄本,那刻本之少就可想。记得《汇刻书目》说是在明代的一部什么丛书中,但这丛书我至今没有见;清《四库全书总目提要》将它放在"存目"里,那么,《四库全书》里也是没有的,我家并不是藏书家,我真不解怎么会有这明抄本。这书我一直保存着,直到十多年前,因为肚子饿得慌了,才和别的两本明抄和一部明刻的《宫闱秘典》③去卖给以藏书家和学者出名的傅某④,他使我跑了三四趟之后,才说一总给我八块钱,我赌气不卖,抱回来了,又藏在北平的寓里;但久已没有人照管,不知道现在究竟怎样了。

那一本书,还是四十年前看的,对于永乐的憎恨虽然还在,书的内容却早已模模胡胡,所以在前几天写《病后杂谈》时,举不出一句永乐上谕的实例。我也很想看一看《永乐实录》,但在上海又如何能够;来青阁有残本在寄售,十本,实价却是一百六十元,也决不是我辈书架上的书。又是一个偶然:昨天在《安徽丛书》第三集中看见了清俞正燮(1775—1840)《癸巳类稿》的改定本,那《除乐户丐户籍及女乐考附古事》里,却引有永乐皇帝的上谕,是根据王世贞《弇州史料》中的《南京法司所记》的,虽然不多,又未必是精粹,但也足够"略见一斑",和献忠流贼的作品相比较了。摘录于下——

> 永乐十一年正月十一日,教坊司于右顺门口奏:齐泰⑤姊及外甥媳妇,又黄子澄妹四个妇人,每一日一夜,二十余条汉子看守着,年少的都有身孕,除生子令做小龟子,又有三岁女子,奏请圣旨。奉钦依:由

他。不的到长大便是个淫贱材儿?

铁铉妻杨氏年三十五,送教坊司;茅大芳妻张氏年五十六,送教坊司。张氏病故,教坊司安政于奉天门奏。奉圣旨:分付上元县抬出门去,着狗吃了!钦此!

君臣之间的问答,竟是这等口吻,不见旧记,恐怕是万想不到的罢。但其实,这也仅仅是一时的一例。自有历史以来,中国人是一向被同族和异族屠戮,奴隶,敲掠,刑辱,压迫下来的,非人类所能忍受的楚毒,也都身受过,每一考查,真教人觉得不像活在人间。俞正燮看过野史,正是一个因此觉得义愤填膺的人,所以他在记载清朝的解放惰民丐户,罢教坊,停女乐⑥的故事之后,作一结语道——

自三代至明,惟宇文周武帝,唐高祖,后晋高祖金,元,及明景帝,于法宽假之,而尚存其旧。余皆视为固然。本朝尽去其籍,而天地为之廓清矣。汉儒歌颂朝廷功德,自云'舒愤懑',⑦除乐户之事,诚可云舒愤懑者:故列古语琐事之实,有关因革者如此。

这一段结语,有两事使我吃惊。第一事,是宽假奴隶的皇帝中,汉人居很少数。但我疑心俞正燮还是考之未详,例如金元,是并非厚待奴隶的,只因那时连中国的蓄奴的主人也成了奴隶,从征服者看来,并无高下,即所谓"一视同仁",于是就好像对于先前的奴隶加以宽假了。第二事,就是这自有历史以来的虐政,竟必待满洲的清才来廓清,使考史的儒生,为之拍案称快,自比于汉儒的"舒愤懑"——就是明末清初的才子们之所谓"不亦快哉!"⑧然而解放乐户却是真的,但又并未"廓清",例如绍兴的惰民,直到民国革命之初,他们还是不与良民通婚,去给大户服役,不过已有报酬,这一点,恐怕是和解放之前大不相同的了。革命之后,我久不回到绍兴去了,不知道他们怎样,推想起来,大约和三十年前是不会有什么两样的。

二

但俞正燮的歌颂清朝功德,却不能不说是当然的事。他生于乾隆四十年,到他壮年以至晚年的时候,文字狱的血迹已经消失,满洲人的凶焰已经缓和,愚民政策早已集了大成,剩下的就只有"功德"了。那时的禁书,我想他都未必看见。现在不说别的,单看雍正乾隆两朝的对于中国人著作的手段,就足够令人惊心动魄。全毁,抽毁,剜去之类也且不说,最阴险的是删改了古书的内容。乾隆朝的纂修《四库全书》,是许多人颂为一代之盛业的,但他们却不但捣乱了古书的格式,还修改了古人的文章;不但藏之内廷，还颁之文风较盛之处，使天下士子阅读，永不会觉得我们中国的作者里面，也曾经有过很有些骨气的人。（这两句，奉官命改为"永远看不出底细来"。）

嘉庆道光以来，珍重宋元版本的风气逐渐旺盛，也没有悟出乾隆皇帝的"圣虑"，影宋元本或校宋元本的书籍很有些出版了，这就使那时的阴谋露了马脚。最初启示了我的是《琳琅秘室丛书》里的两部《茅亭客话》，一是校宋本，一是四库本，同是一种书，而两本的文章却常有不同，而且一定是关于"华夷"的处所。这一定是四库本删改了的；现在连影宋本的《茅亭客话》也已出版，更足据为铁证，不过倘不和四库本对读，也无从知道那时的阴谋。《琳琅秘室丛书》我是在图书馆里看的，自己没有，现在去买起来又嫌太贵，因此也举不出实例来。但还有比较容易的法子在。

新近陆续出版的《四部丛刊续编》自然应该说是一部新的古董书，但其中却保存着满清暗杀中国著作的案卷。例如宋洪迈的《容斋随笔》至《五笔》是影宋刊本和明活字本，据张元济跋，其中有三条就为清代刻本中所没有。所删的是怎样内容的文章呢？为惜纸墨计，现在只摘录一条《容斋三笔》卷三里的《北狄俘虏之苦》在这里——

元魏破江陵，尽以所俘士民为奴，无分贵贱，盖北方夷俗皆然也。自靖康之后，陷于金虏者，帝子王孙，官门仕族之家，尽没为奴婢，使供作务。每人一月支稗子五斗，令自舂为米，得一斗八升，用为糇粮；岁支麻五把，令绩为裘。此外更无一钱一帛之入。男子不能绩者，则终岁裸体。虏或哀之，则使执爨，虽时负火得暖气，然才出外取柴归，再坐火边，皮肉即脱落，不日辄死。惟喜有手艺，如医人绣工之类，寻常只团坐地上，以败席或芦藉衬之，遇客至开筵，引能乐者使奏技，酒阑客散，各复其初，依旧环坐刺绣；任其生死，视如草芥。……

清朝不惟自掩其凶残，还要替金人来掩饰他们的凶残。据此一条，可见俞正燮入金朝于仁君之列，是不确的了，他们不过是一扫宋朝的主奴之分，一律都作为奴隶，而自己则是主子。但是，这校勘，是用清朝的书坊刻本的，不知道四库本是否也如此。要更确凿，还有一部也是《四部丛刊续编》里的影旧抄本宋晁说之《嵩山文集》在这里，卷末就有单将《负薪对》一篇和四库本相对比，以见一斑的实证，现在摘录几条在下面，大抵非删则改，语意全非，仿佛宋臣晁说之，已在对金人战栗，嗫嚅不吐，深怕得罪似的了——

旧抄本

　　金贼以我疆场之臣无状，斥堠不明，遂豕突河北，蛇结河东。

　　犯孔子春秋之大禁，

　　以百骑却虏枭将，

　　彼金贼虽非人类，而犬豕亦有掉瓦怖恐之号，顾弗之惧哉！

　　我取而歼焉可也。

　　太宗时，女真困于契丹之三栅，控告乞援，亦卑恭甚矣。不谓敢眦睨中国之地于今日也。

　　忍弃上皇之子于胡虏乎？

　　何则：夷狄喜相吞并斗争，是其犬羊狺吠咋啮之性也。唯其富者最先亡。古今夷狄族帐，大小见于史册者百十，今其存者一二，皆以其财富而自底灭亡者也。今此小丑不指日而灭亡，是无

四库本

　　金人扰我疆场之地，边城斥堠不明，遂长驱河北，盘结河东。

　　为上下臣民之大耻，

　　以百骑却辽枭将，

　　彼金人虽甚强盛，而赫然示之以威令之森严，顾弗之惧哉！

　　我因而取之可也。

　　太宗时，女真困于契丹之三栅，控告乞援，亦和好甚矣。不谓竟酿患滋祸一至于今日也。

　　忍弃上皇之子于异地乎？

　　（无）

天道也。	
裭中国之衣冠，复夷狄之态度。	遂其报复之心，肆其凌侮态度。
取故相家孙女姊妹，缚马上而去，执侍帐中，远近胆落，不暇寒心。	故相家皆携老襁幼，弃其籍而去，焚掠之余，远近胆落，不暇寒心。

即此数条，已可见"贼""虏""犬羊"是讳的；说金人的淫掠是讳的；"夷狄"当然要讳，但也不许看见"中国"两个字，因为这是和"夷狄"对立的字眼，很容易引起种族思想来的。但是，这《嵩山文集》的抄者不自改，读者不自改，尚存旧文，使我们至今能够看见晁氏的真面目，在现在说起来，也可以算是令人大"舒愤懑"的了。

清朝的考据家有人说过，"明人好刻古书而古书亡"[9]，因为他们妄行校改。我以为这之后，则清人纂修《四库全书》而古书亡，因为他们变乱旧式，删改原文；今人标点古书而古书亡，因为他们乱点一通，佛头着粪：这是古书的水火兵虫以外的三大厄。

三

对于清朝的愤懑的从新发作，大约始于光绪中，但在文学界上，我没有查过以谁为"祸首"。太炎先生是以文章排满的骁将著名的,然而在他那《訄书》的未改订本中,还承认满人可以主中国,称为"客帝",比于嬴秦的"客卿"⑩。但是,总之,到光绪末年,翻印的不利于清朝的古书,可是陆续出现了;太炎先生也自己改正了"客帝"说,在再版的《訄书》里,"删而存此篇";后来这书又改名为《检论》,我却不知道是否还是这办法。留学日本的学生们中的有些人,也在图书馆里搜寻可以鼓吹革命的明末清初的文献。那时印成一大本的有《汉声》,是《湖北学生界》的增刊,面子上题着四句集《文选》句:"抒怀旧之积念,发思古之幽情",第三句想不起来了,第四句是"振大汉之天声"。无古无今,这种文献,倒是总要在外国的图书馆里抄得的。

  我生长在偏僻之区,毫不知道什么是满汉,只在饭店的招牌上看见过"满汉酒席"字样,也从不引起什么疑问来。听人讲"本朝"的故事是常有的,文字狱的事情却一向没有听到过,乾隆皇帝南巡的盛事也很少有人讲述了,最多的是"打长毛"。我家里有一个年老的女工,她说长毛时候,她已经十多岁,长毛故事要算她对我讲得最多,但她并无邪正之分,只说最可怕的东西有三种,一种自然是"长毛",一种是"短毛",还有一种是"花绿头"⑪。到得后来,我才明白后两种其实是官兵,但在愚民的经验上,是和长毛并无区别的。给我指明长毛之可恶的倒是几位读书人;我家里有几部县志,偶然翻开来看,那时殉难的烈士烈女的名册就有一两卷,同族里的人也有几个被杀掉的,后来封了"世袭云骑尉",我于是确切的认定了长毛之可恶。然而,真所谓"心事如波涛"⑫罢,久而久之,由于自己的阅历,证以女工的讲述,我竟决不定那些烈士烈女的凶手,究竟是长毛呢,还是"短毛"和"花绿头"了。我真很羡慕"四十而不惑"⑬的圣人的幸福。

对我最初提醒了满汉的界限的不是书,是辫子。这辫子,是砍了我们古人的许多头,这才种定了的⑭,到得我有知识的时候,大家早忘却了血史,反以为全留乃是长毛,全剃好像和尚,必须剃一点,留一点,才可以算是一个正经人了。而且还要从辫子上玩出花样来:小丑挽一个结,插上一朵纸花打诨;开口跳⑮将小辫子挂在铁杆上,慢慢的吸烟献本领;变把戏的不必动手,只消将头一摇,劈拍一声,辫子便自会跳起来盘在头顶上,他于是要起关王刀来了。而且还切于实用:打架的时候可以拔住,挣脱极难;捉人的时候可以拉着,省得绳索,要是被捉的人多呢,只要捏住辫梢头,一个人就可以牵一大串。吴友如画的《申江胜景图》里,有一幅会审公堂,就有一个巡捕拉着犯人的辫子的形象,但是,这是已经算作"胜景"了。

住在偏僻之区还好,一到上海,可就不免有时会听到一句洋话:Pig-tail——猪尾巴。这一句话,现在是早不听见了,那意思,似乎也不过说人头上生着猪尾巴,和今日之上海,中国人自己一斗嘴,便彼此互骂为"猪猡"的,还要客气得远。不过那时的青年,好像涵养工夫没有现在的深,也还未懂得"幽默",所以听起来实在觉得刺耳。而且对于拥有二百余年历史的辫子的模样,也渐渐的觉得并不雅观,既不全留,又不全剃,剃去一圈,留下一撮,又打起来拖在背后,真好像做着好给别人来拔着牵着的柄子。对于它终于怀了恶感,我看也正是人情之常,不必指为拿了什么地方的东西,迷了什么斯基的理论的⑯。(这两句,奉官谕改为"不足怪的"。)

我的辫子留在日本,一半送给客店里的一位使女做了假发,一半给了理发匠,人是在宣统初年回到故乡来了。一到上海,首先得装假辫子。这时上海有一个专装假辫子的专家,定价每条大洋四元,不折不扣,他的大名,大约那时的留学生都知道。做也真做得巧妙,只要别人不留心,是很可以不出岔子的,但如果人知道你原是留学生,留心研究起来,那就漏洞百出。夏天不能戴帽,也不大行;人堆里要防挤掉或挤歪,也不行。装了一个多月,我想,如果在路上掉了下来或者被人拉下来,不是比原没有辫子更不好看么?索性不装了,贤人说过的:一个人做人要真实。

但这真实的代价真也不便宜,走出去时,在路上所受的待遇完全和先前两样了。我从前是只以为访友作客,才有待遇的,这时才明白路上也一样的一路有待遇。最好的是呆看,但大抵是冷笑,恶骂。小则说是偷了人家的女人,因为那时捉住奸夫，总是首先剪去他辫子的，我至今还不明白为什么；大则指为"里通外国"，就是现在之所谓"汉奸"。我想，如果一个没有鼻子的人在街上走，他还未必至于这么受苦，假使没有了影子，那么，他恐怕也要这样的受社会的责罚了。

我回中国的第一年在杭州做教员，还可以穿了洋服算是洋鬼子；第二年回到故乡绍兴中学去做学监，却连洋服也不行了，因为有许多人是认识我的，所以不管如何装束，总不失为"里通外国"的人，于是我所受的无辫之灾，以在故乡为第一。尤其应该小心的是满洲人的绍兴知府的眼睛，他每到学校来，总喜欢注视我的短头发，和我多说话。

学生们里面，忽然起了剪辫风潮了，很有许多人要剪掉。我连忙禁止。他们就举出代表来诘问道：究竟有辫子好呢，还是没有辫子好呢？我的不假思索的答复是：没有辫子好，然而我劝你们不要剪。学生是向来没有一个说我"里通外国"的，但从这时起，却给了我一个"言行不一致"的结语，看不起了。"言行一致"，当然是很有价值的，现在之所谓文学家里，也还有人以这一点自豪，但他们却不知道他们一剪辫子，价值就会集中在脑袋上。轩亭口离绍兴中学并不远，就是秋瑾小姐就义之处，他们常走，然而忘却了。

"不亦快哉！"——到了一千九百十一年的双十，后来绍兴也挂起白旗来，算是革命了，我觉得革命给我的好处，最大,最不能忘的是我从此可以昂头露顶,慢慢的在街上走,再不听到什么嘲骂。几个也是没有辫子的老朋友从乡下来,一见面就摩着自己的光头,从心底里笑了出来道:哈哈,终于也有了这一天了。

假如有人要我颂革命功德,以"舒愤懑",那么,我首先要说的就是剪辫子。

四

然而辫子还有一场小风波,那就是张勋的"复辟",一不小心,辫子是又可以种起来的,我曾见他的辫子兵在北京城外布防,对于没辫子的人们真是气焰万丈。幸而不几天就失败了,使我们至今还可以剪短,分开,披落,烫卷……

张勋的姓名已经暗淡,"复辟"的事件也逐渐遗忘,我曾在《风波》里提到它,别的作品上却似乎没有见,可见早就不受人注意。现在是,连辫子也日见稀少,将与周鼎商彝同列,渐有卖给外国人的资格了。

我也爱看绘画,尤其是人物。国画呢,方巾长袍,或短褐椎结,从没有见过一条我所记得的辫子;洋画呢,歪脸汉子,肥腿女人,也从没有见过一条我所记得的辫子。这回见了几幅钢笔画和木刻的阿Q像,这才算遇到了在艺术上的辫子,然而是没有一条生得合式的。想起来也难怪,现在的二十岁上下的青年，他生下来已是民国，就是三十岁的，在辫子时代也不过四五岁，当然不会深知道辫子的底细的了。

那么，我的"舒愤懑"，恐怕也很难传给别人，令人一样的愤激，感慨，欢喜，忧愁的罢。

十二月十七日。

一星期前，我在《病后杂谈》里说到铁氏二女的诗。据杭世骏说，钱谦益编的《列朝诗集》里是有的，但我没有这书，所以只引了《订讹类编》完事。今天《四部丛刊续编》的明遗民彭孙贻《茗斋集》出版了，后附《明诗钞》，却有铁氏长女诗在里面。现在就照抄在这里，并将范昌期原作，与所谓铁女诗不同之处，用括弧附注在下面，以便比较。照此看来，作伪者实不过改了一句，并每句各改易一二字而已——

教坊献诗

教坊脂粉（落籍）洗铅华，一片闲（春）心对落花。

旧曲听来犹（空）有恨，故园归去已（却）无家。

云鬟半挽（軃）临妆（青）镜，雨泪空流（频弹）湿绛纱。

今日相逢白司马（安得江州司马在），尊前重与诉（为赋）琵琶。

但俞正燮《癸巳类稿》又据茅大芳《希董集》，言"铁公妻女以死殉"；并记或一说云，"铁二子，无女。"那么，连铁铉有无女儿，也都成为疑案了。两个近视眼论扁额上字，辩论一通，其实连扁额也没有挂，原也是能有的事实。不过铁妻死殉之说，我以为是粉饰的。《弇州史料》所记，奏文与上谕具存，王世贞明人，决不敢捏造。

倘使铁铉真的并无女儿，或有而实已自杀，则由这虚构的故事，也可以窥见社会心理之一斑。就是：在受难者家族中，无女不如其有之有趣，自杀又不如其落教坊之有趣；但铁铉究竟是忠臣，使其女永沦教坊，终觉于心不安，所以还是和寻常女子不同，因献诗而配了士子。这和小生落难，下狱挨打，到底中了状元的公式，完全是一致的。

二十三日之夜，附记。

---

① 本篇最初发表于1935年3月《文学》月刊第四卷第三号，发表时题目被改为《病后余谈》，副题亦被删去。后收入《且介亭杂文》。

② "礼不下庶人"，语见《礼记·曲礼》。

③ 《宫闱秘典》，即《皇明宫闱秘典》，又名《酌中志》，明代刘若愚著，写明末太监魏忠贤专权时的宫廷内幕。

④ 傅某，指傅增湘（1872—1949），字沅叔，四川江安人，藏书家，曾任北洋政府教育总长。

⑤齐泰,和下文的黄子澄、茅大芳,都是忠于建文帝的大臣,永乐登位时被杀。

⑥惰民,又作堕民,明代称作丐户,清雍正元年(1723)始废除惰民的"丐籍"。教坊废于清雍正七年(1729)。女乐废于清顺治十六年(1659)。

⑦"舒愤懑",汉代班固作有《典引》一文,歌颂朝廷功德,文前小引中说:"窃作《典引》一篇,虽不足雍容明盛万分之一,犹启发愤满,觉悟童蒙,光扬大汉,轶声前代;然后退入沟壑,死而不朽。""舒愤懑",即班固所说的"启发愤满"。

⑧金圣叹在他批评《西厢记》卷七《拷艳》章篇首中说:"昔与亚斤山同客共住,霖雨十日,对床无聊,因约赌说快事,以破积闷。"下面就记录了"快事"三十三则,每则都用"不亦快哉"一语结束。

⑨清代陆心源《仪顾堂题跋》对明人妄改乱刻古书,说过这样的话:"明人书帕本,大抵如是,所谓刻书而书亡者也。"

⑩"客卿":战国时代,某一诸侯国任用他国人担任官职,称之为客卿。

⑪太平天国起义军,为了对抗清政府剃发留辫的法令,他们都留发而不结辫,因此被称为"长毛"。"短毛",指剃发的清朝官兵。"花绿头",指帮助清政府镇压太平天国的法、英帝国主义军队。

⑫"心事如波涛",唐代诗人李贺《申胡子觱篥歌》中的句子。

⑬"四十而不惑",语见《论语·为政》。

⑭满族旧俗,男子剃发垂辫(剃去头顶前部头发,后部结辫垂于脑后)。1644年清兵入关及定都北京后,即下令剃发垂辫,因受到反对而中止。次年五月攻占南京后,又下了严厉的剃发令,限于布告之

后十日"尽使薙(剃)发……不随本朝之制度者,杀无赦"!有许多不愿剃发垂辫的汉人因此被杀。

⑮开口跳,传统戏曲中武丑的俗称。

⑯拿了什么地方的东西,迷了什么斯基的理论,指国民党当局指责一些不同政见者拿卢布,信俄国人的学说。

隔膜①

清朝初年的文字之狱,到清朝末年才被从新提起。最起劲的是"南社"里的有几个人,为被害者辑印遗集;还有些留学生,也争从日本撤回文证来。待到孟森的《心史丛刊》出,我们这才明白了较详细的状况,大家向来的意见,总以为文字之祸,是起于笑骂了清朝。然而,其实是不尽然的。

这一两年来,故宫博物院的故事似乎不大能够令人敬服,但它却印给了我们一种好书,曰《清代文字狱档》,去年已经出到八辑。其中的案件,真是五花八门,而最有趣的,则莫如乾隆四十八年二月"冯起炎注解易诗二经欲行投呈案"。

冯起炎是山西临汾县的生员,闻乾隆将谒泰陵,便身怀著作,在路上徘徊,意图呈进,不料先以"形迹可疑"被捕了。那著作,是以《易》解《诗》,实则信口开河,在这里犯不上抄录,惟结尾有"自传"似的文章一大段,却是十分特别的——

又，臣之来也，不愿如何如何，亦别无愿求之事，惟有一事未决，请对陛下一叙其缘由。臣……名曰冯起炎，字是南州，尝到臣张三姨母家，见一女，可娶，而恨力不足以办此。此女名曰小女，年十七岁，方当待字之年，而正在未字之时，乃原籍东关春牛厂长兴号张守忭之次女也。又到臣杜五姨母家，见一女，可娶，而恨力不足以办此。此女名小凤，年十三岁，虽非必字之年，而已在可字之时，乃本京东城闹市口瑞生号杜月之次女也。若以陛下之力，差干员一人，选快马一匹，克日长驱到临邑，问彼临邑之地方官："其东关春牛厂长兴号中果有张守忭一人否？"诚如是也，则此事谐矣。再问："东城闹市口瑞生号中果有杜月一人否？"诚如是也，则此事谐矣。二事谐，则臣之愿毕矣。然臣之来也，方不知陛下纳臣之言耶否耶，而必以此等事相强乎？特进言之际，一叙及之。

这何尝有丝毫恶意？不过着了当时通行的才子佳人小说的迷，想一举成名，天子做媒，表妹入抱而已。不料事实结局却不大好，署直隶总督袁守侗拟奏罪名是"阅其呈首，胆敢于圣主之前，混讲经书，而呈尾措词，尤属狂妄。核其情罪，较冲突仪仗为更重。冯起炎一犯，应从重发往黑龙江等处，给披甲人为奴。俟部复到日，照例解部刺字发遣"。这位才子，后来大约终于单身出关做西崽去了。

此外的案情,虽然没有这么风雅,但并非反动的还不少。有的是卤莽;有的是发疯;有的是乡曲迂儒,真的不识讳忌;有的则是草野愚民,实在关心皇家。而运命大概很悲惨,不是凌迟,灭族,便是立刻杀头,或者"斩监候"②,也仍然活不出。

凡这等事,粗略的一看,先使我们觉得清朝的凶虐,其次,是死者的可怜。但再来一想,事情是并不这么简单的。这些惨案的来由,都只为了"隔膜"。

满洲人自己,就严分着主奴,大臣奏事,必称"奴才",而汉人却称"臣"就好。这并非因为是"炎黄之胄",特地优待,锡以嘉名的,其实是所以别于满人的"奴才",其地位还下于"奴才"数等。奴隶只能奉行,不许言议;评论固然不可,妄自颂扬也不可,这就是"思不出其位"③。譬如说:主子,您这袍角有些儿破了,拖下去怕更要破烂,还是补一补好。进言者方自以为在尽忠,而其实却犯了罪,因为另有准其讲这样的话的人在,不是谁都可说的。一乱说,便是"越俎代谋",当然"罪有应得"。倘自以为是"忠而获咎",那不过是自己的胡涂。

但是,清朝的开国之君是十分聪明的,他们虽然打定了这样的主意,嘴里却并不照样说,用的是中国的古训:"爱民如子","一视同仁"。一部分的大臣,士大夫,是明白这奥妙的,并不敢相信。但有一些简单愚蠢的人们却上了当,真以为"陛下"是自己的老子,亲亲热热的撒娇讨好去了。他那里要这被征服者做儿子呢？于是乎杀掉。不久，儿子们吓得不再开口了，计划居然成功；直到光绪时康有为们的上书④，才又冲破了"祖宗的成法"。然而这奥妙，好像至今还没有人来说明。

施蛰存先生在《文艺风景》创刊号里，很为"忠而获咎"者不平，就因为还不免有些"隔膜"的缘故。这是《颜氏家训》或《庄子》《文选》里所没有的⑤。

六月十日。

---

①本篇最初发表于1934年7月5日上海《新语林》半月刊第一期，署名杜德机。后收入《且介亭杂文》。

②清朝法制：将被判死刑不立时处决的犯人暂行监禁，候秋审（每年八月中由刑部会同各官详议各省审册，请旨裁夺）再予决定，叫作"监候"，有"斩监候"与"绞监候"之别。

③"思不出其位"，语见《易经·艮》："君子以思不出其位。"

④康有为（1858—1927），字广厦，号长素，广东南海人，清末维新运动领袖。甲午战争失败后，清政府与日本签订丧权辱国的《马关条约》，康有为因此与当时同在北京参加会试的各省举人，联名向光绪皇帝上书，要求"拒和、迁都、变法"，史称"公车上书"。

⑤1933年9月《大晚报》征求所谓"推荐书目"时，施蛰存曾提倡青年读《颜氏家训》《庄子》《文选》等书。

谈金圣叹[①]

讲起清朝的文字狱来,也有人拉上金圣叹,其实是很不合适的。他的"哭庙",用近事来比例,和前年《新月》上的引据三民主义以自辩,并无不同,但不特捞不到教授而且至于杀头,则是因为他早被官绅们认为坏货了的缘故。就事论事,倒是冤枉的。

清中叶以后的他的名声,也有些冤枉。他抬起小说传奇来,和《左传》《杜诗》并列,实不过拾了袁宏道辈的唾余;而且经他一批,原作的诚实之处,往往化为笑谈,布局行文,也都被硬拖到八股的作法上。这余荫,就使有一批人,堕入了对于《红楼梦》之类,总在寻求伏线,挑剔破绽的泥塘。

自称得到古本,乱改《西厢》[②]字句的案子且不说罢,单是截去《水浒》的后小半,[③]梦想有一个"嵇叔夜"来杀尽宋江们,也就昏庸得可以。虽说因为痛恨"流寇"的缘故,但他是究竟近于官绅的,他到底想不到小百姓的对于"流寇",只痛恨着一半:不在于"寇",而在于"流"。

百姓固然怕"流寇",也很怕"流官"。记得民元革命以后,我在故乡,不知怎地县知事常常掉换了。每一掉换,农民们便愁苦着相告道:"怎么好呢?又换了一只空肚鸭来了!"他们虽然至今不知道"欲壑难填"的古训,却很明白"成则为王,败则为贼"的成语,贼者,流着之王,王者,不流之贼也,要说得简单一点,那就是"坐寇"。中国百姓一向自称"蚁民",现在为便于譬喻起见,姑升为牛罢,铁骑一过,茹毛饮血,蹄骨狼藉,倘可避免,他们自然是总想避免的,但如果肯放任他们自啮野草,苟延残喘,挤出乳来将这些"坐寇"喂得饱饱的,后来能够比较的不复狼吞虎咽,则他们就以为如天之福。所区别的只在"流"与"坐",却并不在"寇"与"王"。试翻明末的野史,就知道北京民心的不安,在李自成入京的时候,是不及他出京之际的利害的。

宋江据有山寨,虽打家劫舍,而劫富济贫,金圣叹却道应该在童贯高俅辈的爪牙之前,一个个俯首受缚,他们想不懂。所以《水浒传》纵然成了断尾巴蜻蜓,乡下人却还要看《武松独手擒方腊》这些戏。

不过这还是先前的事,现在似乎又有了新的经验了。听说四川有一只民谣,大略是"贼来如梳,兵来如篦,官来如剃"的意思。汽车飞艇④,价值既远过于大轿马车,租界和外国银行,也是海通以来新添的物事,不但剃尽毛发,就是刮尽筋肉,也永远填不满的。正无怪小百姓将"坐寇"

之可怕，放在"流寇"之上了。

事实既然教给了这些，仅存的路，就当然使他们想到了自己的力量。

五月三十一日。

---

①本篇最初发表于1933年7月1日上海《文学》第一卷第一号。后收入《南腔北调集》。

②《西厢》，全名《崔莺莺待月西厢记》，元代王实甫所作杂剧。金圣叹在批注《西厢》时，作了一些主观妄改，如将篇末"谢当今盛明唐圣主"改为"谢当今垂帘双圣主"，则更是为了奉承清顺治皇帝及其母后而乱改的。

③截去《水浒》的后小半：明中叶以后，《水浒传》有百回和一百二十回多种版本流行。明崇祯十四年（1641）左右，金圣叹把《水浒》七十一回以后的章节全部删去，另外伪造了一个"惊噩梦"的结局（卢俊义梦见知州嵇叔夜击溃了梁山队伍，并杀绝起义者一百零八人），又把第一回改为楔子，成为七十回本。

④飞艇是当时对飞机的一种称呼。

小品文的危机①

仿佛记得一两月之前,曾在一种日报上见到记载着一个人的死去的文章,说他是收集"小摆设"的名人,临末还有依稀的感喟,以为此人一死,"小摆设"的收集者在中国怕要绝迹了。

但可惜我那时不很留心,竟忘记了那日报和那收集家的名字。

现在的新的青年恐怕也大抵不知道什么是"小摆设"了。但如果他出身旧家,先前曾有玩弄翰墨的人,则只要不很破落,未将觉得没用的东西卖给旧货担,就也许还能在尘封的废物之中,寻出一个小小的镜屏,玲珑剔透的石块,竹根刻成的人像,古玉雕出的动物,锈得发绿的铜铸的三脚癞虾蟆:这就是所谓"小摆设"。先前,它们陈列在书房里的时候,是各有其雅号的,譬如那三脚癞虾蟆,应该称为"蟾蜍砚滴"之类,最末的收集家一定都知道,现在呢,可要和它的光荣一同消失了。

那些物品,自然决不是穷人的东西,但也不是达官富翁家的陈设,他们所要的,是珠玉扎成的盆景,五彩绘画的磁瓶。那只是所谓士大夫的"清玩"。在外,至少必须有几十亩膏腴的田地,在家,必须有几间幽雅的书斋;就是流寓上海,也一定得生活较为安闲,在客栈里有一间长包的房子,书桌一顶,烟榻一张,瘾足心闲,摩挲赏鉴。然而这境地,现在却已经被世界的险恶的潮流冲得七颠八倒,像狂涛中的小船似的了。

然而就是在所谓"太平盛世"罢,这"小摆设"原也不是什么重要的物品。在方寸的象牙版上刻一篇《兰亭序》,至今还有"艺术品"之称,但倘将这挂在万里长城的墙头,或供在云冈②的丈八佛像的足下,它就渺小得看不见了,即使热心者竭力指点,也不过令观者生一种滑稽之感。何况在风沙扑面,狼虎成群的时候,谁还有这许多闲工夫,来赏玩琥珀扇坠,翡翠戒指呢。他们即使要悦目,所要的也是耸立于风沙中的大建筑,要坚固而伟大,不必怎样精;即使要满意,所要的也是匕首和投枪,要锋利而切实,用不着什么雅。

美术上的"小摆设"的要求,这幻梦是已经破掉了,那日报上的文章的作者,就直觉[的]地知道。然而对于文学上的"小摆设"——"小品文"的要求,却正在越加旺盛起来,要求者以为可以靠着低诉或微吟,将粗犷的人心,磨得渐渐的平滑。这就是想别人一心看着《六朝文絜》,而忘记了自己是抱在黄河决口之后,淹得仅仅露出水面的树梢头。

但这时却只用得着挣扎和战斗。

而小品文的生存,也只仗着挣扎和战斗的。晋朝的清言,早和它的朝代一同消歇了。唐末诗风衰落,而小品放了光辉。但罗隐的《谗书》,几乎全部是抗争和愤激之谈;皮日休和陆龟蒙自以为隐士,别人也称之为隐士,而看他们在《皮子文薮》和《笠泽丛书》中的小品文,并没有忘记天下,正是一榻胡涂的泥塘里的光彩和锋铓。明末的小品虽然比较的颓放,却并非全是吟风弄月,其中有不平,有讽刺,有攻击,有破坏。这种作风,也触着了满洲君臣的心病,费去许多助虐的武将的刀锋,帮闲的文臣的笔锋,直到乾隆年间,这才压制下去了。以后呢,就来了"小摆设"。

"小摆设"当然不会有大发展。到五四运动的时候,才又来了一个展开,散文小品的成功,几乎在小说戏曲和诗歌之上。这之中,自然含着挣扎和战斗,但因为常常取法于英国的随笔(Essay),所以也带一点幽默和雍容;写法也有漂亮和缜密的,这是为了对于旧文学的示威,在表示旧文学之自以为特长者,白话文学也并非做不到。以后的路,本来明明是更分明的挣扎和战斗,因为这原是萌芽于"文学革命"以至"思想革命"的。但现在的趋势,却在特别提倡那和旧文章相合之点,雍容,漂亮,缜密,就是要它成为"小摆设",供雅人的摩挲,并且想青年摩挲了这"小摆设",由粗暴而变为风雅了。

然而现在已经更没有书桌;雅片虽然已经公卖,烟具是禁止的，吸起来还是十分不容易。想在战地或灾区里的人们来鉴赏罢——谁都知道是更奇怪的幻梦。这种小品，上海虽正在盛行，茶话酒谈，遍满小报的摊子上，但其实是正如烟花女子，已经不能在弄堂里拉扯她的生意，只好涂脂抹粉，在夜里蹩到马路上来了。

　　小品文就这样的走到了危机。但我所谓危机，也如医学上的所谓"极期"（Krisis）一般，是生死的分歧，能一直得到死亡，也能由此至于恢复。麻醉性的作品，是将与麻醉者和被麻醉者同归于尽的。生存的小品文，必须是匕首，是投枪，能和读者一同杀出一条生存的血路的东西；但自然，它也能给人愉快和休息，然而这并不是"小摆设"，更不是抚慰和麻痹，它给人的愉快和休息是休养，是劳作和战斗之前的准备。

　　　　　　　　　　　　　　　　八月二十七日。

---

　　①本篇最初发表于1933年10月1日《现代》第三卷第六期。后收入《南腔北调集》。

　　②云冈，指云冈石窟，在山西大同武周山南麓，创建于北魏中期。

帮忙文学与帮闲文学

——十一月二十二日在北京大学第二院讲——①

我四五年来未到这边,对于这边情形,不甚熟悉;我在上海的情形,也非诸君所知。所以今天还是讲帮闲文学与帮忙文学。

这当怎么讲?从五四运动后,新文学家很提倡小说;其故由当时提倡新文学的人看见西洋文学中小说地位甚高,和诗歌相仿佛;所以弄得像不看小说就不是人似的。但依我们中国的老眼睛看起来,小说是给人消闲的,是为酒余茶后之用。因为饭吃得饱饱的,茶喝得饱饱的,闲起来也实在是苦极的事,那时候又没有跳舞场:明末清初的时候,一份人家必有帮闲的东西存在的。那些会念书会下棋会画画的人,陪主人念念书,下下棋,画几笔画,这叫做帮闲,也就是篾片!所以帮闲文学又名篾片文学。小说就做着篾片的职务。汉武帝时候,只有司马相如不高兴这样,常常装病不出去。至于究竟为什么装病,我可不知道。倘说他反对皇帝是为了卢布,我想大概是不会的,因为那个时候还没有卢布。大凡要亡国的时候,皇帝无事,臣子谈谈女人,谈谈酒,像六朝的南朝,开国的时候,这些人便做诏令,做敕,做宣言,做电报,——做所谓皇皇大文。主人一到第二代就不忙了,于是臣子就帮闲。所以帮闲文学实在就是帮忙文学。

中国文学从我看起来,可以分为两大类:(一)廊庙文学,这就是已经走进主人家中,非帮主人的忙,就得帮主人的闲;与这相对的是(二)山林文学。唐诗即有此二种。如果用现代话讲起来,是"在朝"和"下野"。后面这一种虽然暂时无忙可帮,无闲可帮,但身在山林,而"心存魏阙"[②]。如果既不能帮忙,又不能帮闲,那么,心里就甚是悲哀了。

中国是隐士和官僚最接近的。那时很有被聘的希望,一被聘,即谓之征君;开当铺,卖糖葫芦是不会被征的。我曾经听说有人做世界文学史,称中国文学为官僚文学。看起来实在也不错。一方面固然由于文字难,一般人受教育少,不能做文章,但在另一方面看起来,中国文学和官僚也实在接近。

现在大概也如此。惟方法巧妙得多了,竟至于看不出来。今日文学最巧妙的有所谓为艺术而艺术派。这一派在五四运动时代,确是革命的,因为当时是向"文以载道"说进攻的,但是现在却连反抗性都没有了。不但没有反抗性,而且压制新文学的发生。对社会不敢批评,也不能反抗，若反抗，便说对不起艺术。故也变成帮忙柏勒思（plus）③帮闲。为艺术而艺术派对俗事是不问的，但对于俗事如主张为人生而艺术的人是反对的，则如现代评论派④，他们反对骂人，但有人骂他们，他们也是要骂的。他们骂骂人的人，正如杀杀人的一样——他们是刽子手。

这种帮忙和帮闲的情形是长久的。我并不劝人立刻把中国的文物都抛弃了，因为不看这些，就没有东西看；不帮忙也不帮闲的文学真也太不多。现在做文章的人们几乎都是帮闲帮忙的人物。有人说文学家是很高尚的，我却不相信与吃饭问题无关，不过我又以为文学与吃饭问题有关也不打紧，只要能比较的不帮忙不帮闲就好。

---

①本篇记录稿最初发表于1932年12月17日天津《电影与文艺》创刊号。后经鲁迅修订，收入《集外集拾遗》。

②《庄子·让王》："身在江海之上，心居乎魏阙之下！"魏阙，古代宫门上巍然高耸的楼观，后来用作朝廷的代称。

③柏勒思（Plus），英语"加"的意思。

④现代评论派，指《现代评论》杂志（1924年12月在北京创刊）的主要撰稿人胡适、陈西滢、徐志摩等。陈西滢在《现代评论》第三卷第五十三期（1925年12月12日）发表的《闲话》中标谤"绝不肆口嫚骂"。

从帮忙到扯淡①

"帮闲文学"曾经算是一个恶毒的贬辞,——但其实是误解的。

《诗经》是后来的一部经,但春秋时代,其中的有几篇就用之于侑酒;屈原是"楚辞"的开山老祖,而他的《离骚》,却只是不得帮忙的不平。到得宋玉,就现有的作品看起来,他已经毫无不平,是一位纯粹的清客了。然而《诗经》是经,也是伟大的文学作品;屈原宋玉,在文学史上还是重要的作家。为什么呢?——就因为他究竟有文采。

中国的开国的雄主,是把"帮忙"和"帮闲"分开来的,前者参与国家大事,作为重臣,后者却不过叫他献诗作赋,"俳优蓄之"②,只在弄臣之例。不满于后者的待遇的是司马相如,他常常称病,不到武帝面前去献殷勤,却暗暗的作了关于封禅的文章,藏在家里,以见他也有计画大典——帮忙的本领,可惜等到大家知道的时候,他已经"寿终正寝"了。然而虽然并未实际上参与封禅的大典,司马相如在文学史上也还是很重要的作家。为什么呢?就因为他究竟有文采。

但到文雅的庸主时,"帮忙"和"帮闲"的可就混起来了,所谓国家的柱石,也常是柔媚的词臣,我们在南朝的几个末代时,可以找出这实例。然而主虽然"庸",却不"陋",所以那些帮闲者,文采却究竟还有的,他们的作品,有些也至今不灭。

谁说"帮闲文学"是一个恶毒的贬辞呢?

就是权门的清客,他也得会下几盘棋,写一笔字,画画儿,识古董,懂得些猜拳行令,打趣插科,这才能不失其为清客。也就是说,清客,还要有清客的本领的,虽然是有骨气者所不屑为,却又非搭空架者所能企及。例如李渔的《一家言》,袁枚的《随园诗话》,就不是每个帮闲都做得出来的。必须有帮闲之志,又有帮闲之才,这才是真正的帮闲。如果有其志而无其才,乱点古书,重抄笑话,吹拍名士,拉扯趣闻,而居然不顾脸皮,大摆架子,反自以为得意,——自然也还有人以为有趣,——但按其实,却不过"扯淡"而已。

帮闲的盛世是帮忙,到末代就只剩了这扯淡。

六月六日。

---

① 本篇写成时未刊出,后来发表于1935年9月《杂文》月刊第

三号。后收入《且介亭杂文二集》。

②"俳优蓄之",语见《汉书·严助传》:"朔(东方朔)、皋(枚皋)不根持论,上颇俳优蓄之。"

流氓的变迁①

孔墨都不满于现状，要加以改革，但那第一步，是在说动人主，而那用以压服人主的家伙，则都是"天"②。

孔子之徒为儒，墨子之徒为侠。"儒者，柔也"③，当然不会危险的。惟侠老实，所以墨者的末流，至于以"死"为终极的目的。到后来，真老实的逐渐死完，止留下取巧的侠，汉的大侠，就已和公侯权贵相馈赠，以备危急时来作护符之用了。

司马迁说："儒以文乱法，而侠以武犯禁"④，"乱"之和"犯"，决不是"叛"，不过闹点小乱子而已，而况有权贵如"五侯"⑤者在。

"侠"字渐消，强盗起了，但也是侠之流，他们的旗帜是"替天行道"。他们所反对的是奸臣，不是天子，他们所打劫的是平民，不是将相。李逵劫法场时，抡起板斧来排头砍去，而所砍的是看客。一部《水浒》，说得很分明：因为不反对天子，所以大军一到，便受招安，替国家打别的强盗——不"替天行道"的强盗去了。终于是奴才。

满洲入关，中国渐被压服了，连有"侠气"的人，也不敢再起盗心,不敢指斥奸臣,不敢直接为天子效力,于是跟一个好官员或钦差大臣,给他保镖,替他捕盗,一部《施公案》,也说得很分明,还有《彭公案》,《七侠五义》之流,至今没有穷尽。他们出身清白,连先前也并无坏处,虽在钦差之下,究居平民之上,对一方面固然必须听命,对别方面还是大可逞雄,安全之度增多了,奴性也跟着加足。

然而为盗要被官兵所打,捕盗也要被强盗所打,要十分安全的侠客,是觉得都不妥当的,于是有流氓。和尚喝酒他来打,男女通奸他来捉,私娼私贩他来凌辱,为的是维持风化;乡下人不懂租界章程他来欺侮,为的是看不起无知;剪发女人他来嘲骂,社会改革者他来憎恶,为的是宝爱秩序。但后面是传统的靠山,对手又都非浩荡的强敌,他就在其间横行过去。现在的小说,还没有写出这一种典型的书,惟《九尾龟》中的章秋谷,以为他给妓女吃苦,是因为她要敲人们竹杠,所以给以惩罚之类的叙述,约略近之。

由现状再降下去,大概这一流人将成为文艺书中的主角了,我在等候"革命文学家"张资平"氏"的近作。

---

① 本篇最初发表于 1930 年 1 月 1 日上海《萌芽月刊》第一卷第

一期。后收入《三闲集》。

②"天",指儒、墨两家著作中的所谓"天命""天意"。如《论语·季氏》:"君子有三畏:畏天命,畏大人,畏圣人之言。"《墨子·天志》:"顺天意者兼相爱,交相利,必得赏。反天意者别相恶,交相贼,必得罚。"

③"儒者,柔也",见许慎《说文解字》:"儒者,柔也,术士之称。"

④"儒以文乱法,而侠以武犯禁",语见《韩非子·五蠹》。司马迁在《史记·游侠列传》中也曾引用此语。

⑤"五侯":汉成帝(刘骜)河平二年(前27),外戚王谭、王逢时、王根、王立、王商兄弟五人同日封侯,当时称为"五侯"。据《汉书·游侠传》载,"五侯"豢养许多儒侠之士。

作文秘诀①

现在竟还有人写信来问我作文的秘诀。

我们常常听到：拳师教徒弟是留一手的，怕他学全了就要打死自己，好让他称雄。在实际上，这样的事情也并非全没有，逢蒙杀羿②就是一个前例。逢蒙远了，而这种古气是没有消尽的，还加上了后来的"状元瘾"，科举虽然久废，至今总还要争"唯一"，争"最先"。遇到有"状元瘾"的人们，做教师就危险，拳棒教完，往往免不了被打倒，而这位新拳师来教徒弟时，却以他的先生和自己为前车之鉴，就一定留一手，甚而至于三四手，于是拳术也就"一代不如一代"了。

还有，做医生的有秘方，做厨子的有秘法，开点心铺子的有秘传，为了保全自家的衣食，听说这还只授儿妇，不教女儿，以免流传到别人家里去，"秘"是中国非常普遍的东西，连关于国家大事的会议，也总是"内容非常秘密"，大家不知道。但是，作文却好像偏偏并无秘诀，假使有，每个作家一定是传给子孙的了，然而祖传的作家很少见。自然，作家的孩子们，从小看惯书籍纸笔，眼格也许比较的可以大一点罢，不过不见得就会做。目下的刊物上，虽然常见什么"父子作家""夫妇作家"的名称，仿佛真能从遗嘱或情书中，密授一些什么秘诀一样，其实乃是肉麻当有趣，妄将做官的关系，用到作文上去了。

那么，作文真就毫无秘诀么？却也并不。我曾经讲过几句做古文的秘诀③，是要通篇都有来历，而非古人的成文；也就是通篇是自己做的，而又全非自己所做，个人其实并没有说什么；也就是"事出有因"，而又"查无实据"。到这样，便"庶几乎免于大过也矣"了。简而言之，实不过要做得"今天天气，哈哈哈……"而已。

这是说内容。至于修辞，也有一点秘诀：一要蒙胧，二要难懂。那方法，是：缩短句子，多用难字。譬如罢，作文论秦朝事，写一句"秦始皇乃始烧书"，是不算好文章的，必须翻译一下，使它不容易一目了然才好。这时就用得着《尔雅》，《文选》了，其实是只要不给别人知道，查查《康熙字典》也不妨的。动手来改，成为"始皇始焚书"，就有些"古"起来，到得改成"政俶燔典"，那就简直有了班马④气，虽然跟着也令人不大看得懂。但是这样的做成一篇以至一部，是可以被称为"学者"的，我想了半天，只做得一句，所以只配在杂志上投稿。

我们的古之文学大师，就常常玩着这一手。班固先生的"紫色鼃声，余分闰位"⑤，就将四句长句，缩成八字的；

扬雄先生的"蠢迪检柙"⑥，就将"动由规矩"这四个平常字，翻成难字的。《绿野仙踪》记塾师咏"花"，有句云："媳钗俏矣儿书废，哥罐闻焉嫂棒伤。"自说意思，是儿妇折花为钗，虽然俏丽，但恐儿子因而废读；下联较费解，是他的哥哥折了花来，没有花瓶，就插在瓦罐里，以嗅花香，他嫂嫂为防微杜渐起见，竟用棒子连花和罐一起打坏了。这算是对于冬烘先生的嘲笑。然而他的作法，其实是和扬班并无不合的，错只在他不用古典而用新典。这一个所谓"错"，就使《文选》之类在遗老遗少们的心眼里保住了威灵。

做得蒙胧，这便是所谓"好"么？答曰：也不尽然，其实是不过掩了丑。但是，"知耻近乎勇"⑦，掩了丑，也就仿佛近乎好了。摩登女郎披下头发，中年妇人罩上面纱，就都是蒙胧术。人类学家解释衣服的起源有三说：一说是因为男女知道了性的羞耻心，用这来遮羞；一说却以为倒是用这来刺激；还有一种是说因为老弱男女，身体衰瘦，露着不好看，盖上一些东西，借此掩掩丑的。从修辞学的立场上看起来，我赞成后一说。现在还常有骈四俪六，典丽堂皇的祭文，挽联，宣言，通电，我们倘去查字典，翻类书，剥去它外面的装饰，翻成白话文，试看那剩下的是怎样的东西呵！？

不懂当然也好的。好在那里呢？即好在"不懂"中。但所虑的是好到令人不能说好丑，所以还不如做得它"难懂"：有一点懂，而下一番苦功之后，所懂的也比较的多起来。我们是向来很有崇拜"难"的脾气的，每餐吃三碗饭，谁也不以为奇，有人每餐要吃十八碗，就郑重其事的写在笔记上；用手穿针没有人看，用脚穿针就可以搭帐篷卖钱；一幅画片，平淡无奇，装在匣子里，挖一个洞，化为西洋镜，人们就张着嘴热心的要看了。况且同是一事，费了苦功而达到的，也比并不费力而达到的［的］可贵。譬如到什么庙里去烧香罢，到山上的，比到平地上的可贵；三步一拜才到庙里的庙，和坐了轿子一径抬到的庙，即使同是这庙，在到达者的心里的可贵的程度是大有高下的。作文之贵乎难懂，就是要使读者三步一拜，这才能够达到一点目的的妙法。

　　写到这里，成了所讲的不但只是做古文的秘诀，而且是做骗人的古文的秘诀了。但我想，做白话文也没有什么大两样，因为它也可以夹些僻字，加上蒙胧或难懂，来施展那变戏法的障眼的手巾的。倘要反一调，就是"白描"。

　　"白描"却并没有秘诀。如果要说有，也不过是和障眼法反一调：有真意，去粉饰，少做作，勿卖弄而已。

十一月十日。

---

①本篇最初发表于1933年12月15日《申报月刊》第二卷第十

二号,署名洛文。后收入《南腔北调集》。

②《孟子·离娄》:"逢蒙学射于羿,尽羿之道;思天下惟羿为愈己,于是杀羿。"

③指1930年写的《做古文和做好人的秘诀》,后收入《二心集》。

④班马,指班固、司马迁。

⑤"紫色鼃声,余分闰位",语见《汉书·王莽传》,指王莽"篡位"这件事。据唐代颜师古注:"应劭曰:紫,间色;邪音也。服虔曰:言莽不得正王之命,如岁月之余分为闰也。"

⑥"蠢迪检柙",语见杨雄《法言·序》。据东晋李轨注:"蠢,动也;迪,道也;捡押,犹隐括也。言君子举动,则当蹈规矩。"按捡押,当作检柙。

⑦"知耻近乎勇",语见《礼记·中庸》。

文摊秘诀十条①

一、须竭力巴结书坊老板,受得住气。

二、须多谈胡适之②之流,但上面应加"我的朋友"四字,但仍须讥笑他几句。

三、须设法办一份小报或期刊,竭力将自己的作品登在第一篇,目录用二号字。

四、须设法将自己的照片登载杂志上,但片上须看见玻璃书箱一排,里面都是洋装书,而自己则作伏案看书,或默想之状。

五、须设法证明墨翟是一只黑野鸡,或杨朱是澳洲人③,并且出一本"专号"。

六、须编《世界文学家辞典》一部,将自己和老婆儿子,悉数详细编入。

七、须取《史记》或《汉书》中文章一二篇,略改字句,用自己的名字出版,同时又编《世界史学家辞典》一部,办法同上。

八、须常常透露目空一切的口气。

九、须常常透露游欧或游美的消息。

十、倘有人作文攻击，可说明此人曾来投稿，不予登载，所以挟嫌报复。

---

①本篇最初发表于1933年3月20日上海《申报·自由谈》，署名孺牛。

②胡适之（1891—1962），即胡适，字适之，"五四"时期参加《新青年》编辑工作，提倡白话文学，在文化教育界名声很大。有些人提及他时便常称为"我的朋友胡适之"。

③墨翟（前468—前376），春秋战国之际鲁人，墨家学派的创始人。杨朱，战国时魏人。胡怀琛曾在《东方杂志》第二十五卷第八号、第十六号（1928年4月、8月）先后发表《墨翟为印度人辨》和《墨翟续辨》两文，据"墨"字本义为黑、"翟"与"狄"同音，而断言墨翟为印度人。这里说"墨翟是一只黑野鸡"，"杨朱是澳洲人"，是对这类"考据学"的讽刺。"翟"字本义是一种长尾野鸡，"杨"与"洋"同音，故有此谐语。

读书杂谈

——七月十六日在广州知用中学讲——①

因为知用中学的先生们希望我来演讲一回,所以今天到这里和诸君相见。不过我也没有什么东西可讲。忽而想到学校是读书的所在,就随便谈谈读书。是我个人的意见,姑且供诸君的参考,其实也算不得什么演讲。

说到读书,似乎是很明白的事,只要拿书来读就是了,但是并不这样简单。至少,就有两种:一是职业的读书,一是嗜好的读书。所谓职业的读书者,譬如学生因为升学,教员因为要讲功课,不翻翻书,就有些危险的就是。我想在坐的诸君之中一定有些这样的经验,有的不喜欢算学,有的不喜欢博物②,然而不得不学,否则,不能毕业,不能升学,和将来的生计便有妨碍了。我自己也这样,因为做教员,有时即非看不喜欢看的书不可,要不这样,怕不久便会于饭碗有妨。我们习惯了,一说起读书,就觉得是高尚的事情,其实这样的读书,和木匠的磨斧头,裁缝的理针线并没有什么分别,并不见得高尚,有时还很苦痛,很可怜。你爱做的事,偏不给你做,你不爱做的,倒非做不可。这是由于职业和嗜好不能合一而来的。倘能够大家去做爱做的事,而仍然各有饭吃,那是多么幸福。但现在的社会上还做不到,所以读书的人们的最大部分,大概是勉勉强强的,带着苦痛的为职业的读书。

现在再讲嗜好的读书罢。那是出于自愿,全不勉强,离开了利害关系的。——我想,嗜好的读书,该如爱打牌的一样,天天打,夜夜打,连续的去打,有时被公安局捉了,放出来之后还是打。诸君要知道真打牌的人的目的并不在赢钱,而在有趣。牌有怎样的有趣呢,我是外行,不大明白。但听得爱赌的人说,它妙在一张一张的摸起来,永远变化无穷。我想,凡嗜好的读书,能够手不释卷的原因也就是这样,他在每一叶每一叶里,都得着深厚的趣味。自然,也可以扩大精神,增加智识的,但这些倒都不计及,一计及,便等于意在赢钱的博徒了,这在博徒之中,也算是下品。

不过我的意思,并非说诸君应该都退了学,去看自己喜欢看的书去,这样的时候还没有到来;也许终于不会到,至多,将来可以设法使人们对于非做不可的事发生较多的兴味罢了。我现在是说,爱看书的青年,大可以看看本分以外的书,即课外的书,不要只将课内的书抱住。但请不要误解,我并非说,譬如在国文讲堂上,应该在抽屉里暗看《红楼梦》之类;乃是说,应做的功课已完而有余暇,大可以看看各样的书,即使和本业毫不相干的,也要泛览。譬如学理科的,偏看看文学书,学文学的,偏看看科学书,看看别个在那里研究的，究竟是怎么一回事。这样子，对于别人，别事，可以有更深的了解。现在中国有一个大毛病，就是人们大概以为自己所学的一门是最好，最妙，最要紧的学问，而别的都无用，都不足道的，弄这些不足道的东西的人，将来该当饿死。其实是，世界还没有如此简单，学问都各有用处，要定什么是头等还很难。也幸而有各式各样的人，假如世界上全是文学家，到处所讲的不是"文学的分类"便是"诗之构造"，那倒反而无聊得很了。

不过以上所说的，是附带而得的效果，嗜好的读书，本人自然并不计及那些，就如游公园似的，随随便便去，因为随随便便，所以不吃力，因为不吃力，所以会觉得有趣。如果一本书拿到手，就满心想道，"我在读书了！""我在用功了！"那就容易疲劳，因而减掉兴味，或者变成苦事了。

我看现在的青年，为兴味的读书的是有的，我也常常遇到各样的询问。此刻就将我所想到的说一点，但是只限于文学方面，因为我不明白其他的。

第一，是往往分不清文学和文章。甚至于已经来动手做批评文章的，也免不了这毛病。其实粗粗的说，这是容易分别的。研究文章的历史或理论的，是文学家，是学者；做做诗，或戏曲小说的，是做文章的人，就是古时候所谓文人，此刻所谓创作家。创作家不妨毫不理会文学史或理论，文学家也不妨做不出一句诗。然而中国社会上还很误解,你做几篇小说,便以为你一定懂得小说概论,做几句新诗,就要你讲诗之原理。我也尝见想做小说的青年,先买小说法程和文学史来看。据我看来,是即使将这些书看烂了,和创作也没有什么关系的。

事实上,现在有几个做文章的人,有时也确去做教授。但这是因为中国创作不值钱,养不活自己的缘故。听说美国小名家的一篇中篇小说,时价是二千美金;中国呢,别人我不知道,我自己的短篇寄给大书铺,每篇卖过二十元。当然要寻别的事,例如教书,讲文学。研究是要用理智,要冷静的,而创作须情感,至少总得发点热,于是忽冷忽热,弄得头昏,——这也是职业和嗜好不能合一的苦处。苦倒也罢了,结果还是什么都弄不好。那证据,是试翻世界文学史,那里面的人,几乎没有兼做教授的。

还有一种坏处,是一做教员,未免有顾忌;教授有教授的架子,不能畅所欲言。这或者有人要反驳:那么,你畅所欲言就是了,何必如此小心。然而这是事前的风凉话,一到有事,不知不觉地他也要从众来攻击的。而教授自身,纵使自以为怎样放达,下意识里总不免有架子在。所以在外国,称为"教授小说"的东西倒并不少,但是不大有人说好,至少,是总难免有令人发烦的炫学的地方。

所以我想,研究文学是一件事,做文章又是一件事。

第二,我常被询问:要弄文学,应该看什么书?这实在是一个极难回答的问题。先前也曾有几位先生给青年开过一大篇书目③。但从我看来,这是没有什么用处的,因为我觉得那都是开书目的先生自己想要看或者未必想要看的书目。我以为倘要弄旧的呢,倒不如姑且靠着张之洞的《书目答问》去摸门径去。倘是新的,研究文学,则自己先看看各种的小本子,如本间久雄的《新文学概论》,厨川白村的《苦闷的象征》,瓦浪斯基们的《苏俄的文艺论战》之类,然后自己再想想,再博览下去。因为文学的理论不像算学,二二一定得四,所以议论很纷歧。如第三种,便是俄国的两派的争论,——我附带说一句,近来听说连俄国的小说也不大有人看了,似乎一看见"俄"字就吃惊,其实苏俄的新创作何尝有人绍介,此刻译出的几本,都是革命前的作品,作者在那边都已经被看作反革命的了。倘要看看文艺作品呢,则先看几种名家的选本,从中觉得谁的作品自己最爱看,然后再看这一个作者的专集,然后再从文学史上看看他在史上的位置;倘要知道得更详细,就看一两本这人的传记,那便可以大略了解了。如果专是请教别人,则各人的嗜好不同,总是格不相入的。

　　第三,说几句关于批评的事。现在因为出版物太多了,——其实有什么呢,而读者因为不胜其纷纭,便渴望批评,于是批评家也便应运而起。批评这东西,对于读者,至少对于和这批评家趣旨相近的读者,是有用的。但中国现在,似乎应该暂作别论。往往有人误以为批评家对于创作是操生杀之权,占文坛的最高位的,就忽而变成批评家;

他的灵魂上挂了刀。但是怕自己的立论不周密,便主张主观,有时怕自己的观察别人不看重,又主张客观;有时说自己的作文的根柢全是同情,有时将校对者骂得一文不值。凡中国的批评文字,我总是越看越胡涂,如果当真,就要无路可走。印度人是早知道的,有一个很普通的比喻。他们说:一个老翁和一个孩子用一匹驴子驮着货物去出卖,货卖去了,孩子骑驴回来,老翁跟着走。但路人责备他了,说是不晓事,叫老年人徒步。他们便换了一个地位,而旁人又说老人忍心;老人忙将孩子抱到鞍鞒上,后来看见的人却说他们残酷;于是都下来,走了不久,可又有人笑他们了,说他们是呆子,空着现成的驴子却不骑。于是老人对孩子叹息道,我们只剩了一个办法了,是我们两人抬着驴子走。无论读,无论做,倘若旁征博访,结果是往往会弄到抬驴子走的。

不过我并非要大家不看批评,不过说看了之后,仍要看看本书,自己思索,自己做主。看别的书也一样,仍要自己思索,自己观察。倘只看书,便变成书厨,即使自己觉得有趣,而那趣味其实是已在逐渐硬化,逐渐死去了。我先前反对青年躲进研究室④,也就是这意思,至今有些学者,还将这话算作我的一条罪状哩。

听说英国的培那特萧(Bernard Shaw)⑤,有过这样意思的话:世间最不行的是读书者。因为他只能看别人的思想艺术，不用自己。这也就是勖本华尔（Schopenhauer）⑥之所谓脑子里给别人跑马。较好的是思索者。因为能用自己的生活力了，但还不免是空想，所以更好的是观察者，他用自己的眼睛去读世间这一部活书。

这是的确的，实地经验总比看，听，空想确凿。我先前吃过干荔支，罐头荔支，陈年荔支，并且由这些推想过新鲜的好荔支。这回吃过了，和我所猜想的不同，非到广东来吃就永不会知道。但我对于萧的所说，还要加一点骑墙的议论。萧是爱尔兰人，立论也不免有些偏激的。我以为假如从广东乡下找一个没有历练的人，叫他从上海到北京或者什么地方，然后问他观察所得，我恐怕是很有限的，因为他没有练习过观察力。所以要观察，还是先要经过思索和读书。

总之，我的意思是很简单的：我们自动的读书，即嗜好的读书，请教别人是大抵无用，只好先行泛览，然后决择而入于自己所爱的较专的一门或几门；但专读书也有弊病，所以必须和实社会接触，使所读的书活起来。

---

①本篇记录稿经作者校阅后最初发表于1927年8月18、19、22日广州《民国日报》副刊《现代青年》第一七九、一八〇、一八一期；后重刊于1927年9月16日《北新》周刊第四十七、四十八期合

刊。曾收入《且介亭杂文》。

②博物，旧时中学的一门课程，包括动物、植物、矿物等学科的内容。

③这里说的开一大篇书目，指胡适的《一个最低限度的国学书目》、梁启超的《国学入门书要目及其读法》和吴宓的《西洋文学入门必读书目》等。这些书目都开列于1923年。

④"五四"以后，胡适提出"进研究室""整理国故"的主张。鲁迅曾多次写文章表示反对，《坟·未有天才之前》一文即提出："老先生要整理国故，当然不妨去埋在南富下读死书，至于青年，却自有他们的活学问和新艺术，各干各事，也还没有大妨害的，但若拿了这面旗子来号召，那就是要中国永远与世界隔绝了。"

⑤培那特萧，即萧伯纳（1856—1950），1933年应邀访华。

⑥勖本华尔，即叔本华（1788—1860）。"脑子里给别人跑马"，可能指他的《读书和书籍》中的这段话："我们读着的时候，别人却替我们想。我们不过反复了这人的心的过程。……读书时，我们的脑已非自己的活动地。这是别人的思想的战场了。"

随便翻翻①

我想讲一点我的当作消闲的读书——随便翻翻。但如果弄得不好,会受害也说不定的。

我最初去读书的地方是私塾,第一本读的是《鉴略》,桌上除了这一本书和习字的描红格,对字(这是做诗的准备)的课本之外,不许有别的书。但后来竟也慢慢的认识字了,一认识字,对于书就发生了兴趣,家里原有两三箱破烂书,于是翻来翻去,大目的是找图画看,后来也看看文字。这样就成了习惯,书在手头,不管它是什么,总要拿来翻一下,或者看一遍序目,或者读几叶内容,到得现在,还是如此,不用心,不费力,往往在作文或看非看不可的书籍之后,觉得疲劳的时候,也拿这玩意来作消遣了,而且它也的确能够恢复疲劳。

倘要骗人,这方法很可以冒充博雅。现在有一些老实人,和我闲谈之后,常说我书是看得很多的,略谈一下,我也的确好像书看得很多,殊不知就为了常常随手翻翻的缘故,却并没有本本细看。还有一种很容易到手的秘本,是《四库书目提要》,倘还怕繁,那么,《简明目录》②也可以，这可要细看，它能做成你好像看过许多书。不过我也曾用过正经工夫，如什么"国学"之类，请过先生指教，留心过学者所开的参考书目。结果都不满意。有些书目开得太多，要十来年才能看完，我还疑心他自己就没有看；只开几部的较好，可是这须看这位开书目的先生了，如果他是一位胡涂虫，那么，开出来的几部一定也是极顶胡涂书，不看还好，一看就胡涂。

我并不是说，天下没有指导后学看书的先生，有是有的，不过很难得。

这里只说我消闲的看书——有些正经人是反对的，以为这么一来，就"杂"！"杂"，现在又算是很坏的形容词。但我以为也有好处。譬如我们看一家的陈年账簿，每天写着"豆付三文，青菜十文，鱼五十文，酱油一文"，就知先前这几个钱就可买一天的小菜，吃够一家；看一本旧历本，写着"不宜出行，不宜沐浴，不宜上梁"，就知道先前是有这么多的禁忌。看见了宋人笔记里的"食菜事魔"[3]，明人笔记里的"十彪五虎"[4]，就知道"哦呵，原来'古已有之'。"但看完一部书，都是些那时的名人轶事，某将军每餐要吃三十八碗饭，某先生体重一百七十五斤半；或是奇闻怪事，某村雷劈蜈蚣精，某妇产生人面蛇，毫无益处的也有。这时可得自己有主意了，知道这是帮闲文士所做的书。凡帮闲，他能令人消闲消得最坏，他用的是最坏的方法。倘不小心，被他诱过去，那就坠入陷阱，后来满脑子是某将军的饭量,某先生的体重,蜈蚣精和人面蛇了。

讲扶乩的书,讲婊子的书,倘有机会遇见,不要皱起眉头,显示憎厌之状,也可以翻一翻;明知道和自己意见相反的书,已经过时的书,也用一样的办法。例如杨先生的《不得已》⑤是清初的著作,但看起来,他的思想是活着的,现在意见和他相近的人们正多得很。这也有一点危险,也就是怕被它诱过去。治法是多翻,翻来翻去,一多翻,就有比较,比较是医治受骗的好方子。乡下人常常误认一种硫化铜为金矿,空口是和他说不明白的,或者他还会赶紧藏起来,疑心你要白骗他的宝贝。但如果遇到一点真的金矿,只要用手掂一掂轻重,他就死心塌地:明白了。

"随便翻翻"是用各种别的矿石来比的方法,很费事,没有用真的金矿来比的明白,简单。我看现在青年的常在问人该读什么书,就是要看一看真金,免得受硫化铜的欺骗。而且一识得真金,一面也就真的识得了硫化铜,一举两得了。

但这样的好东西,在中国现有的书里,却不容易得到。我回忆自己的得到一点知识,真是苦得可怜。幼小时候,我知道中国在"盘古氏开辟天地"之后,有三皇五帝,……宋朝,元朝,明朝,"我大清"⑥。到二十岁,又听说"我们"的成吉思汗征服欧洲,是"我们"最阔气的时代。到二十五岁,才知道所谓这"我们"最阔气的时代,其实是蒙古人征服了中国,我们做了奴才。直到今年八月里,因为要查一点故事，翻了三部蒙古史，这才明白蒙古人的征服"斡罗思"⑦，侵入匈奥，还在征服全中国之前，那时的成吉思还不是我们的汗，倒是俄人被奴的资格比我们老，应该他们说"我们的成吉思汗征服中国，是我们最阔气的时代"的。

我久不看现行的历史教科书了，不知道里面怎么说；但在报章杂志上，却有时还看见以成吉思汗自豪的文章。事情早已过去了，原没有什么大关系，但也许正有着大关系，而且无论如何，总是说些真实的好。所以我想，无论是学文学的，学科学的，他应该先看一部关于历史的简明而可靠的书。但如果他专讲天王星，或海王星，虾蟆的神经细胞，或只咏梅花，叫妹妹，不发关于社会的议论，那么，自然，不看也可以的。

我自己，是因为懂一点日本文，在用日译本《世界史教程》和新出的《中国社会史》应应急的，都比我历来所见的历史书类说得明确。前一种中国曾有译本，但只有一本，后五本不译了，译得怎样，因为没有见过，不知道，后一种中国倒先有译本，叫作《中国社会发展史》，不过据日译者说，是多错误，有删节，靠不住的。

我还在希望中国有这两部书。又希望不要一哄而来，一哄而散，要译，就译他完；也不要删节，要删节，就得声明，但最好还是译得小心，完全，替作者和读者想一想。

十一月二日。

①本篇最初发表于 1934 年 11 月上海《读书生活》月刊第一卷第二期,署名公汗。后收入《且介亭杂文》。

②《四库书目提要》即《四库全书总目提要》。《简明目录》,即《四库全书简明目录》,共二十卷,亦纪昀编撰,各书提要较《总目》简略,并且不录《总目》中"存目"部分的书目。

③"食菜事魔",五代两宋时的秘密宗教组织明教,提倡素食,供奉摩尼(来源于古代波斯的摩尼教)为光明之神。因此在有关他们的记载中有"食菜事魔"的说法。

④"十彪五虎",疑应作"五虎五彪"。明代计六奇《明季北略》卷四有《五虎五彪》一则:"五虎李夔龙、吴淳夫、倪文焕、田吉等追赃发充军,五彪田尔耕、许显纯处决,崔应元、杨寰、孙云鹤边卫充军,以为附权蠹政之戒。"

⑤杨光先,字长公,安徽歙县人。顺治元年(1644)清政府委任德国天主教传教士汤若望为钦天监监正,变更历法,新编历书。杨光先上书指摘。《不得已》就是杨光先历次指控汤若望呈文和论文的汇集,其中有浓重的排外思想,如《日食天象验》一文中说:"宁可使中夏无好历法,不可使中夏有西洋人。"

⑥"我大清",旧时学塾初级读物《三字经》中的句子。

⑦"斡罗思"即俄罗斯。

读几本书①

读死书会变成书呆子,甚至于成为书厨,早有人反对过了,时光不绝的进行,反读书的思潮也愈加彻底,于是有人来反对读任何一种书。他的根据是叔本华的老话,说是倘读别人的著作,不过是在自己的脑里给作者跑马②。

这对于读死书的人们,确是一下当头棒,但为了与其探究,不如跳舞,或者空暴躁,瞎牢骚的天才起见,却也是一句值得绍介的金言。不过要明白:死抱住这句金言的天才,他的脑里却正被叔本华跑了一趟马,踏得一榻胡涂了。

现在是批评家在发牢骚,因为没有较好的作品;创作家也在发牢骚,因为没有正确的批评。张二说李四的作品是象征主义,于是李四也自以为是象征主义,读者当然更以为是象征主义。然而怎样是象征主义呢?向来就没有弄分明,只好就用李四的作品为证。所以中国之所谓象征主义,和别国之所谓 Symbolism 是不一样的,虽然前者其实是后者的译语,然而听说梅特林③是象征派的作家,于是李四就成为中国的梅特林了。此外中国的法朗士,中国的白璧德，中国的吉尔波丁，中国的高尔基……还多得很。然而真的法朗士他们的作品的译本，在中国却少得很。莫非因为都有了"国货"的缘故吗？

在中国的文坛上，有几个国货文人的寿命也真太长；而洋货文人的可也真太短，姓名刚刚记熟，据说是已经过去了。易卜生大有出全集之意，但至今不见第三本；柴霍甫④和莫泊桑的选集，也似乎走了虎头蛇尾运。但在我们所深恶痛疾的日本，《吉诃德先生》⑤和《一千一夜》是有全译的；沙士比亚⑥，歌德，……都有全集；托尔斯泰的有三种，陀思妥也夫斯基的有两种。

读死书是害己，一开口就害人；但不读书也并不见得好。至少，譬如要批评托尔斯泰，则他的作品是必得看几本的。自然，现在是国难时期，那有工夫译这些书，看这些书呢，但我所提议的是向着只在暴躁和牢骚的大人物，并非对于正在赴难或"卧薪尝胆"的英雄。因为有些人物，是即使不读书，也不过玩着，并不去赴难的。

五月十四日。

---

①本篇最初发表于1934年5月18日《申报·自由谈》。后收入《花边文学》。

②上海《人言》周刊第一卷第十期（1934年4月21日）载有胡

雁的《谈读书》一文,先引叔本华"脑子里给别人跑马"的话,然后说:"看过一本书,是让人跑过一次马,看的书越多,脑子便变成跑马场,处处是别人的马的跑道……我想,书大可不必读。"按叔本华在《读书和书籍》等文中,反对读书,认为"读书时,我们的脑已非自己的活动地。这是别人的思想的战场了",主张"由自己思想得来真理"。

③梅特林,通译作梅特林克(M. Maeterlinck,1862—1949),比利时剧作家,1911年诺贝尔文学奖获得者,象征主义戏剧的代表。主要作品有剧本《青鸟》等。

④柴霍甫,通译作契诃夫(1860—1904),伟大的俄国作家,"世界短篇小说之王"。除了《变色龙》《套中人》《草原》等大量脍炙人口的短篇小说外,还有《三姊妹》《樱桃园》等剧作。

⑤《吉诃德先生》即《堂吉诃德》,最伟大的西班牙语文学作品之一,塞万提斯(1547—1616)著。

⑥通译作莎士比亚(Shakespeare,1564—1616),英国诗人、戏剧家,在世界文学史上占有极重要的地位,主要作品有《李尔王》《哈姆雷特》《奥赛罗》《罗密欧与朱丽叶》等。

读书忌①

记得中国的医书中,常常记载着"食忌",就是说,某两种食物同食,是于人有害,或者足以杀人的,例如葱与蜜,蟹与柿子,落花生与王瓜之类。但是否真实,却无从知道,因为我从未听见有人实验过。

读书也有"忌",不过与"食忌"稍不同。这就是某一类书决不能和某一类书同看,否则两者中之一必被克杀,或者至少使读者反而发生愤怒。例如现在正在盛行提倡的明人小品,有些篇的确是空灵的。枕边厕上,车里舟中,这真是一种极好的消遣品。然而先要读者的心里空空洞洞,混混茫茫。假如曾经看过《明季稗史》,《痛史》②,或者明末遗民的著作,那结果可就不同了,这两者一定要打起仗来,非打杀其一不止。我自以为因此很了解了那些憎恶明人小品的论者的心情。

这几天偶然看见一部屈大均的《翁山文外》,其中有一篇戊申(即清康熙七年)八月做的《自代北入京记》。他的文笔,岂在中郎之下呢?可是很有些地方是极有重量的,抄几句在这里——

……沿河行，或渡或否。往往见西夷毡帐，高低不一，所谓穹庐连属，如冈如阜者。男妇皆蒙古语；有卖干湿酪者，羊马者，牦皮者，卧两骆驼中者，坐奚车者，不鞍而骑者，三两而行，被戒衣，或红或黄，持小铁轮，念《金刚秽咒》者。其首顶一柳筐，以盛马粪及木炭者，则皆中华女子。皆盘头跣足，垢面，反被毛袄。人与牛羊相枕藉，腥臊之气，百余里不绝。……

我想，如果看过这样的文章，想像过这样的情景，又没有完全忘记，那么，虽是中郎的《广庄》或《瓶史》，也断不能洗清积愤的，而且还要增加愤怒。因为这实在比中郎时代的他们互相标榜还要坏，他们还没有经历过扬州十日，嘉定三屠！

明人小品，好的；语录体也不坏，但我看《明季稗史》之类和明末遗民的作品却实在还要好，现在也正到了标点，翻印的时候了：给大家来清醒一下。

十一月二十五日。

----

① 本篇最初发表于1934年11月29日《中华日报·动向》。后收入《花边文学》。

② 《痛史》，乐天居士编，共三集，汇印明末清初野史二十余种。

点句的难①

看了《袁中郎全集校勘记》②，想到了几句不关重要的话，是：断句的难。

前清时代，一个塾师能够不查他的秘本，空手点完了"四书"，在乡下就要算一位大学者，这似乎有些可笑，但是很有道理的。常买旧书的人，有时会遇到一部书，开首加过句读，夹些破句，中途却停了笔：他点不下去了。这样的书，价钱可以比干净的本子便宜，但看起来也真教人不舒服。

标点古书，印了出来，是起于"文学革命"时候的；用标点古文来试验学生，我记得好像是同时开始于北京大学，这真是恶作剧，使"莘莘学子"闹出许多笑话来。

这时候，只好一任那些反对白话，或并不反对白话而兼长古文的学者们讲风凉话。然而，学者们也要"技痒"的，有时就自己出手。一出手，可就有些糟了，有几句点不断，还有可原，但竟连极平常的句子也点了破句。

古文本来也常常不容易标点，譬如《孟子》里有一段，我们大概是这样读法的："有冯妇者，善搏虎，卒为善士。

则之野,有众逐虎。虎负嵎,莫之敢撄。望见冯妇,趋而迎之。冯妇攘臂下车,众皆悦之,其为士者笑之。"但也有人说应该断为"卒为善,士则之,野有众逐虎……"的。③这"笑"他的"士",就是先前"则"他的"士",要不然,"其为士",就太鹘突了。但也很难决定究竟是那一面对。

不过倘使是调子有定的词曲,句子相对的骈文,或并不艰深的明人小品,标点者又是名人学士,还要闹出一些破句,可未免令人不遭蚊子叮,也要起疙瘩了。嘴里是白话怎么坏,古文怎么好,一动手,对古文就点了破句,而这古文又是他正在竭力表扬的古文。破句,不就是看不懂的分明的标记么?说好说坏,又从那里来的?

标点古文真是一种试金石,只消几点几圈,就把真颜色显出来了。

但这事还是不要多谈好,再谈下去,我怕不久会有更高的议论,说标点是"随波逐流"的玩意,有损"性灵",④应该排斥的。

十月二日。

---

① 本篇最初发表于 1934 年 10 月 5 日《中华日报·动向》。后收入《花边文学》。

②《袁中郎全集校勘记》载于 1934 年 10 月 2 日《中华日报·动向》，署"袁大郎再校"，内容是指摘刘大杰标点、林语堂校阅、时代图书公司印行的《袁中郎全集》中的断句错误。

③林语堂在《人间世》第十二期《辜鸿铭特辑·辑者弁言》中说过"今日随波逐流之人太多，这班人才不值得研究"的话。

④"性灵"，是当时林语堂等提倡的一种文学主张。他在《论语》第十五期发表的《论文》一文中说："文章者，个人性灵之表现。性灵之为物，惟我知之，生我之父母不知，同床之吾妻亦不知。然文学之生命实寄托于此。"

开给许世瑛的书单①

　　计有功　宋人，《唐诗纪事》，（四部丛刊本，又有单行本。）
　　辛文房　元人，《唐才子传》（今有木活字单行本。）
　　严可均　《全上古……隋文》②（今有石印本，其中零碎不全之文甚多，可不看。）
　　丁福保　《全上古……隋诗》③（排印本。）
　　吴荣光　《历代名人年谱》（可知名人一生中之社会大事，因其书为表格之式也。可惜的是作者所认为历史上的大事者，未必真是"大事"，最好是参考日本三省堂出版之《模范最新世界年表》。）
　　胡应麟　明人　《少室山房笔丛》（广雅书局本，亦有石印本。）
　　《四库全书简明目录》（其实是现有的较好的书籍之批评，但须注意其批评是"钦定"的。）
　　《世说新语》　刘义庆（晋人清谈之状。）
　　《唐摭言》　五代王定保（唐文人取科名之状态。）
　　《抱朴子外篇》　葛洪　（内论及晋末社会状态。有单行本。）

《论衡》 王充（内可见汉末之风俗迷信等。）

《今世说》 王晫（明末清初之名士习气。）

---

① 本篇是《全集》据手稿编入，原无标题。许寿裳在《亡友鲁迅印象记》中曾转录。许世瑛（1910—1972），许寿裳的长子，1930年秋考入清华大学化学系，旋改入中国文学系读书。后收入《集外集拾遗补编》。

② 《全上古……隋文》，即《全上古三代秦汉六朝文》。

③ 《全上古……隋诗》，当即《全汉三国晋南北朝诗》。

第二编

小说史谈

自有《红楼梦》出来以后,传统的思想和写法都打破了。——它那文章的旖旎和缠绵,倒是还在其次的事。但是反对者却很多,以为将给青年以不好的影响。这就因为中国人看小说,不能用赏鉴的态度去欣赏它,却自己钻入书中,硬去充一个其中的角色。

中国小说的历史的变迁①

我所讲的是中国小说的历史的变迁。许多历史家说，人类的历史是进化的，那么，中国当然不会在例外。但看中国进化的情形，却有两种很特别的现象：一种是新的来了好久之后而旧的又回复过来，即是反复；一种是新的来了好久之后而旧的并不废去，即是羼杂。然而就并不进化么？那也不然，只是比较的慢，使我们性急的人，有一日三秋之感罢了。文艺，文艺之一的小说，自然也如此。例如虽至今日，而许多作品里面，唐宋的，甚而至于原始人民的思想手段的糟粕都还在。今天所讲，就想不理会这些糟粕——虽然它还很受社会欢迎——而从倒行的杂乱的作品里寻出一条进行的线索来，一共分为六讲。

第一讲　从神话到神仙传

考小说之名，最古是见于庄子所说的"饰小说以干县令"。"县"是高，言高名；"令"是美，言美誉。但这是指他所谓琐屑之言，不关道术的而说，和后来所谓的小说并不同。因为如孔子，杨子，墨子各家的学说，从庄子看来，都可以谓之小说；反之，别家对庄子，也可称他的著作为小说。至于《汉书》《艺文志》上说："小说者，街谈巷语之说也。"这才近似现在的所谓小说了，但也不过古时稗官采集一般小民所谈的小话，借以考察国之民情，风俗而已，并无现在所谓小说之价值。

小说是如何起源的呢？据《汉书》《艺文志》上说："小说家者流，盖出于稗官。"稗官采集小说的有无，是另一问题；即使真有，也不过是小说书之起源，不是小说之起源。至于现在一班研究文学史者，却多认小说起源于神话。因为原始民族，穴居野处，见天地万物，变化不常——如风，雨，地震等——有非人力所可捉摸抵抗，很为惊怪，以为必有个主宰万物者在，因之拟名为神；并想象神的生活，动作，如中国有盘古氏开天辟地之说，这便成功了"神话"。从神话演进，故事渐近于人性，出现的大抵是"半神"，如说古来建大功的英雄，其才能在凡人以上，由于天授的就是。例如简狄吞燕卵而生商，尧时"十日并出"，尧使羿射之的话，都是和凡人不同的。这些口传，今人谓之"传说"。由此再演进，则正事归为史；逸史即变为小说了。

我想，在文艺作品发生的次序中，恐怕是诗歌在先，小说在后的。诗歌起于劳动和宗教。其一，因劳动时，一面工作，一面唱歌，可以忘却劳苦，所以从单纯的呼叫发展开去，直到发挥自己的心意和感情，并偕有自然的韵调；其二，是因为原始民族对于神明，渐因畏惧而生敬仰，于是歌颂其威灵，赞叹其功烈，也就成了诗歌的起源。至于小说，我以为倒是起于休息的。人在劳动时，既用歌吟以自娱，借它忘却劳苦了，则到休息时，亦必要寻一种事情以消遣闲暇。这种事情，就是彼此谈论故事，而这谈论故事，正就是小说的起源。——所以诗歌是韵文，从劳动时发生的；小说是散文，从休息时发生的。

但在古代，不问小说或诗歌，其要素总离不开神话。印度，埃及，希腊都如此，中国亦然。只是中国并无含有神话的大著作；其零星的神话，现在也还没有集录为专书的。我们要寻求，只可从古书上得到一点，而这种古书最重要的，便推《山海经》。不过这书也是无系统的，其中最要的，和后来有关系的记述，有西王母的故事，现在举一条出来：

> 玉山，是西王母所居也。西王母其状如人，豹尾虎齿而善啸，蓬发戴胜，是司天之厉及五残。

如此之类还不少。这个古典，一直流行到唐朝，才被骊山老母夺了位置去。此外还有一种《穆天子传》，讲的是周穆王驾八骏西征的故事，是汲郡古冢中杂书之一篇。——总之中国古代的神话材料很少，所有者，只是些断片的，没有长篇的，而且似乎也并非后来散亡，是本来的少有。我们在此要推求其原因，我以为最要的有两种：

一、太劳苦　因为中华民族先居在黄河流域，自然界底情形并不佳，为谋生起见，生活非常勤苦，因之重实际，轻玄想，故神话就不能发达以及流传下来。劳动虽说是发生文艺的一个源头，但也有条件：就是要不过度。劳逸均适，或者小觉劳苦，才能发生种种的诗歌，略有余暇，就讲小说。假使劳动太多，休息时少，没有恢复疲劳的余裕，则眠食尚且不暇，更不必提什么文艺了。

二、易于忘却　因为中国古时天神，地祇，人，鬼，往往殽杂，则原始的信仰存于传说者，日出不穷，于是旧者僵死，后人无从而知。如神荼，郁垒，为古之大神，传说上是手执一种苇索，以缚虎，且御凶魅的，所以古代将他们当作门神。但到后来又将门神改为秦琼，尉迟敬德，并引说种种事实，以为佐证，于是后人单知道秦琼和尉迟敬德为门神，而不复知神荼，郁垒，更不消说造作他们的故事了。此外这样的还很不少。

中国的神话既没有什么长篇的，现在我们就再来看《汉书》《艺文志》上所载的小说：《汉书》《艺文志》上所载的许多小说目录，现在一样都没有了，但只有些遗文，还可以看见。如《大戴礼·保傅篇》中所引《青史子》说：

古者年八岁而出就外舍，学小艺焉，履小节焉；

束发而就大学，学大艺焉，履大节焉。居则习礼文，行则鸣佩玉，升车则闻和鸾之声，是以非僻之心无自入也。……

《青史子》这种话，就是古代的小说；但就我们看去，同《礼记》所说是一样的，不知何以当作小说？或者因其中还有许多思想和儒家的不同之故吧。至于现在所有的所谓汉代小说，却有称东方朔所做的两种：一、《神异经》；二、《十洲记》。班固做的，也有两种：一、《汉武故事》；二、《汉武帝内传》。此外还有郭宪做的《洞冥记》，刘歆做的《西京杂记》。《神异经》的文章，是仿《山海经》的，其中所说的多怪诞之事。现在举一条出来：

西南荒山中出訛兽，其状若菟，人面能言，常欺人，言东而西，言恶而善。其肉美，食之，言不真矣。（《西南荒经》）

《十洲记》是记汉武帝闻十洲于西王母之事，也仿《山海经》的，不过比较《神异经》稍微庄重些。《汉武故事》和《汉武帝内传》，都是记武帝初生以至崩葬的事情。《洞冥记》是说神仙道术及远方怪异的事情。《西京杂记》则杂记人间琐事。然而《神异经》，《十洲记》，为《汉书》《艺文志》上所不载，可知不是东方朔做的，乃是后人假造的。

《汉武故事》，《汉武帝内传》则与班固别的文章，笔调不类，且中间夹杂佛家语——彼时佛教尚不盛行，且汉人从来不喜说佛语——可知也是假的。至于《洞冥记》，《西京杂记》又已经为人考出是六朝人做的。——所以上举的六种小说，全是假的。惟此外有刘向的《列仙传》，是真的。晋的葛洪又作《神仙传》，唐宋更多，于后来的思想及小说，很有影响。但刘向的《列仙传》，在当时并非有意作小说，乃是当作真实事情做的，不过我们以现在的眼光看去，只可作小说观而已。《列仙传》，《神仙传》中片断的神话，到现在还多拿它做儿童读物的材料。现在常有一问题发生：即此种神话，可否拿它做儿童的读物？我们顺便也说一说。在反对一方面的人说：以这种神话教儿童，只能养成迷信，是非常有害的；而赞成一方面的人说：以这种神话教儿童，正合儿童的天性，很感趣味，没有什么害处的。在我以为这要看社会上教育的状况怎样，如果儿童能继续更受良好的教育，则将来一学科学，自然会明白，不至迷信，所以当然没有害的；但如果儿童不能继续受稍深的教育，学识不再进步，则在幼小时所教的神话，将永信以为真，所以也许是有害的。

第二讲　六朝时之志怪与志人

上次讲过：一、神话是文艺的萌芽。二、中国的神话很少。三、所有的神话，没有长篇的。四、《汉书》《艺文志》上载的小说都不存在了。五、现存汉人的小说，多是假的。现在我们再看六朝时的小说怎样？中国本来信鬼神的，而鬼神与人乃是隔离的，因欲人与鬼神交通，于是乎就有巫出来。巫到后来分为两派：一为方士；一仍为巫。巫多说鬼，方士多谈炼金及求仙，秦汉以来，其风日盛，到六朝并没有息，所以志怪之书特多，像《博物志》上说：

> 燕太子丹质于秦，……欲归，请于秦王。王不听，谬言曰，'令乌头白，马生角，乃可。'丹仰而叹，乌即头白，俯而嗟，马生角。秦王不得已而遣之……（卷八《史补》）

这全是怪诞之说，是受了方士思想的影响。再如刘敬叔的《异苑》上说：

> 义熙中，东海徐氏婢兰忽患羸黄，而拂拭异常，共伺察之，见扫帚从壁角来趣婢床，乃取而焚之，嫂即平复。（卷八）

这可见六朝人视一切东西，都可成妖怪，这正就是巫底思想，即所谓"万有神教"。此种思想，到了现在，依然留存，像：常见在树上挂着"有求必应"的匾，便足以证明社会上还将树木当神，正如六朝人一样的迷信。其实这种思想，本来是无论何国，古时候都有的，不过后来渐渐地没有罢了。但中国还很盛。

六朝志怪的小说，除上举《博物志》《异苑》而外，还有干宝的《搜神记》，陶潜的《搜神后记》。但《搜神记》多已佚失，现在所存的，乃是明人辑各书引用的话，再加别的志怪书而成，是一部半真半假的书籍。至于《搜神后记》，亦记灵异变化之事，但陶潜旷达，未必作此，大约也是别人的托名。

此外还有一种助六朝人志怪思想发达的，便是印度思想之输入。因为晋，宋，齐，梁四朝，佛教大行，当时所译的佛经很多，而同时鬼神奇异之谈也杂出，所以当时合中，印两国底鬼怪到小说里，使它更加发达起来，如阳羡鹅笼的故事，就是：

> 阳羡许彦于绥安山行，遇一书生，……卧路侧，云脚痛，求寄鹅笼中。彦以为戏言，书生便入笼，……宛然与双鹅并坐，鹅亦不惊。彦负笼而去，都不觉重。前行息树下，书生乃出笼谓彦曰："欲为君薄设。"彦曰："善。"乃口中吐出一铜奁子，中具肴馔。……酒数行，谓彦曰："向将一妇人自随，今欲暂邀之。"……又于口中吐一女子……共坐宴。俄而书生醉卧，此女谓彦曰："……向亦窃得一男子同行……暂唤之……"……女子于口中吐出一男子……

此种思想，不是中国所故有的，乃完全受了印度思想的影响。就此也可知六朝的志怪小说，和印度怎样相关的大概了。但须知六朝人之志怪，却大抵一如今日之记新闻，在当时并非有意做小说。

六朝时志怪的小说，既如上述，现在我们再讲志人的小说。六朝志人的小说，也非常简单，同志怪的差不多，这有宋刘义庆做的《世说新语》，可以做代表。现在待我举出一两条来看：

> 阮光禄在剡，曾有好车，借者无不皆给。有人葬母，意欲借而不敢言。阮后闻之，叹曰：'吾有车而使人不敢借，何以车为？'遂焚之。（卷上《德行篇》）
>
> 刘伶恒纵酒放达，或脱衣裸形在屋中。人见讥之，伶曰："我以天地为栋宇，屋室为裈衣，诸君何为入我裈中？"（卷下《任诞篇》）

这就是所谓晋人底风度。以我们现在的眼光看去，阮光禄之烧车，刘伶之放达，是觉得有些奇怪的，但在晋人却并不以为奇怪，因为那时所贵的是奇特的举动和玄妙的清谈。这种清谈，本从汉之清议而来。汉末政治黑暗，一般名士议论政事，其初在社会上很有势力，后来遭执政者之嫉视，渐渐被害，如孔融，祢衡等都被曹操设法害死，所以到了晋代底名士，就不敢再议论政事，而一变为专谈玄理；清议而不谈政事，这就成了所谓清谈了。但这种清谈的名士，当时在社会上却仍旧很有势力，若不能玄谈的，好似不够名士底资格；而《世说》这部书，差不多就可以看做一部名士底教科书。

前乎《世说》尚有《语林》，《郭子》，不过现在都没有了。而《世说》乃是纂辑自后汉至东晋底旧文而成的。后来有刘孝标给《世说》作注，注中所引的古书多至四百余种，而今又不多存在了；所以后人对于《世说》看得更贵重，到现在还很通行。

此外还有一种魏邯郸淳做的《笑林》，也比《世说》早。它的文章，较《世说》质朴些，现在也没有了，不过在唐宋人的类书上所引的遗文，还可以看见一点，我现在把它也举一条出来：

> 甲父母在，出学三年而归，舅氏问其学何所得，并序别父久。乃答曰："渭阳之思，过于秦康。"（秦康父母已死）既而父数之，"尔学奚益。"答曰："少失过庭之训，故学无益。"（《广记》二百六十二）

就此可知《笑林》中所说，大概不外诽谐之谈。

上举《笑林》，《世说》两种书，到后来都没有什么发达，因为只有模仿，没有发展。如社会上最通行的《笑林广记》，当然是《笑林》的支派，但是《笑林》所说的多是知识上的滑稽；而到了《笑林广记》，则落于形体上的滑稽，专以鄙言就形体上谑人，涉于轻薄，所以滑稽的趣味，就降低多了。至于《世说》，后来模仿的更多，从刘孝标的《续世说》——见《唐志》——一直到清之王晫所做的《今世说》，现在易宗夔所做的《新世说》等，都是仿《世说》的书。但是晋朝和现代社会底情状，完全不同，到今日还模仿那时底小说，是很可笑的。因为我们知道从汉末到六朝为篡夺时代，四海骚然，人多抱厌世主义；加以佛道二教盛行一时，皆讲超脱现世，晋人先受其影响，于是有一派人去修仙，想飞升，所以喜服药；有一派人欲永游醉乡，不问世事，所以好饮酒。服药者——晋人所服之药，我们知道的有五石散，是用五种石料做的，其性燥烈——身上常发炎，适于穿旧衣——因新衣容易擦坏皮肤——又常不洗，虱子生得极多，所以说："扪虱而谈。"饮酒者，放浪形骸之外，醉生梦死。——这就是晋时社会底情状。而生在现代底人，生活情形完全不同了，却要去模仿那时社会背景所产生的小说，岂非笑话？

　　我在上面说过：六朝人并非有意作小说，因为他们看鬼事和人事，是一样的，统当作事实；所以《旧唐书》《艺文志》，把那种志怪的书，并不放在小说里，而归入历史的传记一类，一直到了宋欧阳修才把它归到小说里。可是志人底一部，在六朝时看得比志怪底一部更重要，因为这和成名很有关系；像当时乡间学者想要成名，他们必须去找名士，这在晋朝，就得去拜访王导，谢安一流人物，正所谓"一登龙门，则身价十倍"。但要和这流名士谈话，必须要能够合他们的脾胃，而要合他们的脾胃，则非看《世说》，《语林》这一类的书不可。例如：当时阮宣子见太尉王夷甫，夷甫问老庄之异同，宣子答说："将毋同。"夷甫就非常佩服他，给他官做，即世所谓"三语掾"。但"将毋同"三字，究竟怎样讲？有人说是"殆不同"的意思；有人说是"岂不同"的意思——总之是一种两可、飘渺恍惚之谈罢了。要学这一种飘渺之谈，就非看《世说》不可。

第三讲　唐之传奇文

小说到了唐时，却起了一个大变迁。我前次说过：六朝时之志怪与志人底文章，都很简短，而且当作记事实；及到唐时，则为有意识的作小说，这在小说史上可算是一大进步。而且文章很长，并能描写得曲折，和前之简古的文体，大不相同了，这在文体上也算是一大进步。但那时作古文底人，见了很不满意，叫它做"传奇体"。"传奇"二字，当时实是訾贬的意思，并非现代人意中的所谓"传奇"。可是这种传奇小说，现在多没有了，只有宋初底《太平广记》——这书可算是小说的大类书，是搜集六朝以至宋初底小说而成的——我们于其中还可以看见唐时传奇小说底大概：唐之初年，有王度做的《古镜记》，是自述得一神镜底异事，文章虽很长，但仅缀许多异事而成，还不脱六朝志怪底流风。此外又有无名氏做的《白猿传》，说的是梁将欧阳纥至长乐，深入溪洞，其妻为白猿掠去，后来得救回去，生一子，"厥状肖焉"。纥后为陈武帝所杀，他的儿子欧阳询，在唐初很有名望，而貌像猕猴，忌者因作此传；后来假小说以攻击人的风气，可见那时也就流行了。

到了武则天时，有张鷟做的《游仙窟》，是自叙他从长安走河湟去，在路上天晚，投宿一家，这家有两个女人，叫十娘，五嫂，和他饮酒作乐等情。事实不很繁复，而是用骈体文做的。这种以骈体做小说，是从前所没有的，所以也可以算一种特别的作品。到后来清之陈球所做的《燕山外史》，是骈体的，而作者自以为用骈体做小说是由他别开生面的，殊不知实已开端于张鷟了。但《游仙窟》中国久已佚失；惟在日本，现尚留存，因为张鷟在当时很有文名，外国人到中国来，每以重金买他的文章，这或者还是那时带去的一种。其实他的文章很是佻巧，也不见得好，不过笔调活泼些罢了。

唐至开元天宝以后，作者蔚起，和以前大不同了。从前看不起小说的，此时也来做小说了，这是和当时底环境有关系的，因为唐时考试的时候，甚重所谓"行卷"；就是举子初到京，先把自己得意的诗抄成卷子，拿去拜谒当时的名人，若得称赞，则"声价十倍"，后来便有及第的希望，所以行卷在当时看得很重要。到开元天宝以后，渐渐对于诗,有些厌气了,于是就有人把小说也放在行卷里去,而且竟也可以得名。所以从前不满意小说的,到此时也多做起小说来,因之传奇小说,就盛极一时了。大历中,先有沈既济做的《枕中记》——这书在社会上很普通,差不多没有人不知道的——内容大略说:有个卢生,行邯郸道中,自叹失意,乃遇吕翁,给他一个枕头,生睡去,就梦娶清河崔氏;——清河崔属大姓,所以得娶清河崔氏,也是极荣耀的。——并由举进士,一直升官到尚书兼御史大夫。后为时宰所忌,害他贬到端州。过数年,又追他为中书令,封燕国公。后来衰老有病,呻吟床次,至气断而死。梦中死去,他便醒来,却尚不到煮熟一锅饭的时候。——这是劝人不要躁进,把功名富贵,看淡些的意思。到后来明人汤显祖做的《邯郸记》,清人蒲松龄所做《聊斋》中的《续黄粱》,都是本这《枕中记》的。

此外还有一个名人叫陈鸿的,他和他的朋友白居易经过安史之乱以后,杨贵妃死了,美人已入黄土,凭吊古事,不胜伤情,于是白居易作了《长恨歌》;而他便做了《长恨歌传》。此传影响到后来,有清人洪升所做的《长生殿》传奇,是根据它的。当时还有一个著名的,是白居易之弟白行简,做了一篇《李娃传》,说的是:荥阳巨族之子,到长安来,溺于声色,贫病困顿,竟流落为挽郎。——挽郎是人家出殡时,挽棺材者,并须唱挽歌。——后为李娃所救,并勉他读书,遂得擢第,官至参军。行简的文章本好,叙李娃的情节，又很是缠绵可观。此篇对于后来的小说②，也很有影响，如元人的《曲江池》，明人薛近兖的《绣襦记》，都是以它为本的。

再唐人底小说，不甚讲鬼怪，间或有之，也不过点缀点缀而已。但也有一部分短篇集，仍多讲鬼怪的事情，这还是受了六朝人底影响，如牛僧孺的《玄怪录》，段成式的《酉阳杂俎》，李复言的《续玄怪录》，张读的《宣室志》，苏鹗的《杜阳杂编》，裴铏的《传奇》等，都是的。然而毕竟是唐人做的，所以较六朝人做的曲折美妙得多了。

唐之传奇作者，除上述以外，于后来影响最大而特可注意者，又有二人：其一著作不多，而影响很大，又很著名者，便是元微之；其一著作多，影响也很大，而后来不甚著名者，便是李公佐。现在我把他两人分开来说一说：

一、元微之的著作　元微之名稹，是诗人，与白居易齐名。他做的小说，只有一篇《莺莺传》，是讲张生与莺莺之事，这大概大家都是知道的，我可不必细说。微之的诗文，本是非常有名的，但这篇传奇，却并不怎样杰出，况且其篇末叙张生之弃绝莺莺，又说什么"……德不足以胜妖，是用忍情"。文过饰非，差不多是一篇辩解文字。可是后来许多曲子，却都由此而出，如金人董解元的《絃索西厢》，——现在的《西厢》，是扮演；而此则弹唱——元人王实甫的《西厢记》，关汉卿的《续西厢记》，明人李日华的《南西厢记》，陆采的《南西厢记》，……等等，非常之多,全导源于这一篇《莺莺传》。但和《莺莺传》原本所叙的事情,又略有不同,就是:叙张生和莺莺到后来终于团圆了。这因为中国人底心理,是很喜欢团圆的,所以必至于如此,大概人生现实底缺陷,中国人也很知道,但不愿意说出来;因为一说出来,就要发生"怎样补救这缺点"的问题,或者免不了要烦闷,要改良,事情就麻烦了。而中国人不大喜欢麻烦和烦闷,现在倘在小说里叙了人生底缺陷,便要使读者感着不快。所以凡是历史上不团圆的,在小说里往往给他团圆;没有报应的,给他报应,互相骗骗。——这实在是关于国民性底问题。

二、李公佐的著作 李公佐向来很少人知道,他做的小说很多,现在只存有四种:(一)《南柯太守传》:此传最有名,是叙东平淳于棼的宅南,有一棵大槐树,有一天棼因醉卧东庑下,梦见两个穿紫色衣服的人,来请他到了大槐安国,招了驸马,出为南柯太守;因有政绩,又累升大官。后领兵与檀萝国战争,被打败,而公主又死了,于是仍送他回来。及醒来则刹那之梦,如度一世;而去看大槐树,则有一蚂蚁洞,蚂蚁正出入乱走着,所谓大槐安国,南柯郡,就在此地。这篇立意,和《枕中记》差不多,但其结穴,余韵悠然,非《枕中记》所能及。后来明人汤显祖作《南柯记》,也就是从这传演出来的。(二)《谢小娥传》:此篇叙谢小娥的父亲,和她的丈夫,皆往来江湖间,做买卖,为盗所杀。小娥梦父告以仇人为"车中猴东门草";又梦夫告以仇人为"禾中走一日夫";人多不能解,后来李公佐乃为之解说:"车中猴,东门草"是"申兰"二字;"禾中走,一日夫"是"申春"二字。后果然因之得盗。这虽是解谜获贼,无大理致,但其思想影响于后来之小说者甚大:如李复言演其文入《续玄怪录》,题曰《妙寂尼》,明人则本之作平话。他若《包公案》中所叙,亦多有类此者。(三)《李汤》:此篇叙的是楚州刺史李汤,闻渔人见龟山下,水中有大铁锁,以人,牛之力拉出,则风涛大作;并有一像猿猴之怪兽,雪牙金爪,闯上岸来,观者奔走,怪兽仍拉铁锁入水,不再出来。李公佐为之解说:怪兽是淮涡水神无支祁。"力逾九象,搏击腾踔疾奔,轻利倏忽。"大禹使庚辰制之,颈锁大索,徙到淮阴的龟山下,使淮水得以安流。这篇影响也很大,我以为《西游记》中的孙悟空正类无支祁。但北大教授胡适之先生则以为是由印度传来的;俄国人钢和泰教授也曾说印度也有这样的故事。③可是由我看去:1. 作《西游记》的人,并未看过佛经;2. 中国所译的印度经论中,没有和这相类的话;3. 作者——吴承恩——熟于唐人小说,《西游记》中受唐人小说的影响的地方很不少。所以我还以为孙悟空是袭取无支祁的。但胡适之先生仿佛并以为李公佐就受了印度传说的影响,这是我现在还不能说然否的话。(四)《卢江冯媪》:此篇叙事很简单,文章也不大好,我们现在可以不讲它。

唐人小说中的事情,后来都移到曲子里。如"红线",

"红拂","虬髯"④……等,皆出于唐之传奇,因此间接传遍了社会,现在的人还知道。至于传奇本身,则到唐亡就随之而绝了。

第四讲 宋人之"说话"及其影响

上次讲过:传奇小说,到唐亡时就绝了。至宋朝,虽然也有作传奇的,但就大不相同。因为唐人大抵描写时事;而宋人则多讲古事。唐人小说少教训;而宋则极多教训。大概唐时讲话自由些,虽写时事,不至于得祸;而宋时则讳忌渐多,所以文人便设法回避,去讲古事。加以宋时理学极盛一时,因之把小说也多理学化了,以为小说非含有教训,便不足道。但文艺之所以为文艺,并不贵在教训,若把小说变成修身教科书,还说什么文艺。宋人虽然还作传奇,而我说传奇是绝了,也就是这意思。然宋之士大夫,对于小说之功劳,乃在编《太平广记》一书。此书是搜集自汉至宋初的琐语小说,共五百卷,亦可谓集小说之大成。不过这也并非他们自动的,乃是政府召集他们做的。因为在宋初,天下统一,国内太平,因招海内名士,厚其廪饩,使他们修书,当时成就了《文苑英华》,《太平御览》和《太平广记》。此在政府的目的,不过利用这事业,收养名人,以图减其对于政治上之反动而已,固未尝有意于文艺;但在无意中,却替我们留下了古小说的林薮来。至于创作一方面，则宋之士大夫实在并没有什么贡献。但其时社会上却另有一种平民底小说，代之而兴了。这类作品，不但体裁不同，文章上也起了改革，用的是白话，所以实在是小说史上的一大变迁。因为当时一般士大夫，虽然都讲理学，鄙视小说，而一般人民，是仍要娱乐的；平民的小说之起来，正是无足怪讶的事。

宋建都于汴，民物康阜，游乐之事，因之很多，市井间有种杂剧，这种杂剧中包有所谓"说话"。"说话"分四科：一、讲史；二、说经诨经；三、小说；四、合生。"讲史"是讲历史上底事情，及名人传记等；就是后来历史小说之起源。"说经诨经"，是以俗话演说佛经的。"小说"是简短的说话。"合生"，是先念含混的两句诗，随后再念几句，才能懂得意思，大概是讽刺时人的。这四科后来于小说有关系的；只是"讲史"和"小说"。那时操这种职业的人，叫做"说话人"；而且他们也有组织的团体，叫做"雄辩社"。他们也编有一种书，以作说话时之凭依，发挥，这书名叫"话本"。南宋初年，这种话本还流行，到宋亡，而元人入中国时，则杂剧消歇，话本也不通行了。至明朝，虽也还有说话人，——如柳敬亭就是当时很有名的说话人——但已不是宋人底面目；而且他们已不属于杂剧，也没有什么组织了。到现在，我们几乎已经不能知道宋时的话本究竟怎样。——幸而现在翻刻了几种书，可以当作标本看。

一种是《五代史平话》,是可以作讲史看的。讲史的体例,大概是从开天辟地讲起,一直到了要讲的朝代。《五代史平话》也是如此;它的文章,是各以诗起,次入正文,又以诗结,总是一段一段的有诗为证。但其病在于虚事铺排多,而于史事发挥少。至于诗,我以为大约是受了唐人底影响:因为唐时很重诗,能诗者就是清品;而说话人想仰攀他们,所以话本中每多诗词,而且一直到现在许多人所做的小说中也还没有改。再若后来历史小说中每回的结尾上,总有"不知后事如何?且听下回分解"的话,我以为大概也起于说话人,因为说话必希望人们下次再来听,所以必得用一个惊心动魄的未了事拉住他们。至于现在的章回小说还来模仿它,那可只是一个遗迹罢了,正如我们腹中的盲肠一样,毫无用处。一种是《京本通俗小说》,已经不全了,还存十多篇。在"说话"中之所谓小说,并不像现在所谓的广义的小说,乃是讲的很短,而且多用时事的。起首先说一个冒头,或用诗词,或仍用故事,名叫"得胜头回"——"头回"是前回之意;"得胜"是吉利语。——以后才入本文,但也并不冗长,长短和冒头差不多,在短时间内就完结。可见宋代说话中的所谓小说,即是"短篇小说"的意思,《京本通俗小说》虽不全,却足够可以看见那类小说底大概了。

除上述两种之外,还有一种《大宋宣和遗事》,首尾皆有诗,中间杂些俚句,近于"讲史"而非口谈;好似"小说"而不简洁；惟其中已叙及梁山泊的事情，就是《水浒》之先声，是大可注意的事。还有现在新发现的一部书，叫《大唐三藏法师取经诗话》，——此书中国早没有了，是从日本拿回来的——这所谓"诗话"，又不是现在人所说的诗话，乃是有诗，有话；换句话说：也是注重"有诗为证"的一类小说的别名。这《大唐三藏法师取经诗话》，虽然是《西游记》的先声，但又颇不同：例如"盗人参果"一事，在《西游记》上是孙悟空要盗，而唐僧不许；在《取经诗话》里是仙桃，孙悟空不盗，而唐僧使命去盗。——这与其说时代，倒不如说是作者思想之不同处。因为《西游记》之作者是士大夫，而《取经诗话》之作者是市人。士大夫论人极严，以为唐僧岂应盗人参果，所以必须将这事推到猴子身上去；而市人评论人则较为宽恕，以为唐僧盗几个区区仙桃有何要紧，便不再经心作意地替他隐瞒，竟放笔写上去了。

总之，宋人之"说话"的影响是非常之大，后来的小说，十分之九是本于话本的。如一、后之小说如《今古奇观》等片段的叙述，即仿宋之"小说"。二、后之章回小说如《三国志演义》等长篇的叙述，皆本于"讲史"。其中讲史之影响更大，并且从明清到现在，"二十四史"都演完了。作家之中，又出了一个著名人物，就是罗贯中。

罗贯中名本，钱唐人，大约生活在元末明初。他做的小说很多，可惜现在只剩了四种。而此四种又多经后人乱改，已非本来面目了。——因为中国人向来以小说为无足轻重，不似经书，所以多喜欢随便改动它——至于贯中生平之事迹，我们现在也无从而知；有的说他因为做了水浒，他的子孙三代都是哑巴，那可也是一种谣言。贯中的四种小说，就是：一、《三国演义》；二、《水浒传》；三、《隋唐志传》；四、《北宋三遂平妖传》。《北宋三遂平妖传》，是记贝州王则借妖术作乱的事情，平他的有三个人，其名字皆有一"遂"字，所以称"三遂平妖"。《隋唐志传》，是叙自隋禅位，以至唐明皇的事情。——这两种书的构造和文章都不甚好，在社会上也不盛行；最盛行，而且最有势力的，是《三国演义》和《水浒传》。

一、《三国演义》 讲三国底事情的，也并不自罗贯中起始，宋时里巷中说古话者，有"说三分"，就讲的是三国故事。苏东坡也说："王彭尝云：'途巷中小儿，……坐听说古话，至说三国事，闻刘玄德败，频蹙眉，有出涕者；闻曹操败，即喜唱快。以是知君子小人之泽，百世不斩。'"可见在罗贯中以前，就有《三国演义》这一类的书了。因为三国底事情，不像五代那样纷乱；又不像楚汉那样简单；恰是不简不繁，适于作小说。而且三国时底英雄，智术武勇，非常动人，所以人都喜欢取来做小说底材料。再有裴松之注《三国志》，甚为详细，也足以引起人之注意三国的事情。至罗贯中之《三国演义》是否出于创作，还是继承，现在固不敢草草断定；但明嘉靖时本题有"晋平阳侯陈寿史传，明罗本编次"之说，则可见是直接以陈寿的《三国志》为蓝本的。但是现在的《三国演义》却已多经后人改易，不是本来面目了。若论其书之优劣，则论者以为其缺点有三：（一）容易招人误会。因为中间所叙的事情，有七分是实的，三分是虚的；惟其实多虚少，所以人们或不免并信虚者为真。如王渔洋是有名的诗人，也是学者，而他有一个诗的题目叫"落凤坡吊庞士元"，这"落凤坡"只有《三国演义》上有，别无根据，王渔洋却被它闹昏了。（二）描写过实。写好的人，简直一点坏处都没有；而写不好的人，又是一点好处都没有。其实这在事实上是不对的，因为一个人不能事事全好，也不能事事全坏。譬如曹操他在政治上也有他的好处；而刘备，关羽等，也不能说毫无可议，但是作者并不管它，只是任主观方面写去，往往成为出乎情理之外的人。（三）文章和主意不能符合——这就是说作者所表现的和作者所想象的，不能一致。如他要写曹操的奸，而结果倒好象是豪爽多智；要写孔明之智，而结果倒像狡猾。——然而究竟它有很好的地方，像写关云长斩华雄一节，真是有声有色；写华容道上放曹操一节，则义勇之气可掬，如见其人。后来做历史小说的很多，如《开辟演义》，《东西汉演义》，《东西晋演义》，《前后唐演义》，《南北宋演义》，《清史演义》……都没有一种跟得住《三国演义》。所以人都喜欢看它；将来也仍旧能保持其相当价值的。

二、《水浒传》　《水浒传》是叙宋江等的事情,也不自罗贯中起始;因为宋江是实有其人的,为盗亦是事实,关于他的事情,从南宋以来就成社会上的传说。宋元间有高如,李嵩等,即以水浒故事作小说;宋遗民龚圣与又作《宋江三十六人赞》;又《宣和遗事》上也有讲"宋江擒方腊有功,封节度使"等说话,可见这种故事,早已传播人口,或早有种种简略的书本,也未可知。到后来,罗贯中荟萃诸说或小本《水浒》故事,而取舍之,便成了大部的《水浒传》。但原本之《水浒传》,现在已不可得,所通行的《水浒传》有两类:一类是七十回的;一类是多于七十回的。多于七十回的一类是先叙洪太尉误走妖魔,而次以百八人渐聚梁山泊,打家劫舍,后来受招安,用以破辽,平田虎,王庆,擒方腊,立了大功。最后朝廷疑忌,宋江服毒而死,终成神明。其中招安之说,乃是宋末到元初的思想,因为当时社会扰乱,官兵压制平民,民之和平者忍受之,不和平者便分离而为盗。盗一面与官兵抗,官兵不胜,一面则掳掠人民,民间自然亦时受其骚扰;但一到外寇进来,官兵又不能抵抗的时候,人民因为仇视外族,便想用较胜于官兵的盗来抵抗他,所以盗又为当时所称道了。至于宋江服毒的一层,乃明初加入的,明太祖统一天下之后,疑忌功臣,横行杀戮,善终的很不多,人民为对于被害之功臣表同情起见,就加上宋江服毒成神之事去。——这也就是事实上缺陷者,小说使他团圆的老例。

《水浒传》有许多人以为是施耐庵做的。因为多于七十回的《水浒传》就有繁的和简的两类，其中一类繁本的作者，题着施耐庵。然而这施耐庵恐怕倒是后来演为繁本者的托名，其实生在罗贯中之后。后人看见繁本题耐庵作，以为简本倒是节本，便将耐庵看作更古的人，排在贯中以前去了。到清初，金圣叹又说《水浒传》到"招安"为止是好的，以后便很坏；又自称得着古本，定"招安"为止是耐庵作，以后是罗贯中所续，加以痛骂。于是他把"招安"以后都删了去，只存下前七十回——这便是现在的通行本。他大概并没有什么古本，只是凭了自己的意见删去的，古本云云，无非是一种"托古"的手段罢了。但文章之前后有些参差，却确如圣叹所说，然而我在前边说过：《水浒传》见集合许多口传，或小本《水浒》故事而成的，所以当然有不能一律处。况且描写事业成功以后的文章，要比描写正做强盗时难些，一大部书，结末不振，是多有的事，也不能就此便断定是罗贯中所续作。至于金圣叹为什么要删"招安"以后的文章呢？这大概也就是受了当时社会环境底影响。胡适之先生说："圣叹生于流贼遍天下的时代，眼见张献忠，李自成一般强盗流毒全国，故他觉强盗是不应该提倡的，是应该口诛笔伐的。"这话很是。就是圣叹以为用强盗来平外寇，是靠不住的，所以他不愿听宋江立功的谣言。

但到明亡之后，外族势力全盛了，几个遗民抱亡国之痛,便把流寇之痛苦忘却,又与强盗表起同情来。如明遗民陈忱,就托名雁宕山樵作了一部《后水浒传》。他说:宋江死了以后,余下的同志,尚为宋御金,后无功,李俊率众浮海到暹罗做了国王。——这就是因为国家为外族所据,转而与强盗又表同情的意思。可是到后来事过情迁,连种族之感都又忘掉了,于是道光年间就有俞万春作《结水浒传》,说山寇宋江等,一个个皆为官兵所杀。他的文章,是漂亮的,描写也不坏,但思想实在未免煞风景。

第五讲　明小说之两大主潮

上次已将宋之小说,讲了个大概。元呢,它的词曲很发达,而小说方面,却没有什么可说。现在我们就讲到明朝的小说去。明之中叶,即嘉靖前后,小说出现的很多,其中有两大主潮:一、讲神魔之争的;二、讲世情的。现在再将它分开来讲:

一、讲神魔之争的　此思潮之起来,也受了当时宗教,方士之影响的。宋宣和时,即非常崇奉道流;元则佛道并奉,方士的势力也不小;至明,本来是衰下去的了,但到成化时,又抬起头来,其时有方士李孜,释家继晓,正德时又有色目人于永,都以方技杂流拜官,因之妖妄之说日盛,而影响及于文章。况且历来三教之争,都无解决,大抵是互相调和,互相容受,终于名为"同源"而后已。凡有新派进来，虽然彼此目为外道，生些纷争，但一到认为同源，即无歧视之意，须俟后来另有别派，它们三家才又自称正道，再来攻击这非同源的异端。当时的思想，是极模糊的，在小说中所写的邪正，并非儒和佛，或道和佛，或儒道释和白莲教，单不过是含胡的彼此之争，我就总括起来给他们一个名目，叫做神魔小说。此种主潮，可作代表者，有三部小说：（一）《西游记》；（二）《封神传》；（三）《三宝太监西洋记》。

（一）《西游记》　《西游记》世人多以为是元朝的道士丘长春做的，其实不然。丘长春自己另有《西游记》三卷，是纪行，今尚存"道藏"中：惟因书名一样，人们遂误以为是一种。加以清初刻《西游记》小说者，又取虞集所作的《长春真人西游记序》冠其首，人更信这《西游记》是丘长春所做的了。——实则做这《西游记》者，乃是江苏山阳人吴承恩。此见于明时所修的《淮安府志》；但到清代修志却又把这记载删去了。《西游记》现在所见的，是一百回，先叙孙悟空成道，次叙唐僧取经的由来，后经八十一难，终于回到东土。这部小说，也不是吴承恩所创作，因为《大唐三藏法师取经诗话》——在前边已经提及过——已说过猴行者，深河神⑤，及诸异境。元朝的杂剧也有用唐三藏西天取经做材料的著作。此外明时也别有一种简短的《西游记传》——由此可知玄奘西天取经一事，自唐末以至宋元已渐渐演成神异故事，且多作成简单的小说，而至明吴承恩，便将它们汇集起来，以成大部的《西游记》。承恩本善于滑稽，他讲妖怪的喜，怒，哀，乐，都近于人情，所以人都喜欢看！这是他的本领。而且叫人看了，无所容心，不像《三国演义》，见刘胜则喜，见曹胜则恨；因为《西游记》上所讲的都是妖怪，我们看了，但觉好玩，所谓忘怀得失，独存赏鉴了——这也是他的本领。至于说到这书的宗旨，则有人说是劝学；有人说是谈禅；有人说是讲道；议论很纷纷。但据我看来，实不过出于作者之游戏，只因为他受了三教同源的影响，所以释迦，老君，观音，真性，元神之类，无所不有，使无论什么教徒，皆可随宜附会而已。如果我们一定要问它的大旨，则我觉得明人谢肇淛所说的"《西游记》……以猿为心之神，以猪为意之驰，其始之放纵，上天下地，莫能禁制，而归于紧箍一咒，能使心猿驯伏，至死靡他，盖亦求放心之喻。"这几句话，已经很足以说尽了。后来有《后西游记》及《续西游记》等，都脱不了前书窠臼。至董说的《西游补》，则成了讽刺小说，与这类没有大关系了。

（二）《封神传》 《封神传》在社会上也很盛行，至为何人所作，我们无从而知。有人说：作者是一穷人，他把这书做成卖了，给他女儿作嫁资，但这不过是没有凭据的传说。它的思想，也就是受了三教同源的模糊的影响；所叙的是受辛进香女娲宫，题诗黩神，神因命三妖惑纣以助周。上边多说战争，神佛杂出，助周者为阐教；助殷者为截教。我以为这"阐"是明的意思,"阐教"就是正教;"截"是断的意思,"截教"或者就是佛教中所谓断见外道。——总之是受了三教同源的影响,以三教为神,以别教为魔罢了。

(三)《三宝太监西洋记》 《三宝太监西洋记》,是明万历间的书,现在少见;这书所叙的是永乐中太监郑和服外夷三十九国,使之朝贡的事情。书中说郑和到西洋去,是碧峰长老助他的,用法术降服外夷,收了全功。在这书中,虽然所说的是国与国之战,但中国近于神,而外夷却居于魔的地位,所以仍然是神魔小说之流。不过此书之作,则也与当时的环境有关系,因为郑和之在明代,名声赫然,为世人所乐道;而嘉靖以后,东南方面,倭寇猖獗,民间伤今之弱,于是便感昔之盛,做了这一部书。但不思将帅,而思太监,不恃兵力,而恃法术者,乃是一则为传统思想所囿;一则明朝的太监的确常做监军,权力非常之大。这种用法术打外国的思想,流传下来一直到清朝,信以为真,就有义和团实验了一次。

二、讲世情的 当神魔小说盛行的时候,讲世情的小说,也就起来了,其原因,当然也离不开那时的社会状态,而且有一类,还与神魔小说一样,和方士是有很大的关系的。这种小说,大概都叙述些风流放纵的事情,间于悲欢离合之中,写炎凉的世态。其最著名的,是《金瓶梅》,书中所叙,是借《水浒传》中之西门庆做主人,写他一家的事迹。西门庆原有一妻三妾,后复爱潘金莲,酖其夫武大,纳她为妾;又通金莲婢春梅;复私了李瓶儿,也纳为妾了。后来李瓶儿,西门庆皆先死,潘金莲又为武松所杀,春梅也因淫纵暴亡。至金兵到清河时,庆妻携其遗腹子孝哥,欲到济南去,路上遇着普净和尚,引至永福寺,以佛法感化孝哥,终于使他出了家,改名明悟。因为这书中的潘金莲,李瓶儿,春梅,都是重要人物,所以书名就叫《金瓶梅》。明人小说之讲秽行者,人物每有所指,是借文字来报夙仇的,像这部《金瓶梅》中所说的西门庆,是一个绅士,大约也不外作者的仇家,但究属何人,现在无可考了。至于作者是谁,我们现在也还未知道。有人说:这是王世贞为父报仇而做的,因为他的父亲王忬为严嵩所害,而严嵩之子世蕃又势盛一时,凡有不利于严嵩的奏章,无不受其压抑,不使上闻。王世贞探得世蕃爱看小说,便作了这部书,使他得沉湎其中,无暇他顾,而参严嵩的奏章,得以上去了。所以清初的翻刻本上,就有《苦孝说》冠其首。但这不过是一种推测之辞,不足信据。《金瓶梅》的文章做得尚好,而王世贞在当时最有文名,所以世人遂把作者之名嫁给他了。后人之主张此说,并且以《苦孝说》冠其首,也无非是想减轻社会上的攻击的手段,并不是确有什么王世贞所作的凭据。

此外叙放纵之事,更甚于《金瓶梅》者,为《玉娇李》。但此书到清朝已经佚失,偶有见者,也不是原本了。

还有一种山东诸城人丁耀亢所做的《续金瓶梅》，和前书颇不同，乃是对于《金瓶梅》的因果报应之说，就是武大后世变成淫夫，潘金莲也变为河间妇，终受极刑；西门庆则变成一个駸憨男子，只坐视着妻妾外遇。⑥——以见轮回是不爽的。从此以后世情小说，就明明白白的，一变而为说报应之书——成为劝善的书了。这样的讲到后世的事情的小说，如果推演开去，三世四世，可以永远做不完工，实在是一种奇怪而有趣的做法。但这在古代的印度却是曾经有过的，如《鸯堀摩罗经》⑦就是一例。

如上所讲，世情小说在一方面既有这样的大讲因果的变迁，在他方面也起了别一种反动。那是讲所谓"温柔敦厚"的，可以用《平山冷燕》，《好逑传》，《玉娇梨》来做代表。不过这类的书名字，仍多袭用《金瓶梅》式，往往摘取书中人物的姓名来做书名；但内容却不是淫夫荡妇，而变了才子佳人了。所谓才子者，大抵能作些诗，才子和佳人之遇合，就每每以题诗为媒介。这似乎是很有悖于"父母之命，媒妁之言"的婚姻，对于旧习惯是有些反对的意思的，但到团圆的时节，又常是奉旨成婚，我们就知道作者是寻到了更大的帽子了。那些书的文章也没有一部好，而在外国却很有名。一则因为《玉娇梨》，《平山冷燕》，有法文译本；《好逑传》有德，法文译本，所以研究中国文学的人们都知道，给中国做文学史就大概提起它；二则因为若在一夫一妻制的国度里，一个以上的佳人共爱一个才子便要发生极大的纠纷，而在这些小说里却毫无问题，一下子便都结了婚了，从他们看起来，实在有些新奇而且有趣。

第六讲　清小说之四派及其末流

　　清代底小说之种类及其变化，比明朝比较的多，但因为时间关系，我现在只可分作四派来说一个大概。这四派便是：一、拟古派；二、讽刺派；三、人情派；四、侠义派。

　　一、拟古派　所谓拟古者，是指拟六朝之志怪，或拟唐朝之传奇者而言。唐人底小说单本，到明时什九散亡了，偶有看见模仿的，世间就觉得新异。元末明初，先有钱唐瞿佑仿了唐人传奇，作《剪灯新话》，文章虽没有力，而用些艳语来描画闺情，所以特为时流所喜，仿效者很多，直到被朝廷禁止，这风气才渐渐的衰歇。但到了嘉靖间，唐人底传奇小说盛行起来了，从此模仿者又在在皆是，文人大抵喜欢做几篇传奇体的文章；其专做小说，合为一集的，则《聊斋志异》最有名。《聊斋志异》是山东淄川人蒲松龄做的。有人说他作书以前，天天在门口设备茗烟，请过路底人讲说故事，作为著作的材料；但是多由他的朋友那里听来的，有许多是从古书尤其是从唐人传奇变化而来的——如《凤阳士人》，《续黄粱》等就是——所以列他于拟古。书中所叙，多是神仙，狐鬼，精魅等故事，和当时所出同类的书差不多，但其优点在：

（一）描写详细而委曲，用笔变幻而熟达。（二）说妖鬼多具人情，通世故，使人觉得可亲，并不觉得很可怕。不过用古典太多，使一般人不容易看下去。

《聊斋志异》出来之后，风行约一百年，这其间模仿和赞颂它的非常之多。但到了乾隆末年，有直隶献县人纪昀出来和他反对了，纪昀说《聊斋志异》之缺点有二：（一）体例太杂。就是说一个人的一个作品中，不当有两代的文章的体例，这是因为《聊斋志异》中有长的文章是仿唐人传奇的，而又有些短的文章却像六朝的志怪。（二）描写太详。这是说他的作品是述他人的事迹的，而每每过于曲尽细微，非自己不能知道，其中有许多事，本人未必肯说，作者何从知之？纪昀为避此两缺点起见，所以他所做的《阅微草堂笔记》就完全模仿六朝，尚质黜华，叙述简古，力避唐人的做法。其材料大抵自造，多借狐鬼的话，以攻击社会。据我看来，他自己是不信狐鬼的，不过他以为对于一般愚民，却不得不以神道设教。但他很有可以佩服的地方：他生在乾隆间法纪最严的时代，竟敢借文章以攻击社会上不通的礼法，荒谬的习俗，以当时的眼光看去，真算得很有魄力的一个人。可是到了末流，不能了解他攻击社会的精神，而只是学他的以神道设教一面的意思，于是这派小说差不多又变成劝善书了。

拟古派的作品，自从以上二书出来以后，大家都学它们;一直到了现在,即如上海就还有一群所谓文人在那里模仿它。可是并没有什么好成绩,学到的大抵是糟粕,所以拟古派也已经被踏死在它的信徒的脚下了。

二、讽刺派 小说中寓讥讽者,晋唐已有,而在明之人情小说为尤多。在清朝,讽刺小说反少有,有名而几乎是唯一的作品,就是《儒林外史》。《儒林外史》是安徽全椒人吴敬梓做的。敬梓多所见闻,又工于表现,故凡所有叙述,皆能在纸上见其声态;而写儒者之奇形怪状,为独多而独详。当时距明亡没有百年,明季底遗风,尚留存于士流中,八股而外,一无所知,也一无所事。敬梓身为士人,熟悉其中情形,故其暴露丑态,就能格外详细。其书虽是断片的叙述,没有线索,但其变化多而趣味浓,在中国历来作讽刺小说者,再没有比他更好的了。一直到了清末,外交失败,社会上的人们觉得自己的国势不振了,极想知其所以然,小说家也想寻出原因的所在;于是就有李宝嘉归罪于官场,用了南亭亭长的假名字,做了一部《官场现形记》。这部书在清末很盛行,但文章比《儒林外史》差得多了;而且作者对于官场的情形也并不很透彻,所以往往有失实的地方。嗣后又有广东南海人吴沃尧归罪于社会上旧道德的消灭,也用了我佛山人的假名字,做了一部《二十年目睹之怪现状》。这部书也很盛行,但他描写社会的黑暗面,常常张大其词,又不能穿入隐微,但照例的慷慨激昂,正和南亭亭长有同样的缺点。这两种书都用断片凑成，没有什么线索和主角，是同《儒林外史》差不多的，但艺术的手段，却差得远了；最容易看出来的就是《儒林外史》是讽刺，而那两种都近于漫骂。

讽刺小说是贵在旨微而语婉的，假如过甚其辞，就失了文艺上底价值，而它的末流都没有顾到这一点，所以讽刺小说从《儒林外史》而后，就可以谓之绝响。

三、人情派 此派小说，即可以著名的《红楼梦》做代表。《红楼梦》其初名《石头记》，共有八十回，在乾隆中年忽出现于北京。最初皆抄本，至乾隆五十七年，才有程伟元刻本，加多四十回，共一百二十回，改名叫《红楼梦》。据伟元说：乃是从旧家及鼓担上收集而成全部的。至其原本，则现在已少见，惟现有一石印本，也不知究是原本与否。《红楼梦》所叙为石头城中——未必是今之南京——贾府的事情。其主要者为荣国府的贾政生了宝玉，聪明过人，而绝爱异性；贾府中实亦多好女子，主从之外，亲戚也多，如黛玉、宝钗等，皆来寄寓，史湘云亦常来。而宝玉与黛玉爱最深；后来政为宝玉娶妇，却迎了宝钗，黛玉知道以后，吐血死了。宝玉亦郁郁不乐，悲叹成病。其后宁国府的贾赦革职查抄，累及荣府，于是家庭衰落，宝玉竟发了疯，后又忽而改行，中了举人。但不多时，忽又不知所往了。后贾政因葬母路过毗陵，见一人光头赤脚，向他下拜，细看就是宝玉；正欲问话，忽来一僧一道，拉之而去。追之无有，但见白茫茫一片荒野而已。

《红楼梦》的作者,大家都知道是曹雪芹,因为这是书上写着的。至于曹雪芹是何等样人,却少有人提起过;现经胡适之先生的考证,我们可以知道大概了。雪芹名霑,一字芹圃,是汉军旗人。他的祖父名寅,康熙中为江宁织造。清世祖南巡时,即以织造局为行宫。其父頫,亦为江宁织造。我们由此就知道作者在幼时实在是一个大世家的公子。他生在南京。十岁时,随父到了北京。此后中间不知因何变故,家道忽落。雪芹中年,竟至穷居北京之西郊,有时还不得饱食。可是他还纵酒赋诗,而《红楼梦》的创作,也就在这时候。可惜后来他因为儿子夭殇,悲恸过度,也竟死掉了——年四十余——《红楼梦》也未得做完,只有八十回。后来程伟元所刻的,增至一百二十回,虽说是从各处搜集的,但实则其友高鹗所续成,并不是原本。

对于书中所叙的意思,推测之说也很多。举其较为重要者而言:(一)是说记纳兰性德的家事,所谓金钗十二,就是性德所奉为上客的人们。这是因为性德是词人,是少年中举,他家后来也被查抄,和宝玉的情形相仿佛,所以猜想出来的。但是查抄一事,宝玉在生前,而性德则在死后,其他不同之点也很多,所以其实并不很相象。(二)是说记顺治与董鄂妃的故事;而又以鄂妃为秦淮旧妓董小宛。清兵南下时,掠小宛到北京,因此有宠于清世祖,封为贵纪;后来小宛夭逝,清世祖非常哀痛,就出家到五台山做了和尚。《红楼梦》中宝玉也做和尚,就是分明影射这一段故事。但是董鄂妃是满洲人，并非就是董小宛，清兵下江南的时候，小宛已经二十八岁了；而顺治方十四岁，决不会有把小宛做妃的道理。所以这一说也不通的。（三）是说叙康熙朝政治底状态的；就是以为石头记是政治小说，书中本事，在吊明之亡，而揭清之失。如以"红"影"朱"字，以"石头"指"金陵"，以"贾"斥伪朝——即斥"清"，以金陵十二钗讥降清之名士。然此说未免近于穿凿，况且现在既知道作者既是汉军旗人，似乎不至于代汉人来抱亡国之痛的。（四）是说自叙；此说出来最早，而信者最少，现在可是多起来了。因为我们已知道雪芹自己的境遇，很和书中所叙相合。雪芹的祖父，父亲，都做过江宁织造，其家庭之豪华，实和贾府略同；雪芹幼时又是一个佳公子，有似于宝玉；而其后突然穷困，假定是被抄家或近于这一类事故所致，情理也可通——由此可知《红楼梦》一书，说是大部分为作者自叙，实是最为可信的一说。

至于说到《红楼梦》的价值，可是在中国底小说中实在是不可多得的。其要点在敢于如实描写，并无讳饰，和从前的小说叙好人完全是好，坏人完全是坏的，大不相同，所以其中所叙的人物，都是真的人物。总之自有《红楼梦》出来以后，传统的思想和写法都打破了。——它那文章的旖旎和缠绵，倒是还在其次的事。但是反对者却很多，以为将给青年以不好的影响。这就因为中国人看小说，不能用赏鉴的态度去欣赏它，却自己钻入书中，硬去充一个其中的脚色。所以青年看《红楼梦》，便以宝玉，黛玉自居；而年老人看去，又多占据了贾政管束宝玉的身分，满心是利害的打算，别的什么也看不见了。

《红楼梦》而后，续作极多：有《后红楼梦》，《续红楼梦》，《红楼后梦》，《红楼复梦》，《红楼补梦》，《红楼重梦》，《红楼幻梦》，《红楼圆梦》……大概是补其缺陷，结以团圆。直到道光年中，《红楼梦》才谈厌了。但要叙常人之家，则佳人又少，事故不多，于是便用了《红楼梦》的笔调，去写优伶和妓女之事情，场面又为之一变。这有《品花宝鉴》，《青楼梦》可作代表。《品花宝鉴》是专叙乾隆以来北京底优伶的。其中人物虽与《红楼梦》不同，而仍以缠绵为主；所描写的伶人与狎客，也和佳人与才子差不多。《青楼梦》全书都讲妓女，但情形并非写实的，而是作者的理想。他以为只有妓女是才子的知己，经过若干周折，便即团圆，也仍脱不了明末的佳人才子这一派。到光绪中年，又有《海上花列传》出现，虽然也写妓女，但不像《青楼梦》那样的理想，却以为妓女有好，有坏，较近于写实了。一到光绪末年，《九尾龟》之类出，则所写的妓女都是坏人，狎客也像了无赖，与《海上花列传》又不同。这样，作者对于妓家的写法凡三变，先是溢美，中是近真，临末又溢恶，并且故意夸张，谩骂起来；有几种还是诬蔑，讹诈的器具。人情小说底末流至于如此，实在是很可以诧异的。

四、侠义派 侠义派底小说，可以用《三侠五义》做代表。这书的起源，本是茶馆中的说书，后来能文的人，把它写出来，就通行于社会了。当时底小说，有《红楼梦》等专讲柔情，《西游记》一派，又专讲妖怪，人们大概也很觉得厌气了，而《三侠五义》则别开生面，很是新奇，所以流行也就特别快，特别盛。当潘祖荫由北京回吴的时候，以此书示俞曲园，曲园很赞许，但嫌其太背于历史，乃为之改正第一回；又因书中的北侠，南侠，双侠，实已四人，三不能包，遂加上艾虎和沈仲元；索性改名为《七侠五义》。这一种改本，现在盛行于江浙方面。但《三侠五义》，也并非一时创作的书，宋包拯立朝刚正，《宋史》有传；而民间传说，则行事多怪异；元朝就传为故事，明代又渐演为小说，就是《龙图公案》。后来这书的组织再加密些，又成为大部的《龙图公案》，也就是《三侠五义》的蓝本了。因为社会上很欢迎，所以又有《小五义》，《续小五义》，《英雄大八义》，《英雄小八义》，《七剑十三侠》，《七剑十八义》等等都跟着出现。——这等小说，大概是叙侠义之士，除盗平叛的事情，而中间每以名臣大官，总领一切。其先又有《施公案》，同时则有《彭公案》一类的小说，也盛行一时。其中所叙的侠客，大半粗豪，很像《水浒》中底人物，故其事实虽然来自《龙图公案》，而源流则仍出于《水浒》。不过《水浒》中人物在反抗政府；而这一类书中底人物，则帮助政府，这是作者思想的大不同处，大概也因为社会背景不同之故罢。这些书大抵出于光绪初年,其先曾经有过几回国内的战争,如平长毛,平捻匪,平教匪等,许多市井中人,粗人无赖之流,因为从军立功,多得顶戴,人民非常羡慕,愿听"为王前驱"的故事,所以茶馆中发生的小说,自然也受了影响了。现在《七侠五义》已出到二十四集,《施公案》出到十集,《彭公案》十七集,而大抵千篇一律,语多不通,我们对此,无多批评,只是很觉得作者和看者,都能够如此之不惮烦,也算是一件奇迹罢了。

上边所讲的四派小说,到现在还很通行。此外零碎小派的作品也还有,只好都略去了它们。至于民国以来所发生的新派的小说,还很年幼——正在发达创造之中,没有很大的著作,所以也姑且不提起它们了。

我讲的《中国小说的历史的变迁》在今天此刻就算终结了。在此两星期中,匆匆地只讲了一个大概,挂一漏万,固然在所不免,加以我的知识如此之少,讲话如此之拙,而天气又如此之热,而诸位有许多还始终来听完我的讲,这是我所非常之抱歉而且感谢的。

---

①本篇系鲁迅1924年7月在西安讲学时的记录稿,经本人修订后,收入西北大学出版部1925年3月印行的《国立西北大学、陕西

教育厅合办暑期学校讲演集（二）》。后作为附录收入《中国小说史略》。

②此处"小说"应为"戏曲"。

③胡适在其《西游记考证》中说："我总疑心这个神通广大的猴子不是国货，乃是一件从印度进口的。也许连无支祁的神话也是受了印度影响而仿造的。"又说："我依着钢和泰博士的指引，在印度最古的记事诗《拉麻传》里寻得一个哈奴曼，大概可以算是齐天大圣的背影了。"（见《胡适文存》二集）钢和泰（1827—1937），俄国汉学家，十月革命后曾来中国，在北京大学教古印度宗教学和梵文。

④"红线"，明梁辰鱼曾作杂剧《红线女》。"红拂"，明张凤翼曾作传奇《红拂记》。"虬髯"，明凌濛初曾作杂剧《虬髯翁》。

⑤深河神，据《大唐三藏取经诗话》应作"深沙神"。

⑥这是《玉娇李》的情节，参看《中国小说史略》第十九篇。

六朝小说和唐代传奇文有怎样的区别？

——答文学社问——①

这试题很难解答。

因为唐代传奇，是至今还有标本可见的，但现在之所谓六朝小说，我们所依据的只是从《新唐书艺文志》以至清《四库书目》的判定，有许多种，在六朝当时，却并不视为小说。例如《汉武故事》，《西京杂记》，《搜神记》，《续齐谐记》等，直至刘昫的《唐书经籍志》，还属于史部起居注和杂传类里的。那时还相信神仙和鬼神，并不以为虚造，所以所记虽有仙凡和幽明之殊，却都是史的一类。

况且从晋到隋的书目，现在一种也不存在了，我们已无从知道那时所视为小说的是什么，有怎样的形式和内容。现存的惟一最早的目录只有《隋书经籍志》，修者自谓"远览马史班书，近观王阮志录"，也许尚存王俭《今书七志》，阮孝绪《七录》的痕迹罢，但所录小说二十五种中，现存的却只有《燕丹子》和刘义庆撰《世说》合刘孝标注两种了。此外，则《郭子》，《笑林》，殷芸《小说》，《水饰》，及当时以为隋代已亡的《青史子》，《语林》等，还能在唐宋类书里遇见一点遗文。

单从上述这些材料来看，武断的说起来，则六朝人小说，是没有记叙神仙或鬼怪的，所写的几乎都是人事；文笔是简洁的；材料是笑柄，谈资；但好像很排斥虚构，例如《世说新语》说裴启《语林》记谢安语不实，谢安一说，这书即大损声价云云，就是。

唐代传奇文可就大两样了：神仙人鬼妖物，都可以随便驱使；文笔是精细，曲折的，至于被崇尚简古者所诟病；所叙的事，也大抵具有首尾和波澜，不止一点断片的谈柄；而且作者往往故意显示着这事迹的虚构，以见他想象的才能了。

但六朝人也并非不能想象和描写，不过他不用于小说，这类文章，那时也不谓之小说。例如阮籍的《大人先生传》，陶潜的《桃花源记》，其实倒和后来的唐代传奇文相近；就是嵇康的《圣贤高士传赞》（今仅有辑本），葛洪的《神仙传》，也可以看作唐人传奇文的祖师的。李公佐作《南柯太守传》，李肇为之赞，这就是嵇康的《高士传》法；陈鸿《长恨传》置白居易的长歌之前，元稹的《莺莺传》既录《会真诗》，又举李公垂《莺莺歌》之名作结，也令人不能不想到《桃花源记》。

至于他们之所以著作，那是无论六朝或唐人，都是有所为的。《隋书经籍志》抄《汉书艺文志》说，以著录小说，比之"询于刍荛"②，就是以为虽然小说，也有所为的明证。不过在实际上，这有所为的范围却缩小了。晋人尚清谈，讲标格，常以寥寥数言，立致通显，所以那时的小说，多是记载畸行隽语的《世说》一类，其实是借口舌取名位的入门书。唐以诗文取士，但也看社会上的名声，所以士子入京应试，也许豫先干谒名公，呈献诗文，冀其称誉，这诗文叫作"行卷"。诗文既滥，人不欲观，有的就用传奇文，来希图一新耳目，获得特效了，于是那时的传奇文，也就和"敲门砖"很有关系。但自然，只被风气所推，无所为而作者，却也并非没有的。

五月三日

---

①本篇最初印入郑振铎、傅东华编的《文学百题》一书。后收入《且介亭杂文二集》。

文学社，即《文学》月刊社。该社曾拟定有关文学的问题一百个，分别约人撰稿，编成《文学百题》，于1935年7月由生活书店出版。

②《汉书·艺文志》《隋书·经籍志》，是中国古代目录学最重要的标志性著作。"询于刍荛"一语，见于《诗经·大雅·板》："先民有言：询于刍荛。"刍荛，即砍柴的人。这句话的意思就是向民间采访。

宋民间之所谓小说及其后来①

宋代行于民间的小说，与历来史家所著录者很不同，当时并非文辞，而为属于技艺的"说话"之一种。

说话者，未详始于何时，但据故书，可以知道唐时则已有。段成式（《酉阳杂俎续集》四《贬误》）云：

> 予太和末因弟生日观杂戏，有市人小说，呼扁鹊作褊鹊字，上声。予令任道昇字正之。市人言"二十年前尝于上都斋会设此，有一秀才甚赏某呼扁字与褊同声，云世人皆误"。

其详细虽难晓，但因此已足以推见数端：一小说为杂戏中之一种，二由于市人之口述，三在庆祝及斋会时用之。而郎瑛（《七修类藁》二十二）所谓"小说起宋仁宗，盖时太平盛久，国家闲暇，日欲进一奇怪之事以娱之，故小说'得胜头回'之后，即云话说赵宋某年"者，亦即由此分明证实，不过一种无稽之谈罢了。

到宋朝，小说的情形乃始比较的可以知道详细。孟元老在南渡之后，追怀汴梁盛况，作《东京梦华录》，于"京瓦技艺"②条下有当时说话的分目,为小说,合生,说诨话,说三分,说《五代史》等。而操此等职业者则称为"说话人"。

高宗既定都临安,更历孝光两朝,汴梁式的文物渐已遍满都下,伎艺人也一律完备了。关于说话的记载,在故书中也更详尽,端平年间的著作有灌园耐得翁《都城纪胜》,元初的著作有吴自牧《梦粱录》及周密《武林旧事》,都更详细的有说话的分科:

《都城纪胜》

说话有四家:

一者小说,谓之银字儿,如烟粉灵怪传奇;说公案,皆是朴刀赶棒及发迹变态之事;说铁骑儿,谓士马金鼓之事。

说经,谓演说佛书;说参请,谓宾主参禅悟道等事。

讲史书,讲说前代书史文传兴废争战之事。……

合生,与起令随令相似,各占一事。

《梦粱录》(二十)

说话者,谓之舌辩,虽有四家数,各有门庭:

且小说,名银字儿,如烟粉灵怪传奇;公案,朴刀杆棒发发踪参(案此四字当有误)之事。……谈论古今,如水之流。

谈经者,谓演说佛书;说参请者,谓宾主参禅悟道等事。……又有说诨经者。

讲史书者,谓讲说《通鉴》汉唐历代书史文传兴废争战之事。

合生,与起今随今相似,各占一事也。

但周密所记者又小异，为演史，说经诨经，小说，说诨话；而无合生。唐中宗时，武平一上书言"比来妖伎胡人，街童市子，或言妃主情貌，或列王公名质，咏歌蹈舞，号曰合生。"（《新唐书》一百十九）则合生实始于唐，且用诨词戏谑，或者也就是说诨话；惟至宋当又稍有迁变，今未详。起今随今之"今"，《都城纪胜》作"令"，明抄本《说郛》中之《古杭梦游录》又作起令随合，何者为是，亦未详。

据耐得翁及吴自牧说，是说话之一科的小说，又因内容之不同而分为三子目：

1. 银字儿　所说者为烟粉（烟花粉黛），灵怪（神仙鬼怪），传奇（离合悲欢）等。

2. 说公案　所说者为朴刀赶棒（拳勇），发迹变态（遇合）之事。

3. 说铁骑儿　所说者为士马金鼓（战争）之事。

惟有小说，是说话中最难的一科，所以说话人"最畏小说，盖小说者，能讲一朝一代故事，顷刻间提破，"（《都城纪胜》云；《梦粱录》同，惟"提破"作"捏合"[③]），非同讲史，易于铺张；而且又须有"谈论古今，如水之流"的口辩。然而在临安也不乏讲小说的高手，吴自牧所记有谭淡子等六人，周密所记有蔡和等五十二人，其中也有女流，如陈郎娘枣儿，史蕙英。

临安的文士佛徒多有集会；瓦舍的技艺人也多有，其

主意大约是在于磨炼技术的。小说专家所立的社会,名曰雄辩社。(《武林旧事》三)

元人杂剧虽然早经销歇,但尚有流传的曲本,来示人以大概的情形。宋人的小说也一样,也幸而借了"话本"偶有留遗,使现在还可以约略想见当时瓦舍中说话的模样。

其话本曰《京本通俗小说》,全书不知凡几卷,现在所见的只有残本,经江阴缪氏影刻,是卷十至十六的七卷,先曾单行,后来就收在《烟画东堂小品》之内了。还有一卷是叙金海陵王的秽行的,或者因为文笔过于碍眼了罢,缪氏没有刻,然而仍有郋园的改换名目的排印本;郋园是长沙叶德辉的园名。

刻本七卷中所收小说的篇目以及故事发生的年代如下列:

卷十　碾玉观音　　"绍兴年间。"
十一　菩萨蛮　　　"大宋高宗绍兴年间。"
十二　西山一窟鬼　"绍兴十年间。"
十三　志诚张主管　无年代,但云东京汴州开封事。
十四　拗相公　　　"先朝。"
十五　错斩崔宁　　"高宗时。"
十六　冯玉梅团圆　"建炎四年。"

每题俱是一全篇，自为起讫，并不相联贯。钱曾《也是园书目》（十）著录的"宋人词话"十六种中，有《错斩崔宁》与《冯玉梅团圆》两种，可知旧刻又有单篇本，而《通俗小说》即是若干单篇本的结集，并非一手所成。至于所说故事发生的时代，则多在南宋之初；北宋已少，何况汉唐。又可知小说取材，须在近时；因为演说古事，范围即属讲史，虽说小说家亦复"谈论古今，如水之流，"但其谈古当是引证及装点，而非小说的本文。如《拗相公》开首虽说王莽，但主意却只在引出王安石，即其例。

七篇中开首即入正文者只有《菩萨蛮》；其余六篇则当讲说之前，俱先引诗词或别的事实，就是"先引下一个故事来，权做个'得胜头回'。"（本书十五）"头回"当即冒头的一回之意，"得胜"是吉语，瓦舍为军民所聚，自然也不免以利市语说之，未必因为进御才如此。

"得胜头回"略有定法，可说者凡四：

1. 以略相关涉的诗词引起本文。　如卷十用《春词》十一首引起延安郡王游春；卷十二用士人沈文述的词逐句解释，引起遇鬼的士人皆是。

2. 以相类之事引起本文。　如卷十四以王莽引起王安石是。

3. 以较逊之事引起本文。　如卷十五以魏生因戏言落职，引起刘贵因戏言遇大祸；卷十六以"交互姻缘"转入"双镜重圆"而"有关风化，到还胜似几倍"皆是。

4. 以相反之事引起本文。 如卷十三以王处厚照镜见白发的词有知足之意,引起不伏老的张士廉以晚年娶妻破家是。

而这四种定法,也就牢笼了后来的许多拟作了。

在日本还传有中国旧刻的《大唐三藏取经记》三卷,共十七章,章必有诗;别一小本则题曰《大唐三藏取经诗话》。《也是园书目》将《错斩崔宁》及《冯玉梅团圆》归入"宋人词话"门,或者此类话本,有时亦称词话:就是小说的别名。《通俗小说》每篇引用诗词之多,实远过于讲史(《五代史平话》,《三国志传》[④],《水浒传》等),开篇引首,中间铺叙与证明,临末断结咏叹,无不征引诗词,似乎此举也就是小说的一样必要条件。引诗为证,在中国本是起源很古的,汉韩婴的《诗外传》,刘向的《列女传》,皆早经引《诗》以证杂说及故事,但未必与宋小说直接相关;只是"借古语以为重"的精神,则虽说汉之与宋,学士之与市人,时候学问,皆极相违,而实有一致的处所。唐人小说中也多半有诗,即使妖魔鬼怪,也每能互相酬和,或者做几句即兴诗,此等风雅举动,则与宋市人小说不无关涉,但因为宋小说多是市井间事,人物少有物魅及诗人,于是自不得不由吟咏而变为引证,使事状虽殊,而诗气不脱;吴自牧记讲史高手,为"讲得字真不俗,记问渊源甚广"(《梦粱录》二十),即可移来解释小说之所以多用诗词的缘故的。

由上文推断，则宋市人小说的必要条件大约有三：

1. 须讲近世事；

2. 什九须有"得胜头回"；

3. 须引证诗词。

宋民间之所谓小说的话本，除《京本通俗小说》之外，今尚未见有第二种⑤。《大唐三藏取经诗话》是极拙的拟话本，并且应属于讲史。《大宋宣和遗事》钱曾虽列入"宋人词话"中，而其实也是拟作的讲史，惟因其系钞撮十种书籍而成，所以也许含有小说分子在内。

然而在《通俗小说》未经翻刻以前，宋代的市人小说也未尝断绝；他间或改了名目，夹杂着后人拟作而流传。那些拟作，则大抵出于明朝人，似宋人话本当时留存尚多，所以拟作的精神形式虽然也有变更，而大体仍然无异。

以下是所知道的几部书：

1. 《喻世明言》。未见。

2. 《警世通言》。未见。王士禛云，"《警世通言》有《拗相公》一篇，述王安石罢相归金陵事，极快人意，乃因卢多逊谪岭南事而稍附益之。"（《香祖笔记》十）《拗相公》见《通俗小说》卷十四，是《通言》必含有宋市人小说。

3. 《醒世恒言》。四十卷，共三十九事；不题作者姓名。前有天启丁卯（1627）陇西可一居士序云，"六经国史而外，凡著述皆小说也，而尚理或病于艰深，修词或伤于藻绘，则不足以触里耳而振恒心，此《醒世恒言》所以继《明言》《通言》而作也。……"因知三言之内，最后出的是《恒言》。所说者汉二事，隋三事，唐八事，宋十一事，明十五事。其中隋唐故事，多采自唐人小说，故唐人小说在元既已侵入杂剧及传奇，至明又侵入了话本；然而悬想古事，不易了然，所以逊于叙述明朝故事的十余篇远甚了。宋事有三篇像拟作，七篇（《卖油郎独占花魁》，《灌园叟晚逢仙女》，《乔太守乱点鸳鸯谱》，《勘皮靴单证二郎神》，《闹樊楼多情周胜仙》，《吴衙内邻舟赴约》，《郑节使立功神臂弓》）疑出自宋人话本，而一篇（《十五贯戏言成巧祸》）则即是《通俗小说》卷十五的《错斩崔宁》。

松禅老人序《今古奇观》云，"墨憨斋增补《平妖》，穷工极变，不失本来。……至所纂《喻世》《醒世》《警世》三言，极摹人情世态之岐，备写悲欢离合之致。……"是纂三言与补《平妖》者为一人。明本《三遂平妖传》有张无咎序，云"兹刻回数倍前，盖吾友龙子犹所补也"。而首叶则题"冯犹龙先生增定"。可知三言亦冯犹龙作，而龙子犹乃其游戏笔墨时的隐名。

冯犹龙名梦龙，长洲人（《曲品》作吴县人），由贡生拔授寿宁知县，有《七乐斋稿》；然而朱彝尊以为"善为启颜之辞，时人打油之调，不得为诗家"（《明诗综》七十一）。盖冯犹龙所擅长的是词曲，既作《双雄记传奇》，又刻《墨憨斋传奇定本十种》，多取时人名曲，再加删订，颇为当时所称；而其中的《万事足》，《风流梦》，《新灌园》是自作。他又极有意于稗说，所以在小说则纂《喻世》《警世》《醒世》三言，在讲史则增补《三遂平妖传》。

4.《拍案惊奇》。三十六卷；每卷一事，唐六，宋六，元四，明二十。前有即空观主人序云，"龙子犹氏所辑《喻世》等书，颇存雅道，时著良规，复取古今来杂碎事，可新听睹，佐谈谐者，演而畅之，得若干卷。……"则仿佛此书也是冯犹龙作。然而叙述平板，引证贫辛，"头回"与正文"捏合"不灵，有时如两大段；冯犹龙是"文苑之滑稽"，似乎不至于此。同时的松禅老人也不信，故其序《今古奇观》，于叙墨憨斋编纂三言之下，则云"即空观主人壶矢代兴[6]，爰有《拍案惊奇》之刻，颇费搜获，足供谈塵"了。

5.《今古奇观》。四十卷；每卷一事。这是一部选本，有姑苏松禅老人序，云是抱瓮老人由《喻世》《醒世》《警世》三言及《拍案惊奇》中选刻而成。所选的出于《醒世恒言》者十一篇（第一，二，七，八，十五，十六，十七，二十五，二十六，二十七，二十八回），疑为宋人旧话本之《卖油郎》，《灌园叟》，《乔太守》在内；而《十五贯》落了选。出于《拍案惊奇》者七篇（第九，十，十八，二十九，三十七，三十九，四十回）。其余二十二篇，当然是出于《喻世明言》及《警世通言》的了，所以现在借了易得的《今古奇观》，还可以推见那希觏的《明言》《通言》的大概。其中还有比汉更古的故事，如俞伯牙，庄子休及羊角哀皆是。但所选并不定佳，大约因为两篇的题目须字字相对，所以去取之间，也就很受了束缚了。

6.《今古奇闻》。二十二卷；每卷一事。前署东壁山房主人编次，也不知是何人。书中提及"发逆"，则当是清咸丰或同治初年的著作。日本有翻刻，王寅（字冶梅）到日本去卖画，又翻回中国来，有光绪十七年序，现在印行的都出于此本。这也是一部选集，其中取《醒世恒言》者四篇（卷一，二，六，十八），《十五贯》也在内，可惜删落了"得胜头回"；取《西湖佳话》者一篇（卷十）；余未详，篇末多有自怡轩主人评语，大约是别一种小说的话本，然而笔墨拙涩，尚且及不到《拍案惊奇》。

7.《续今古奇观》。三十卷；每卷一回。无编者名，亦无印行年月，然大约当在同治末或光绪初。同治七年，江苏巡抚丁日昌严禁淫词小说，《拍案惊奇》也在内，想来其时市上遂难得，于是《拍案惊奇》即小加删改，化为《续今古奇观》而出，依然流行世间。但除去了《今古奇观》所已采的七篇，而加上《今古奇闻》中的一篇（《康友仁轻财重义得科名》），改立题目，以足三十卷的整数。

此外，明人拟作的小说也还有，如杭人周楫的《西湖二集》三十四卷，东鲁古狂生的《醉醒石》十五卷皆是。但都与几经选刻，辗转流传的本子无关，故不复论。

一九二三年十一月。

①本篇最初发表于 1923 年 12 月 1 日北京《晨报五周年纪念增刊》。后收入《坟》。

②"京瓦技艺":瓦,即"瓦肆",又称"瓦子"或"瓦舍",是宋代伎艺演出场所集中的地方。

③"提破",说明故事结局。"捏合",史实与虚构结合。

④《三国志传》即《三国志演义》。

⑤关于宋代民间话本,在作者作此文时,尚未发现日本内阁文库所藏清平山堂所刻话本。此书现存残本三册,共十五种。

⑥壶矢代兴:古代宴会时有一种"投壶"的娱乐,宾主依次投矢壶中,负者饮酒。后来就用"壶矢代兴"表示相继兴起的意思。

第三编

文史漫谈

一、想做奴隶而不得的时代；

二、暂时做稳了奴隶的时代。

这一种循环，也就是"先儒"之所谓"一治一乱"……现在入了那一时代，我也不了然。但看国学家的崇奉国粹，文学家的赞叹固有文明，道学家的热心复古，可见于现状都已不满了。

关于中国的两三件事①

一 关于中国的火

希腊人所用的火,听说是在一直先前,普洛美修斯②从天上偷来的,但中国的却和它不同,是燧人氏自家所发见——或者该说是发明罢。因为并非偷儿,所以拴在山上,给老雕去啄的灾难是免掉了,然而也没有普洛美修斯那样的被传扬,被崇拜。

中国也有火神的。但那可不是燧人氏,而是随意放火的莫名其妙的东西。

自从燧人氏发见,或者发明了火以来,能够很有味的吃火锅,点起灯来,夜里也可以工作了,但是,真如先哲之所谓"有一利必有一弊"罢,同时也开始了火灾,故意点上火,烧掉那有巢氏所发明的巢的了不起的人物也出现了。

和善的燧人氏是该被忘却的。即使伤了食,这回是属于神农氏的领域了,所以那神农氏,至今还被人们所记得。

至于火灾,虽然不知道那发明家究竟是什么人,但祖师总归是有的,于是没有法,只好漫称之曰火神,而献以敬畏。看他的画像,是红面孔,红胡须,不过祭祀的时候,却须避去一切红色的东西,而代之以绿色。他大约像西班牙的牛一样,一看见红色,便会亢奋起来,做出一种可怕的行动的。

他因此受着崇祀。在中国,这样的恶神还很多。

然而,在人世间,倒似乎因了他们而热闹。赛会③也只有火神的,燧人氏的却没有。倘有火灾,则被灾的和邻近的没有被灾的人们,都要祭火神,以表感谢之意。被了灾还要来表感谢之意,虽然未免有些出于意外,但若不祭,据说是第二回还会烧,所以还是感谢了的安全。而且也不但对于火神,就是对于人,有时也一样的这么办,我想,大约也是礼仪的一种罢。

其实,放火,是很可怕的,然而比起烧饭来,却也许更有趣。外国的事情我不知道,若在中国,则无论查检怎样的历史,总寻不出烧饭和点灯的人们的列传来。在社会上,即使怎样的善于烧饭,善于点灯,也毫没有成为名人的希望。然而秦始皇一烧书,至今还俨然做着名人,至于引为希特拉④烧书事件的先例。假使希特拉太太善于开电灯,烤面包罢,那么,要在历史上寻一点先例,恐怕可就难了。但是,幸而那样的事,是不会哄动一世的。

烧掉房子的事,据宋人的笔记说,是开始于蒙古人的。

因为他们住着帐篷，不知道住房子，所以就一路的放火。然而，这是诳话。蒙古人中，懂得汉文的很少，所以不来更正的。其实，秦的末年就有着放火的名人项羽在，一烧阿房宫，便天下闻名，至今还会在戏台上出现，连在日本也很有名。然而，在未烧以前的阿房宫里每天点灯的人们，又有谁知道他们的名姓呢？

现在是爆裂弹呀，烧夷弹呀之类的东西已经做出，加以飞机也很进步，如果要做名人，就更加容易了。而且如果放火比先前放得大，那么，那人就也更加受尊敬，从远处看去，恰如救世主一样，而那火光，便令人以为是光明。

二　关于中国的王道

在前年，曾经拜读过中里介山氏的大作《给支那及支那国民的信》。只记得那里面说，周汉都有着侵略者的资质。而支那人都讴歌他，欢迎他了。连对于朔北的元和清，也加以讴歌了。只要那侵略，有着安定国家之力，保护民生之实。那便是支那人民所渴望的王道，于是对于支那人的执迷不悟之点，愤慨得非常。

那"信"，在满洲出版的杂志上，是被译载了的，但因为未曾输入中国，所以像是回信的东西，至今一篇也没有见。只在去年的上海报上所载的胡适博士的谈话里，有的说，"只有一个方法可以征服中国。即彻底停止侵略，反过来征服中国民族的心。"不消说,那不过是偶然的,但也有些令人觉得好像是对于那信的答复。

征服中国民族的心,这是胡适博士给中国之所谓王道所下的定义,然而我想,他自己恐怕也未必相信自己的话的罢。在中国,其实是彻底的未曾有过王道,"有历史癖和考据癖"的胡博士,该是不至于不知道的。

不错,中国也有过讴歌了元和清的人们,但那是感谢火神之类,并非连心也全被征服了的证据。如果给与一个暗示,说是倘不讴歌,便将更加虐待,那么,即使加以或一程度的虐待,也还可以使人们来讴歌。四五年前,我曾经加盟于一个要求自由的团体⑤,而那时的上海教育局长陈德征氏勃然大怒道,在三民主义的统治之下,还觉得不满么?那可连现在所给与着的一点自由也要收起了。而且,真的是收起了的。每当感到比先前更不自由的时候,我一面佩服着陈氏的精通王道的学识,一面有时也不免想,真该是讴歌三民主义的。然而,现在是已经太晚了。

在中国的王道,看去虽然好像是和霸道对立的东西,其实却是兄弟,这之前和之后,一定要有霸道跑来的。人民之所讴歌,就为了希望霸道的减轻,或者不更加重的缘故。

汉的高祖,据历史家说,是龙种,但其实是无赖出身,说是侵略者,恐怕有些不对的。至于周的武王,则以征伐之名入中国,加以和殷似乎连民族也不同,用现代的话来说,那可是侵略者。然而那时的民众的声音,现在已经没有留存了。孔子和孟子确曾大大的宣传过那王道,但先生们不但是周朝的臣民而已,并且周游历国,有所活动,所以恐怕是为了想做官也难说。说得好看一点,就是因为要"行道",倘做了官,于行道就较为便当,而要做官,则不如称赞周朝之为便当的。然而,看起别的记载来,却虽是那王道的祖师而且专家的周朝,当讨伐之初,也有伯夷和叔齐扣马而谏⑥,非拖开不可;纣的军队也加反抗,非使他们的血流到漂杵不可。接着是殷民又造了反,虽然特别称之曰"顽民",从王道天下的人民中除开,但总之,似乎究竟有了一种什么破绽似的。好个王道,只消一个顽民,便将它弄得毫无根据了。

儒士和方士,是中国特产的名物。方士的最高理想是仙道,儒士的便是王道。但可惜的是这两件在中国终于都没有。据长久的历史上的事实所证明,则倘说先前曾有真的王道者,是妄言,说现在还有者,是新药。孟子生于周季,所以以谈霸道为羞,倘使生于今日,则跟着人类的智识范围的展开,怕要羞谈王道的罢。

三 关于中国的监狱

我想,人们是的确由事实而从新省悟,而事情又由此发生变化的。从宋朝到清朝的末年,许多年间,专以代圣贤立言的"制艺"⑦这一种烦难的文章取士,到得和法国打了败仗⑧,这才省悟了这方法的错误。于是派留学生到西洋,开设兵器制造局,作为那改正的手段。省悟到这还不够,是在和日本打了败仗之后⑨,这回是竭力开起学校来。于是学生们年年大闹了。从清朝倒掉,国民党掌握政权的时候起,才又省悟了这错误,作为那改正的手段的,是除了大造监狱之外,什么也没有了。

在中国,国粹式的监狱,是早已各处都有的,到清末,就也造了一点西洋式,即所谓文明式的监狱。那是为了示给旅行到此的外国人而建造,应该与为了和外国人好互相应酬,特地派出去,学些文明人的礼节的留学生,属于同一种类的。托了这福,犯人的待遇也还好,给洗澡,也给一定分量的饭吃,所以倒是颇为幸福的地方。但是,就在两三礼拜前,政府因为要行仁政了,还发过一个不准克扣囚粮的命令。从此以后,可更加幸福了。

至于旧式的监狱,则因为好像是取法于佛教的地狱的,所以不但禁锢犯人,此外还有给他吃苦的职掌。挤取金钱,使犯人的家属穷到透顶的职掌,有时也会兼带的。但大家都以为应该。如果有谁反对罢,那就等于替犯人说话,便要受恶党的嫌疑。然而文明是出奇的进步了,所以去年也有了提倡每年该放犯人回家一趟,给以解决性欲的机会的,颇是人道主义气味之说的官吏。⑩其实,他也并非对于犯人的性欲,特别表着同情,不过因为总不愁竟会实行的,所以也就高声嚷一下,以见自己的作为官吏的存在。然而舆论颇为沸腾了。有一位批评家,还以为这么一来,大家便要不怕牢监,高高兴兴的进去了,很为世道人心愤慨了一下。⑪受了所谓圣贤之教那么久,竟还没有那位官吏的圆滑,固然也令人觉得诚实可靠,然而他的意见,是以为对于犯人,非加虐待不可,却也因此可见了。

从别一条路想,监狱确也并非没有不像以"安全第一"为标语的人们的理想乡的地方。火灾极少,偷儿不来,土匪也一定不来抢。即使打仗,也决没有以监狱为目标,施行轰炸的傻子;即使革命,有释放囚犯的例,而加以屠戮的是没有的。当福建独立⑫之初,虽有说是释放犯人,而一到外面,和他们自己意见不同的人们倒反而失踪了的谣言,然而这样的例子,以前是未曾有过的。总而言之,似乎也并非很坏的处所。只要准带家眷,则即使不是现在似的大水,饥荒,战争,恐怖的时候,请求搬进去住的人们,也未必一定没有的。于是虐待就成为必不可少了。

牛兰⑬夫妇,作为赤化宣传者而关在南京的监狱里,也绝食了三四回了,可是什么效力也没有。这是因为他不知道中国的监狱的精神的缘故。有一位官员诧异的说过:他自己不吃,和别人有什么关系呢?岂但和仁政并无关系而已呢,省些食料,倒是于监狱有益的。甘地⑭的把戏,倘不挑选兴行场⑮,就毫无成效了。

然而,在这样的近于完美的监狱里,却还剩着一种缺点。至今为止,对于思想上的事,都没有很留心。为要弥补这缺点,是在近来新发明的叫作"反省院"的特种监狱里,施着教育。我还没有到那里面去反省过,所以并不知道详情,但要而言之,好像是将三民主义时时讲给犯人听,使他反省着自己的错误。听人说,此外还得做排击共产主义的论文。如果不肯做,或者不能做,那自然,非终身反省不可了,而做得不够格,也还是非反省到死则不可。现在是进去的也有,出来的也有,因为听说还得添造反省院,可见还是进去的多了。考完放出的良民,偶尔也可以遇见,但仿佛大抵是萎靡不振,恐怕是在反省和毕业论文上,将力气使尽了罢。那前途,是在没有希望这一面的。

---

①本篇最初发表于1934年3月号日本《改造》月刊,后收入《且介亭杂文》。

②普洛美修斯,通译作普罗米修斯,希腊神话中的提坦神明之一。相传他从主神宙斯那里偷了火种给人类,因此受到惩罚,被钉在高加索山的岩石上,让神鹰啄食他的肝脏。

③赛会,也称赛神,旧时的一种习俗。用仪仗、鼓乐和杂戏等迎神出庙,周游街巷,以酬神祈福。

④希特拉(Hitler,1889—1945),通译作希特勒,德国纳粹党头子,第二次世界大战的祸首之一。1933年他担任内阁总理后,实行法

西斯统治，烧毁一切所谓"非德国思想"的书籍。

⑤指中国自由运动大同盟，1930年2月成立于上海，它的宗旨是争取言论、出版、结社、集会等自由。

⑥《史记·伯夷列传》载："伯夷、叔齐，孤竹君之二子也。……闻西伯昌善养老，盍往归焉。及至，西伯卒，武王载木主，号为文王，东伐纣。伯夷、叔齐叩马而谏曰：'父死不葬，爰及干戈，可谓孝乎？以臣弑君，可谓仁乎？'左右欲兵之。太公曰：'此义人也，扶而去之。'"

⑦"制艺"，也称制义，科举考试时规定的文体。在明清两代指摘取"四书""五经"中文句命题、立论的八股文。

⑧指1884年至1885年的中法战争。战争的结果是清政府与法国签订了不平等的《中法新约》。

⑨指1894年至1895年的中日甲午战争。清政府在战败后与日本签订了丧权辱国的《马关条约》。

⑩1933年4月4日《申报》"南京专电"称："司法界某要人谈……壮年犯之性欲问题，依照理论，人民犯罪，失去自由，而性欲不在剥夺之列，欧美文明国家，定有犯人假期……每年得请假返家五天或七天，解决其性欲。"

⑪1933年8月20日出版的《十日谈》第二期载有郭明的《自由监狱》一文，其中说："最近司法当局复有关于囚犯性欲问题之讨论……本来，囚禁制度……是国家给予犯罪者一个自省而改过的机会……监狱痛苦尽人皆知，不法犯罪，乃自讨苦吃，百姓既有戒心，或者可以不敢犯法；对付小人，此亦天机一条也。"

⑫福建独立，指1933年11月的福建事变。1932年1月28日在

上海抗击进犯日军的第十九路军,被蒋介石调往福建剿共。1933年11月,蔡廷锴、蒋光鼐等将领不愿执行蒋的命令,联合李济深、陈铭枢等人通电反蒋,在福建省成立"中华共和国人民革命政府",但不久失败。

⑬牛兰(Naulen),即保罗·鲁埃格(Paul Ruegg),原籍波兰,共产国际派驻中国的工作人员。1931年6月17日牛兰夫妇在上海被国民党政府拘捕,送往南京监禁,次年7月1日以"危害民国"罪受审。牛兰不服,进行绝食斗争。宋庆龄、蔡元培等曾组织"牛兰夫妇营救委员会"营救。1937年日本侵占南京前夕牛兰夫妇出狱。

⑭甘地(Gandhi,1869—1948),印度民族独立运动的领袖。他主张"非暴力抵抗",倡导对英国殖民政府采取"不合作运动",曾屡遭监禁,在狱中多次以绝食表示反抗。

⑮兴行场,日语,戏场的意思。

这个与那个①

一 读经与读史

一个阔人说要读经②,嗡的一阵一群狭人也说要读经。岂但"读"而已矣哉,据说还可以"救国"哩。"学而时习之,不亦说乎?"③那也许是确凿的罢,然而甲午战败了,——为什么独独要说"甲午"呢,是因为其时还在开学校,废读经④以前。

我以为伏案还未功深的朋友,现在正不必埋头来哼线装书。倘其咿唔日久,对于旧书有些上瘾了,那么,倒不如去读史,尤其是宋朝明朝史,而且尤须是野史;或者看杂说。

现在中西的学者们,几乎一听到"钦定四库全书"这名目就魂不附体,膝弯总要软下来似的。其实呢,书的原式是改变了,错字是加添了,甚至于连文章都删改了,最便当的是《琳琅秘室丛书》中的两种《茅亭客话》,一是宋本,一是四库本,一比较就知道。"官修"而加以"钦定"

的正史也一样,不但本纪咧,列传咧,要摆"史架子";里面也不敢说什么。据说,字里行间是也含着什么褒贬的,但谁有这么多的心眼儿来猜闷壶卢。至今还道"将平生事迹宣付国史馆立传",还是算了罢。

野史和杂说自然也免不了有讹传,挟恩怨,但看往事却可以较分明,因为它究竟不像正史那样地装腔作势。看宋事,《三朝北盟汇编》已经变成古董,太贵了,新排印的《宋人说部丛书》却还便宜。明事呢,《野获编》原也好,但也化为古董了,每部数十元;易于入手的是《明季南北略》,《明季稗史汇编》,以及新近集印的《痛史》。

史书本来是过去的陈帐簿,和急进的猛士不相干。但先前说过,倘若还不能忘情于咿唔,倒也可以翻翻,知道我们现在的情形,和那时的何其神似,而现在的昏妄举动,胡涂思想,那时也早已有过,并且都闹糟了。

试到中央公园去,大概总可以遇见祖母带着她孙女儿在玩的。这位祖母的模样,就预示着那娃儿的将来。所以倘有谁要预知令夫人后日的丰姿,也只要看丈母。不同是当然要有些不同的,但总归相去不远。我们查帐的用处就在此。

但我并不说古来如此,现在遂无可为,劝人们对于"过去"生敬畏心,以为它已经铸定了我们的运命。Le Bon[⑤]先生说,死人之力比生人大,诚然也有一理的,然而人类究竟进化着。又据章士钊总长说,则美国的什么地方已在禁讲进化论了,这实在是吓死我也,然而禁只管禁,进却总要进的。

总之:读史,就愈可以觉悟中国改革之不可缓了。虽是国民性,要改革也得改革,否则,杂史杂说上所写的就是前车。一改革,就无须怕孙女儿总要像点祖母那些事,譬如祖母的脚是三角形,步履维艰的,小姑娘的却是天足,能飞跑;丈母老太太出过天花,脸上有些缺点的,令夫人却种的是牛痘,所以细皮白肉:这也就大差其远了。

十二月八日。

二　捧与挖

中国的人们,遇见带有会使自己不安的朕兆的人物,向来就用两样法:将他压下去,或者将他捧起来。

压下去就用旧习惯和旧道德,或者凭官力,所以孤独的精神的战士,虽然为民众战斗,却往往反为这"所为"而灭亡。到这样,他们这才安心了。压不下时,则于是乎捧,以为抬之使高,餍之使足,便可以于己稍稍无害,得以安心。

伶俐的人们,自然也有谋利而捧的,如捧阔老,捧戏子,捧总长之类;但在一般粗人,——就是未尝"读经"的,则凡有捧的行为的"动机",大概是不过想免害。即以所奉祀的神道而论,也大抵是凶恶的,火神瘟神不待言,连财神也是蛇呀刺猬呀似的骇人的畜类；观音菩萨倒还可爱，然而那是从印度输入的，并非我们的"国粹"。要而言之：凡有被捧者，十之九不是好东西。

既然十之九不是好东西，则被捧而后，那结果便自然和捧者的希望适得其反了。不但能使他不安，还能使他们很不安，因为人心本来不易餍足。然而人们终于至今没有悟，还以捧为苟安之一道。

记得有一部讲笑话的书，名目忘记了，也许是《笑林广记》罢，说，当一个知县的寿辰，因为他是子年生，属鼠的，属员们便集资铸了一个金老鼠去作贺礼。知县收受之后，另寻了机会对大众说道：明年又恰巧是贱内的整寿；她比我小一岁，是属牛的。其实，如果大家先不送金老鼠，他决不敢想金牛。一送开手，可就难于收拾了，无论金牛无力致送，即使送了，怕他的姨太太也会属象。象不在十二生肖之内，似乎不近情理罢，但这是我替他设想的法子罢了，知县当然别有我们所莫测高深的妙法在。

民元革命时候，我在S城，来了一个都督。⑥他虽然也出身绿林大学，未尝"读经"（？），但倒是还算顾大局，听舆论的，可是自绅士以至于庶民，又用了祖传的捧法群起而捧之了。这个拜会，那个恭维，今天送衣料，明天送翅席，捧得他连自己也忘其所以，结果是渐渐变成老官僚一样，动手刮地皮。

最奇怪的是北几省的河道，竟捧得河身比屋顶高得多了。当初自然是防其溃决,所以壅上一点土;殊不料愈壅愈高,一旦溃决,那祸害就更大。于是就"抢堤"咧,"护堤"咧,"严防决堤"咧,花色繁多,大家吃苦。如果当初见河水泛滥,不去增堤,却去挖底,我以为决不至于这样。

有贪图金牛者,不但金老鼠,便是死老鼠也不给。那么,此辈也就连生日都未必做了。单是省却拜寿,已经是一件大快事。

中国人的自讨苦吃的根苗在于捧,"自求多福"之道却在于挖。其实,劳力之量是差不多的,但从惰性太多的人们看来,却以为还是捧省力。

十二月十日。

三 最先与最后

《韩非子》说赛马的妙法,在于"不为最先,不耻最后。"这虽是从我们这样外行的人看起来,也觉得很有理。因为假若一开首便拼命奔驰,则马力易竭。但那第一句是只适用于赛马的,不幸中国人却奉为人的处世金针了。

中国人不但"不为戎首","不为祸始",甚至于"不为福先"。所以凡事都不容易有改革;前驱和闯将,大抵是谁也怕得做。然而人性岂真能如道家所说的那样恬淡;欲得的却多。既然不敢径取,就只好用阴谋和手段。以此,人们也就日见其卑怯了,既是"不为最先",自然也不敢"不耻最后",所以虽是一大堆群众,略见危机,便"纷纷作鸟兽散"了。如果偶有几个不肯退转,因而受害的,公论家便异口同声,称之曰傻子。对于"锲而不舍"的人们也一样。

我有时也偶尔去看看学校的运动会。这种竞争,本来不像两敌国的开战,挟有仇隙的,然而也会因了竞争而骂,或者竟打起来。但这些事又作别论。竞走的时候,大抵是最快的三四个人一到决胜点,其余的便松懈了,有几个还至于失了跑完豫定的圈数的勇气,中涂挤入看客的群集中;或者佯为跌倒,使红十字队用担架将他抬走。假若偶有虽然落后,却尽跑,尽跑的人,大家就嗤笑他。大概是因为他太不聪明,"不耻最后"的缘故罢。

所以中国一向就少有失败的英雄,少有韧性的反抗,少有敢单身鏖战的武人,少有敢抚哭叛徒的吊客;见胜兆则纷纷聚集,见败兆则纷纷逃亡。战具比我们精利的欧美人,战具未必比我们精利的匈奴蒙古满洲人,都如入无人之境。"土崩瓦解"这四个字,真是形容得有自知之明。

多有"不耻最后"的人的民族,无论什么事,怕总不会一下子就"土崩瓦解"的,我每看运动会时,常常这样想:优胜者固然可敬,但那虽然落后而仍非跑至终点不止的竞技者,和见了这样竞技者而肃然不笑的看客,乃正是中国将来的脊梁。

四　流产与断种

近来对于青年的创作，忽然降下一个"流产"的恶谥，哄然应和的就有一大群。我现在相信，发明这话的是没有什么恶意的，不过偶尔说一说；应和的也是情有可原的，因为世事本来大概就这样。

我独不解中国人何以于旧状况那么心平气和，于较新的机运就这么疾首蹙额；于已成之局那么委曲求全，于初兴之事就这么求全责备？

智识高超而眼光远大的先生们开导我们：生下来的倘不是圣贤，豪杰，天才，就不要生；写出来的倘不是不朽之作，就不要写；改革的事倘不是一下子就变成极乐世界，或者，至少能给我（！）有更多的好处，就万万不要动！……

那么，他是保守派么？据说：并不然的。他正是革命家。惟独他有公平，正当，稳健，圆满，平和，毫无流弊的改革法；现下正在研究室里研究着哩，——只是还没有研究好。

什么时候研究好呢？答曰：没有准儿。

孩子初学步的第一步，在成人看来，的确是幼稚，危险，不成样子，或者简直是可笑的。但无论怎样的愚妇人，却总以恳切的希望的心，看他跨出这第一步去，决不会因为他的走法幼稚，怕要阻碍阔人的路线而"逼死"他；也决不至于将他禁在床上,使他躺着研究到能够飞跑时再下地。因为她知道:假如这么办,即使长到一百岁也还是不会走路的。

古来就这样,所谓读书人,对于后起者却反而专用彰明较著的或改头换面的禁锢。近来自然客气些,有谁出来,大抵会遇见学士文人们挡驾:且住,请坐。接着是谈道理了:调查,研究,推敲,修养,……结果是老死在原地方。否则,便得到"捣乱"的称号。我也曾有如现在的青年一样,向已死和未死的导师们问过应走的路。他们都说:不可向东,或西,或南,或北。但不说应该向东,或西,或南,或北。我终于发现他们心底里的蕴蓄了:不过是一个"不走"而已。

坐着而等待平安,等待前进,倘能,那自然是很好的,但可虑的是老死而所等待的却终于不至;不生育,不流产而等待一个英伟的宁馨儿⑦,那自然也很可喜的,但可虑的是终于什么也没有。

倘以为与其所得的不是出类拔萃的婴儿,不如断种,那就无话可说。但如果我们永远要听见人类的足音,则我以为流产究竟比不生产还有望,因为这已经明明白白地证明着能够生产的了。

十二月二十日。

① 本篇最初分三次发表于 1925 年 12 月 10 日、12 日、22 日北京《国民新报副刊》。后收入《华盖集》。

② 一个阔人，指章士钊（1881—1973），字行严，湖南长沙人，1914 年 5 月在东京与陈独秀等创办《甲寅》杂志，风靡一时。后曾任段祺瑞执政府司法总长兼教育总长。受命后，章即宣称要整顿学风，提倡读经。

③ "学而时习之，不亦说乎"，语见《论语·学而》。

④ 开学校，废读经：清政府在 1894 年（光绪二十年，甲午）中日战争中战败后，不久就采取了一些改良主义的办法。戊戌变法（1898）期间，光绪帝于七月六日下诏普遍设立中小学，改书院为学堂；六月二十日曾诏令在科举考试中废止八股，"向用四书文者，一律改试策论"。

⑤ Le Bon：古斯塔夫·勒庞（1841—1931），法国社会心理学家。他在《民族进化的心理定律》一书中说："欲了解种族之真义必将之同时伸长于过去与将来，死者较之生者是无限的更众多，也是较之他们更强有力。"

⑥ 民元革命，即辛亥革命；S 城，指绍兴；都督，指王金发。王金发曾领导浙东洪门会党平阳党，号称万人，故被戏称为"出身绿林大学"。

⑦ 宁馨儿，晋宋时代俗语。《晋书·王衍传》："何物老妪，生宁馨儿。"宁馨儿，"这样的孩子"的意思。宁，这样；馨，语助词。

春末闲谈①

北京正是春末,也许我过于性急之故罢,觉着夏意了,于是突然记起故乡的细腰蜂。那时候大约是盛夏,青蝇密集在凉棚索子上,铁黑色的细腰蜂就在桑树间或墙角的蛛网左近往来飞行,有时衔一支小青虫去了,有时拉一个蜘蛛。青虫或蜘蛛先是抵抗着不肯去,但终于乏力,被衔着腾空而去了,坐了飞机似的。

老前辈们开导我,那细腰蜂就是书上所说的果蠃,纯雌无雄,必须捉螟蛉去做继子。她将小青虫封在窠里,自己在外面日日夜夜敲打着,祝道"像我像我",经过若干日,——我记不清了,大约七七四十九日罢,——那青虫也就成了细腰蜂了,所以《诗经》里说:"螟蛉有子,果蠃负之。"螟蛉就是桑上小青虫。蜘蛛呢?他们没有提。我记得有几个考据家曾经立过异说,以为她其实自能生卵;其捉青虫,乃是填在窠里,给孵化出来的幼蜂做食料的。但我所遇见的前辈们都不采用此说,还道是拉去做女儿。我们为存留天地间的美谈起见,倒不如这样好。当长夏无事,遭暑林阴,瞥见二虫一拉一拒的时候,便如睹慈母教女,满怀好意,而青虫的宛转抗拒,则活像一个不识好歹的毛鸦头。

但究竟是夷人可恶,偏要讲什么科学。科学虽然给我们许多惊奇,但也搅坏了我们许多好梦。自从法国的昆虫学大家发勃耳(Fabre)②仔细观察之后,给幼蜂做食料的事可就证实了。而且,这细腰蜂不但是普通的凶手,还是一种很残忍的凶手,又是一个学识技术都极高明的解剖学家。她知道青虫的神经构造和作用,用了神奇的毒针,向那运动神经球上只一螫,它便麻痹为不死不活状态,这才在它身上生下蜂卵,封入窠中。青虫因为不死不活,所以不动,但也因为不活不死,所以不烂,直到她的子女孵化出来的时候,这食料还和被捕当日一样的新鲜。

三年前,我遇见神经过敏的俄国的 E 君③,有一天他忽然发愁道,不知道将来的科学家,是否不至于发明一种奇妙的药品,将这注射在谁的身上,则这人即甘心永远去做服役和战争的机器了?那时我也就皱眉叹息,装作一齐发愁的模样,以示"所见略同"之至意,殊不知我国的圣君,贤臣,圣贤,圣贤之徒,却早已有过这一种黄金世界的理想了。不是"唯辟作福,唯辟作威,唯辟玉食"④么?不是"君子劳心,小人劳力"⑤么?不是"治于人者食(去声)人,治人者食于人"⑥么?可惜理论虽已卓然,而终于没有发明十全的好方法。要服从作威就须不活,要贡献玉食就须不死;要被治就须不活,要供养治人者又须不死。人类升为万物之灵,自然是可贺的,但没有了细腰蜂的毒针,却很使圣君,贤臣,圣贤,圣贤之徒,以至现在的阔人,学者,教育家觉得棘手。将来未可知,若已往,则治人者虽然尽力施行过各种麻痹术,也还不能十分奏效,与果蠃并驱争先。即以皇帝一伦而言,便难免时常改姓易代,终没有"万年有道之长";"二十四史"而多至二十四,就是可悲的铁证。现在又似乎有些别开生面了,世上挺生了一种所谓"特殊知识阶级"⑦的留学生,在研究室中研究之结果,说医学不发达是有益于人种改良的,中国妇女的境遇是极其平等的,一切道理都已不错,一切状态都已够好。E君的发愁,或者也不为无因罢,然而俄国是不要紧的,因为他们不像我们中国,所谓"特别国情"⑧,还有所谓"特殊知识阶级"。

但这种工作,也怕终于像古人那样,不能十分奏效的罢,因为这实在比细腰蜂所做的要难得多。她于青虫,只须不动,所以仅在运动神经球上一螫,即告成功。而我们的工作,却求其能运动,无知觉,该在知觉神经中枢,加以完全的麻醉的。但知觉一失,运动也就随之失却主宰,不能贡献玉食,恭请上自"极峰"⑨下至"特殊知识阶级"的赏收享用了。就现在而言,窃以为除了遗老的圣经贤传法,学者的进研究室主义,文学家和茶摊老板的莫谈国事⑩律,教育家的勿视勿听勿言勿动⑪论之外,委实还没有更好,更完全,更无流弊的方法。便是留学生的特别发见,其实也并未轶出了前贤的范围。

那么,又要"礼失而求诸野"⑫了。夷人,现在因为想去取法,姑且称之为外国,他那里,可有较好的法子么?可惜,也没有。所有者,仍不外乎不准集会,不许开口之类,和我们中华并没有什么很不同。然亦可见至道嘉猷,人同此心,心同此理,固无华夷之限也。猛兽是单独的,牛羊则结队;野牛的大队,就会排角成城以御强敌了,但拉开一匹,定只能牟牟地叫。人民与牛马同流,——此就中国而言,夷人别有分类法云,——治之之道,自然应该禁止集合:这方法是对的。其次要防说话。人能说话,已经是祸胎了,而况有时还要做文章。所以苍颉造字,夜有鬼哭。鬼且反对,而况于官?猴子不会说话,猴界即向无风潮,——可是猴界中也没有官,但这又作别论,——确应该虚心取法,反朴归真,则口且不开,文章自灭:这方法也是对的。然而上文也不过就理论而言,至于实效,却依然是难说。最显著的例,是连那么专制的俄国,而尼古拉二世"龙御上宾"⑬之后,罗马诺夫氏竟已"复宗绝祀"了。要而言之,那大缺点就在虽有二大良法,而还缺其一,便是:无法禁止人们的思想。

于是我们的造物主——假如天空真有这样的一位"主子"——就可恨了:一恨其没有永远分清"治者"与"被治者";二恨其不给治者生一枝细腰蜂那样的毒针;三恨其不将被治者造得即使砍去了藏着的思想中枢的脑袋而还能

动作——服役。三者得一，阔人的地位即永久稳固，统御也永久省了气力，而天下于是乎太平。今也不然，所以即使单想高高在上，暂时维持阔气，也还得日施手段，夜费心机，实在不胜其委屈劳神之至……。

假使没有了头颅，却还能做服役和战争的机械，世上的情形就何等地醒目呵，这时再不必用什么制帽勋章来表明阔人和窄人了，只要一看头之有无，便知道主奴，官民，上下，贵贱的区别。并且也不至于再闹什么革命，共和，会议等等的乱子了，单是电报，就要省下许多许多来。古人毕竟聪明，仿佛早想到过这样的东西，《山海经》上就记载着一种名叫"刑天"的怪物。他没有了能想的头，却还活着，"以乳为目，以脐为口，"——这一点想得很周到，否则他怎么看，怎么吃呢，——实在是很值得奉为师法的。假使我们的国民都能这样，阔人又何等安全快乐？但他又"执干戚而舞"，则似乎还是死也不肯安分，和我那专为阔人图便利而设的理想底好国民又不同。陶潜先生又有诗道："刑天舞干戚，猛志固常在。"连这位貌似旷达的老隐士也这么说，可见无头也会仍有猛志，阔人的天下一时总怕难得太平的了。但有了太多的"特殊知识阶级"的国民，也许有特在例外的希望；况且精神文明太高了之后，精神的头就会提前飞去，区区物质的头的有无也算不得什么难问题。

一九二五年四月二十二日。

①本篇最初发表于1925年4月24日北京《莽原》周刊第一期，署名冥昭。后收入《坟》。

②发勃耳（1823—1915），通译作法布尔，法国博物学家，著有《昆虫记》。

③E君，爱罗先珂。

④语见《尚书·洪范》。辟，指的是天子或诸侯。

⑤《左传》襄公九年："君子劳心，小人劳力，先王之制也。"君子，指上层统治者；小人，指普通劳动者。

⑥《孟子·滕文公》："或劳心，或劳力；劳心者治人，劳力者治于人。治于人者食人，治人者食于人，天下之通义也。"

⑦特殊知识阶级：1924年10月冯玉祥发动北京政变，段祺瑞被邀请再次出山组织临时执政府。他于1925年谋求召开善后会议。当时有一批曾在外国留学的人向"善后会议"提提愿书，要求在未来的国民会议中给他们保留名额，其中说："查国民代表会议之最大任务为规定中华民国宪法，留学者为一特殊知识阶级，无庸讳言，其应参加此项会议，多多益善。"

⑧1915年袁世凯图谋恢复帝制时，他的美国顾问古德诺曾发表一篇《共和与君主论》，说中国自有"特别国情"，不适宜实行民主政治，应当恢复君主政体。

⑨极峰，指最高统治者。旧时官僚政客对最高统治者的媚称。

⑩北洋军阀统治时期，实行恐怖政策，密探四布，茶馆酒肆里多贴有"莫谈国事"的字条，某些文人也把"莫谈国事"当作处世格言。

⑪《论语·颜渊》:"非礼勿视,非礼勿听,非礼勿言,非礼勿动。"

⑫"礼失而求诸野",《汉书·艺文志》所引孔子的话。

⑬尼古拉二世(1868—1918),俄国沙皇,被1917年二月革命所推翻,次年被处死。"龙御上宾",意即乘龙仙去,旧时指皇帝去世。

灯下漫笔①

一

有一时,就是民国二三年时候,北京的几个国家银行的钞票,信用日见其好了,真所谓蒸蒸日上。听说连一向执迷于现银的乡下人,也知道这既便当,又可靠,很乐意收受,行使了。至于稍明事理的人,则不必是"特殊知识阶级",也早个将沉重累坠的银元装在怀中,来自讨无谓的苦吃。想来,除了多少对于银子有特别嗜好和爱情的人物之外,所有的怕大都是钞票了罢,而且多是本国的。但可惜后来忽然受了一个不小的打击。

就是袁世凯想做皇帝的那一年,蔡松坡先生溜出北京,到云南去起义。这边所受的影响之一,是中国和交通银行的停止兑现。虽然停止兑现,政府勒令商民照旧行用的威力却还有的;商民也自有商民的老本领,不说不要,却道找不出零钱。假如拿几十几百的钞票去买东西,我不知道怎样,但倘使只要买一枝笔,一盒烟卷呢,难道就付给一元钞票么？不但不甘心，也没有这许多票。那么，换铜元，少换几个罢，又都说没有铜元。那么，到亲戚朋友那里借现钱去罢，怎么会有？于是降格以求，不讲爱国了，要外国银行的钞票。但外国银行的钞票这时就等于现银，他如果借给你这钞票，也就借给你真的银元了。

我还记得那时我怀中还有三四十元的中交票②，可是忽而变了一个穷人，几乎要绝食，很有些恐慌。俄国革命以后的藏着纸卢布的富翁的心情，恐怕也就这样的罢；至多，不过更深更大罢了。我只得探听，钞票可能折价换到现银呢？说是没有行市。幸而终于，暗暗地有了行市了：六折几。我非常高兴，赶紧去卖了一半。后来又涨到七折了，我更非常高兴，全去换了现银，沉垫垫地坠在怀中，似乎这就是我的性命的斤两。倘在平时，钱铺子如果少给我一个铜元，我是决不答应的。

但我当一包现银塞在怀中，沉垫垫地觉得安心，喜欢的时候，却突然起了另一思想，就是：我们极容易变成奴隶，而且变了之后，还万分喜欢。

假如有一种暴力，"将人不当人"，不但不当人，还不及牛马，不算什么东西；待到人们羡慕牛马，发生"乱离人，不及太平犬"的叹息的时候，然后给与他略等于牛马的价格，有如元朝定律，打死别人的奴隶，赔一头牛，则人们便要心悦诚服，恭颂太平的盛世。为什么呢？因为他虽不算人，究竟已等于牛马了。

我们不必恭读《钦定二十四史》，或者入研究室，审察精神文明的高超。只要一翻孩子所读的《鉴略》，——还嫌烦重，则看《历代纪元编》，就知道"三千余年古国古"③的中华，历来所闹的就不过是这一个小玩艺。但在新近编纂的所谓"历史教科书"一流东西里，却不大看得明白了，只仿佛说：咱们向来就很好的。

但实际上，中国人向来就没有争到过"人"的价格，至多不过是奴隶，到现在还如此，然而下于奴隶的时候，却是数见不鲜的。中国的百姓是中立的，战时连自己也不知道属于那一面，但又属于无论那一面。强盗来了，就属于官，当然该被杀掠；官兵既到，该是自家人了罢，但仍然要被杀掠，仿佛又属于强盗似的。这时候，百姓就希望有一个一定的主子，拿他们去做百姓，——不敢，是拿他们去做牛马，情愿自己寻草吃，只求他决定他们怎样跑。

假使真有谁能够替他们决定，定下什么奴隶规则来，自然就"皇恩浩荡"了。可惜的是往往暂时没有谁能定。举其大者，则如五胡十六国的时候，黄巢的时候，五代时候，宋末元末时候，除了老例的服役纳粮以外，都还要受意外的灾殃。张献忠的脾气更古怪了，不服役纳粮的要杀，服役纳粮的也要杀，敌他的要杀，降他的也要杀：将奴隶规则毁得粉碎。这时候，百姓就希望来一个另外的主子，较为顾及他们的奴隶规则的，无论仍旧，或者新颁，总之是有一种规则，使他们可上奴隶的轨道。

"时日曷丧,予及汝偕亡!"愤言而已,决心实行的不多见。实际上大概是群盗如麻,纷乱至极之后,就有一个较强,或较聪明,或较狡猾,或是外族的人物出来,较有秩序地收拾了天下。厘定规则:怎样服役,怎样纳粮,怎样磕头,怎样颂圣。而且这规则是不像现在那样朝三暮四的。于是便"万姓胪欢"了;用成语来说,就叫作"天下太平"。

任凭你爱排场的学者们怎样铺张,修史时候设些什么"汉族发祥时代""汉族发达时代""汉族中兴时代"的好题目,好意诚然是可感的,但措辞太绕湾子了。有更其直捷了当的说法在这里——

一,想做奴隶而不得的时代;
二,暂时做稳了奴隶的时代。

这一种循环,也就是"先儒"之所谓"一治一乱";那些作乱人物,从后日的"臣民"看来,是给"主子"清道辟路的,所以说:"为圣天子驱除云尔。"④

现在入了那一时代,我也不了然。但看国学家的崇奉国粹,文学家的赞叹固有文明,道学家的热心复古,可见于现状都已不满了。然而我们究竟正向着那一条路走呢?百姓是一遇到莫名其妙的战争,稍富的迁进租界,妇孺则避入教堂里去了,因为那些地方都比较的"稳",暂不至于想做奴隶而不得。总而言之,复古的,避难的,无智愚贤不肖,似乎都已神往于三百年前的太平盛世,就是"暂时做稳了奴隶的时代"了。

但我们也就都像古人一样,永久满足于"古已有之"的时代么?都像复古家一样,不满于现在,就神往于三百年前的太平盛世么?

自然,也不满于现在的,但是,无须反顾,因为前面还有道路在。而创造这中国历史上未曾有过的第三样时代,则是现在的青年的使命!

二

但是赞颂中国固有文明的人们多起来了,加之以外国人。我常常想,凡有来到中国的,倘能疾首蹙额而憎恶中国,我敢诚意地捧献我的感谢,因为他一定是不愿意吃中国人的肉的!

鹤见祐辅⑤氏在《北京的魅力》中,记一个白人将到中国,预定的暂住时候是一年,但五年之后,还在北京,而且不想回去了。有一天,他们两人一同吃晚饭——

> 在圆的桃花心木的食桌前坐定,川流不息地献着出海的珍味,谈话就从古董,画,政治这些开头。电灯上罩着支那式的灯罩,淡淡的光洋溢于古物罗列的

屋子中。什么无产阶级呀，Proletariat⑥呀那些事，就像不过在什么地方刮风。

　　我一面陶醉在支那生活的空气中，一面深思着对于外人有着"魅力"的这东西。元人也曾征服支那，而被征服于汉人种的生活美了；满人也征服支那，而被征服于汉人种的生活美了。现在西洋人也一样，嘴里虽然说着Democracy⑦呀，什么什么呀，而却被魅于支那人费六千年而建筑起来的生活的美。一经住过北京，就忘不掉那生活的味道。大风时候的万丈的沙尘，每三月一回的督军们的开战游戏，都不能抹去这支那生活的魅力。

　　这些话我现在还无力否认他。我们的古圣先贤既给与我们保古守旧的格言，但同时也排好了用子女玉帛所做的奉献于征服者的大宴。中国人的耐劳，中国人的多子，都就是办酒的材料，到现在还为我们的爱国者所自诩的。西洋人初入中国时，被称为蛮夷，自不免个个蹙额，但是，现在则时机已至，到了我们将曾经献于北魏，献于金，献于元，献于清的盛宴，来献给他们的时候了。出则汽车，行则保护；虽遇清道，然而通行自由的；虽或被劫，然而必得赔偿的；孙美瑶掳去他们站在军前，还使官兵不敢开火。何况在华屋中享用盛宴呢？待到享受盛宴的时候，自然也就是赞颂中国固有文明的时候；但是我们的有些乐观的爱国者，也许反而欣然色喜，以为他们将要开始被中国同化了罢。古人曾以女人作苟安的城堡，美其名以自欺曰"和亲"，今人还用子女玉帛为作奴的赘敬，又美其名曰"同化"。所以倘有外国的谁，到了已有赴宴的资格的现在，而还替我们诅咒中国的现状者，这才是真有良心的真可佩服的人！

但我们自己是早已布置妥帖了，有贵贱，有大小，有上下。自己被人凌虐，但也可以凌虐别人；自己被人吃，但也可以吃别人。一级一级的制驭着，不能动弹，也不想动弹了。因为倘一动弹，虽或有利，然而也有弊。我们且看古人的良法美意罢——

> 天有十日，人有十等。下所以事上，上所以共神也。故王臣公，公臣大夫，大夫臣士，士臣皂，皂臣舆，舆臣隶，隶臣僚，僚臣仆，仆臣台。（《左传》昭公七年）

但是"台"没有臣，不是太苦了么？无须担心的，有比他更卑的妻，更弱的子在。而且其子也很有希望，他日长大，升而为"台"，便又有更卑更弱的妻子，供他驱使了。如此连环，各得其所，有敢非议者，其罪名曰不安分！

虽然那是古事，昭公七年离现在也太辽远了，但"复古家"尽可不必悲观的。太平的景象还在：常有兵燹，常有水旱,可有谁听到大叫唤么?打的打,革的革,可有处士来横议么?对国民如何专横,向外人如何柔媚,不犹是差等的遗风么?中国固有的精神文明,其实并未为共和二字所埋没,只有满人已经退席,和先前稍不同。

因此我们在目前,还可以亲见各式各样的筵宴,有烧烤,有翅席,有便饭,有西餐。但茅檐下也有淡饭,路傍也有残羹,野上也有饿莩;有吃烧烤的身价不资的阔人,也有饿得垂死的每斤八文的孩子⑧(见《现代评论》二十一期)。所谓中国的文明者,其实不过是安排给阔人享用的人肉的筵宴。所谓中国者,其实不过是安排这人肉的筵宴的厨房。不知道而赞颂者是可恕的,否则,此辈当得永远的诅咒!

外国人中,不知道而赞颂者,是可恕的;占了高位,养尊处优,因此受了蛊惑,昧却灵性而赞叹者,也还可恕的。可是还有两种,其一是以中国人为劣种,只配悉照原来模样,因而故意称赞中国的旧物。其一是愿世间人各不相同以增自己旅行的兴趣,到中国看辫子,到日本看木屐,到高丽看笠子,倘若服饰一样,便索然无味了,因而来反对亚洲的欧化。这些都可憎恶。至于罗素在西湖见轿夫含笑⑨,便赞美中国人,则也许别有意思罢。但是,轿夫如果能对坐轿的人不含笑,中国也早不是现在似的中国了。

这文明,不但使外国人陶醉,也早使中国一切人们无不陶醉而且至于含笑。因为古代传来而至今还在的许多差别,使人们各各分离,遂不能再感到别人的痛苦;并且因为自己各有奴使别人,吃掉别人的希望,便也就忘却自己同有被奴使被吃掉的将来。于是大小无数的人肉的筵宴,即从有文明以来一直排到现在,人们就在这会场中吃人,被吃,以凶人的愚妄的欢呼,将悲惨的弱者的呼号遮掩,更不消说女人和小儿。

这人肉的筵宴现在还排着,有许多人还想一直排下去。扫荡这些食人者,掀掉这筵席,毁坏这厨房,则是现在的青年的使命!

一九二五年四月二十九日。

---

① 本篇最初分两次发表于 1925 年 5 月 1 日、22 日《莽原》周刊第二期和第五期。后收入《坟》。

② 中交票,中国银行和交通银行(都是当时的国家银行)发行的纸钞。袁世凯政府财政吃紧,1916 年 5 月曾下令停止中交票的兑现。

③ 语出清代黄遵宪《出军歌》:"四千余岁古国古,是我完全土。"

④ 语出《汉书·王莽传赞》:"圣王之驱除云尔。"唐代颜师古注:"言驱逐蠲除以待圣人也。"

⑤ 鹤见祐辅(1885—1972),日本评论家。作者曾选译过他的随

笔集《思想·山水·人物》,《北京的魅力》一文即见于该书。

⑥Proletariat,无产阶级。

⑦Democracy,德先生,民主。

⑧每斤八文的孩子,1925年5月2日《现代评论》第一卷第二十一期载有仲瑚的《一个四川人的通信》,叙说当时军阀统治下四川劳动人民的悲惨生活,其中说:"男小孩只卖八枚铜子一斤,女小孩连这个价钱也卖不了。"

⑨罗素(B. Russell,1872—1970),英国哲学家。1920年曾应梁启超之邀来中国讲学,并在各地游览。关于"轿夫含笑"事,见他所著《中国问题》一书:"我记得一个大夏天,我们几个人坐轿过山,道路崎岖难行,轿夫非常的辛苦;我们到了山顶,停十分钟,让他们休息一会。立刻他们就并排的坐下来了,抽出他们的烟袋来,谈着笑着,好像一点忧虑都没有似的。"

古人并不纯厚①

老辈往往说：古人比今人纯厚，心好，寿长。我先前也有些相信，现在这信仰可是动摇了。达赖啦嘛总该比平常人心好，虽然"不幸短命死矣"，但广州开的耆英会，却明明收集过一大批寿翁寿媪，活了一百零六岁的老太太还能穿针，有照片为证。

古今的心的好坏，较为难以比较，只好求教于诗文。古之诗人，是有名的"温柔敦厚"的，而有的竟说："时日曷丧，予及汝偕亡！"你看够多么恶毒？更奇怪的是孔子"校阅"之后，竟没有删，还说什么"诗三百，一言以蔽之，曰：思无邪"哩，好像圣人也并不以为可恶。

还有现存的最通行的《文选》，听说如果青年作家要丰富语汇，或描写建筑，是总得看它的，但我们倘一调查里面的作家，却至少有一半不得好死，当然，就因为心不好。经昭明太子一挑选，固然好像变成语汇祖师了，但在那时，恐怕还有个人的主张，偏激的文字。否则，这人是不传的，试翻唐以前的史上的文苑传，大抵是禀承意旨，草檄作颂的人，然而那些作者的文章，流传至今者偏偏少得很。

由此看来，翻印整部的古书，也就不无危险了。近来偶尔看见一部石印的《平斋文集》，作者，宋人也，不可谓之不古，但其诗就不可为训。如咏《狐鼠》云："狐鼠擅一窟，虎蛇行九逵，不论天有眼，但管地无皮……。"又咏《荆公②》云："养就祸胎身始去，依然钟阜向人青。"那指斥当路的口气，就为今人所看不惯。"八大家"③中的欧阳修，是不能算作偏激的文学家的罢，然而那《读李翱文》中却有云："呜呼，在位而不肯自忧，又禁它人使皆不得忧，可叹也夫！"也就悻悻得很。

但是，经后人一番选择，却就纯厚起来了。后人能使古人纯厚，则比古人更为纯厚也可见。清朝曾有钦定的《唐宋文醇》和《唐宋诗醇》，便是由皇帝将古人做得纯厚的好标本，不久也许会有人翻印，以"挽狂澜于既倒"的。

四月十五日。

---

①本篇最初发表于1934年4月26日上海《中华日报·动向》。后收入《花边文学》。

②荆公即王安石。他官至宰相，封荆国公，故称王荆公。祸胎，指王安石曾经重用后来转而排斥王安石的吕惠卿等人。钟阜，指南京钟山，王安石晚年退居钟山半山堂。

③"八大家"即唐宋八大家。

北人与南人①

这是看了"京派"与"海派"的议论之后,牵连想到的——

北人的卑视南人,已经是一种传统。这也并非因为风俗习惯的不同,我想,那大原因,是在历来的侵入者多从北方来,先征服中国之北部,又携了北人南征,所以南人在北人的眼中,也是被征服者。

二陆②入晋,北方人士在欢欣之中,分明带着轻薄,举证太烦,姑且不谈罢。容易看的是,羊衒之的《洛阳伽蓝记》中,就常诋南人,并不视为同类。至于元,则人民截然分为四等,一蒙古人,二色目人,三汉人即北人,第四等才是南人,因为他是最后投降的一伙。最后投降,从这边说,是矢尽援绝,这才罢战的南方之强③,从那边说,却是不识顺逆,久梗王师的贼。孑遗④自然还是投降的,然而为奴隶的资格因此就最浅,因为浅,所以班次就最下,谁都不妨加以卑视了。到清朝,又重理了这一篇账,至今还流衍着余波;如果此后的历史是不再回旋的,那真不独是南人的如天之福。

当然,南人是有缺点的。权贵南迁⑤,就带了腐败颓废的风气来,北方倒反而干净。性情也不同,有缺点,也有特长,正如北人的兼具二者一样。据我所见,北人的优点是厚重,南人的优点是机灵。但厚重之弊也愚,机灵之弊也狡,所以某先生⑥曾经指出缺点道:北方人是"饱食终日,无所用心";南方人是"群居终日,言不及义"。就有闲阶级而言,我以为大体是的确的。

缺点可以改正,优点可以相师。相书上有一条说,北人南相,南人北相者贵。我看这并不是妄语。北人南相者,是厚重而又机灵,南人北相者,不消说是机灵而又能厚重。昔人之所谓"贵",不过是当时的成功,在现在,那就是做成有益的事业了。这是中国人的一种小小的自新之路。

不过做文章的是南人多,北方却受了影响。北京的报纸上,油嘴滑舌,吞吞吐吐,顾影自怜的文字不是比六七年前多了吗?这倘和北方固有的"贫嘴"一结婚,产生出来的一定是一种不祥的新劣种!

一月三十日。

---

①本篇最初发表于1934年2月4日《申报·自由谈》。后收入《花边文学》。

②二陆指陆机、陆云兄弟。陆机(261—303),字士衡;陆云

（262—303），字士龙，吴郡华亭（今上海市松江）人。二陆的祖父陆逊、父亲陆抗皆三国时吴国名将。晋灭吴后，机、云兄弟同至晋都洛阳，往见西晋大臣张华，《世说新语》南朝梁刘峻注引《晋阳秋》说："司空张华见而说之，曰：'平吴之利，在获二俊。'"又《世说新语·方正》载二陆入晋后，"卢志（按为北方士族）于众坐，问陆士衡：'陆逊陆抗，是君何物？'"《世说新语·简傲》载二陆拜访刘道真的情形说："礼毕，初无他言，唯问：'东吴有长柄壶卢，卿得种来不？'陆兄弟殊失望，乃悔往。"

③《中庸》第十章："南方之强也，君子居之。"

④孑遗，指前朝的遗民。

⑤权贵南迁指汉族统治者不能抵御北方少数民族的入侵，把政权转移到南方。如东晋为北方匈奴所迫，迁都建康（今南京）；南宋为北方金人所迫，迁都临安（今杭州）。

⑥某先生指明末清初的学者顾炎武。他在《日知录》卷十三《南北学者之病》中说："'饱食终日，无所用心，难矣哉'（《论语·阳货》），今日北方之学者是也。'群居终日，言不及义，好行小慧，难矣哉'（《论语·卫灵公》），今日南方之学者是也。"

隐士①

隐士,历来算是一个美名,但有时也当作一个笑柄。最显著的,则有刺陈眉公的"翩然一只云间鹤,飞去飞来宰相衙"的诗,至今也还有人提及。②我以为这是一种误解。因为一方面,是"自视太高",于是别方面也就"求之太高",彼此"忘其所以",不能"心照",而又不能"不宣",从此口舌也多起来了。

非隐士的心目中的隐士,是声闻不彰,息影山林的人物。但这种人物,世间是不会知道的。一到挂上隐士的招牌,则即使他并不"飞去飞来",也一定难免有些表白,张扬;或是他的帮闲们的开锣喝道——隐士家里也会有帮闲,说起来似乎不近情理,但一到招牌可以换饭的时候,那是立刻就有帮闲的,这叫作"啃招牌边"。这一点,也颇为非隐士的人们所诟病,以为隐士身上而有油可揩,则隐士之阔绰可想了。其实这也是一种"求之太高"的误解,和硬要有名的隐士,老死山林中者相同。凡是有名的隐士,他总是已经有了"优哉游哉,聊以卒岁"③的幸福的。倘不然,朝砍柴,昼耕田,晚浇菜,夜织屦,又那有吸烟品茗,吟诗作文的闲暇？陶渊明先生是我们中国赫赫有名的大隐，一名"田园诗人"，自然，他并不办期刊，也赶不上吃"庚款"④，然而他有奴子。汉晋时候的奴子，是不但侍候主人，并且给主人种地，营商的，正是生财器具。所以虽是渊明先生，也还略略有些生财之道在，要不然，他老人家不但没有酒喝，而且没有饭吃，早已在东篱旁边饿死了。

所以我们倘要看看隐君子风，实际上也只能看看这样的隐君子，真的"隐君子"是没法看到的。古今著作，足以汗牛而充栋，但我们可能找出樵夫渔父的著作来？他们的著作是砍柴和打鱼。至于那些文士诗翁，自称什么钓徒樵子的，倒大抵是悠游自得的封翁或公子，何尝捏过钓竿或斧头柄。要在他们身上赏鉴隐逸气，我敢说，这只能怪自己胡涂。

登仕，是噉饭之道，归隐，也是噉饭之道。假使无法噉饭，那就连"隐"也隐不成了。"飞去飞来"，正是因为要"隐"，也就是因为要噉饭；肩出"隐士"的招牌来，挂在"城市山林"里，这就正是所谓"隐"，也就是噉饭之道。帮闲们或开锣，或喝道，那是因为自己还不配"隐"，所以只好揩一点"隐"油，其实也还不外乎噉饭之道。汉唐以来，实际上是入仕并不算鄙，隐居也不算高，而且也不算穷，必须欲"隐"而不得，这才看作士人的末路。唐末有一位诗人左偃，自述他悲惨的境遇道："谋隐谋官两无成"，是用七个字道破了所谓"隐"的秘密的。

"谋隐"无成，才是沦落，可见"隐"总和享福有些相关，至少是不必十分挣扎谋生，颇有悠闲的余裕。但赞颂悠闲，鼓吹烟茗，⑤却又是挣扎之一，不过挣扎得隐藏一些。虽"隐"，也仍然要啖饭，所以招牌还是要油漆，要保护的。泰山崩，黄河溢，隐士们目无见，耳无闻，但苟有议及自己们或他的一伙的，则虽千里之外，半句之微，他便耳聪目明，奋袂而起，好像事件之大，远胜于宇宙之灭亡者，也就为了这缘故。其实连和苍蝇也何尝有什么相关。⑥

　　明白这一点，对于所谓"隐士"也就毫不诧异了，心照不宣，彼此都省事。

一月二十五日。

---

　　①本篇最初发表于1935年2月20日上海《太白》半月刊第一卷第十一期，署名长庚。后收入《且介亭杂文二集》。

　　②陈眉公，陈继儒（1558—1639），号眉公，华亭（今上海市松江）人。明代学者、书画家，曾隐居小昆山，但同时又常周旋官绅间。"云中鹤"，宜作"云间鹤"，是出自清代蒋士铨所作传奇《临川梦·隐奸》一出出场诗，全诗为："妆点山林大架子，附庸风雅小名家。终南捷径无心走，处士虚声尽力夸。獭祭诗书充著作，蝇营钟鼎润烟霞。翩然一只云间鹤，飞去飞来宰相衙。"松江，古名云间，所以

这诗曾被人认为是刺陈眉公的。

③ "悠哉游哉，聊以卒岁"，语出《左传》襄公二十一年："诗曰：'优哉游哉，聊以卒岁。'"

④ "庚款"指美英等国退还的庚子赔款。"义和团"之后，1900年（庚子）八国联军侵华，次年强迫清政府订立《辛丑条约》，要求赔付各国"偿款"银四亿五千万两。后来英、美等国宣布将赔款中尚未付给的部分"退还"，作为在我国兴办学校、图书馆、医院等机构和设立各科学术文化奖金的经费。

⑤ 周作人、林语堂等人大力提倡"以闲适为格调"的小品文，以及悠闲的生活情趣。在《人间世》《论语》等刊物上，经常登载反映闲适生活的谈烟说茗一类文字。

⑥《人间世》的《发刊词》中，曾说该刊内容"包括一切，宇宙之大，苍蝇之微，皆可取材，故名之为人间世"。

我的第一个师父①

不记得是那一部旧书上看来的了,大意说是有一位道学先生,自然是名人,一生拼命辟佛,却名自己的小儿子为"和尚"。有一天,有人拿这件事来质问他。他回答道:"这正是表示轻贱呀!"那人无话可说而退云②。

其实,这位道学先生是诡辩。名孩子为"和尚",其中是含有迷信的。中国有许多妖魔鬼怪,专喜欢杀害有出息的人,尤其是孩子;要下贱,他们才放手,安心。和尚这一种人,从和尚的立场看来,会成佛——但也不一定,——固然高超得很,而从读书人的立场一看,他们无家无室,不会做官,却是下贱之流。读书人意中的鬼怪,那意见当然和读书人相同,所以也就不来搅扰了。这和名孩子为阿猫阿狗,完全是一样的意思:容易养大。

还有一个避鬼的法子,是拜和尚为师,也就是舍给寺院了的意思,然而并不放在寺院里。我生在周氏是长男,"物以希为贵",父亲怕我有出息,因此养不大,不到一岁,便领到长庆寺里去,拜了一个和尚为师了。拜师是否要赘见礼,或者布施什么的呢,我完全不知道。只知道我却由此得到一个法名叫作"长庚",后来我也偶尔用作笔名,并且在《在酒楼上》这篇小说里,赠给了恐吓自己的侄女的无赖;还有一件百家衣,就是"衲衣",论理,是应该用各种破布拼成的,但我的却是橄榄形的各色小绸片所缝就,非喜庆大事不给穿;还有一条称为"牛绳"的东西,上挂零星小件,如历本,镜子,银筛之类,据说是可以避邪的。

这种布置,好像也真有些力量:我至今没有死。

不过,现在法名还在,那两件法宝却早已失去了。前几年回北平去,母亲还给了我婴儿时代的银筛,是那时的惟一的记念。仔细一看,原来那筛子圆径不过寸余,中央一个太极图,上面一本书,下面一卷画,左右缀着极小的尺,剪刀,算盘,天平之类。我于是恍然大悟,中国的邪鬼,是怕斩钉截铁,不能含胡的东西的。因为探究和好奇,去年曾经去问上海的银楼,终于买了两面来,和我的几乎一式一样,不过缀着的小东西有些增减。奇怪得很,半世纪有余了,邪鬼还是这样的性情,避邪还是这样的法宝。然而我又想,这法宝成人却用不得,反而非常危险的。

但因此又使我记起了半世纪以前的最初的先生。我至今不知道他的法名,无论谁,都称他为"龙师父",瘦长的身子,瘦长的脸,高颧细眼,和尚是不应该留须的,他却有两绺下垂的小胡子。对人很和气,对我也很和气,不教我念一句经,也不教我一点佛门规矩;他自己呢,穿起袈裟来做大和尚，或者戴上毗卢帽放焰口③，"无祀孤魂，来受甘露味"的时候，是庄严透顶的，平常可也不念经，因为是住持，只管着寺里的琐屑事，其实——自然是由我看起来——他不过是一个剃光了头发的俗人。

因此我又有一位师母，就是他的老婆。论理，和尚是不应该有老婆的，然而他有。我家的正屋的中央，供着一块牌位，用金字写着必须绝对尊敬和服从的五位："天地君亲师"。我是徒弟，他是师，决不能抗议，而在那时，也决不想到抗议，不过觉得似乎有点古怪。但我是很爱我的师母的，在我的记忆上，见面的时候，她已经大约有四十岁了，是一位胖胖的师母，穿着玄色纱衫裤，在自己家里的院子里纳凉，她的孩子们就来和我玩耍。有时还有水果和点心吃，——自然，这也是我所以爱她的一个大原因；用高洁的陈源教授的话来说，便是所谓"有奶便是娘"，在人格上是很不足道的。

不过我的师母在恋爱故事上，却有些不平常。"恋爱"，这是现在的术语，那时我们这偏僻之区只叫作"相好"。《诗经》云："式相好矣，毋相尤矣"④，起源是算得很古，离文武周公的时候不怎么久就有了的，然而后来好像并不算十分冠冕堂皇的好话。这且不管它罢。总之，听说龙师父年青时，是一个很漂亮而能干的和尚，交际很广，认识各种人。有一天，乡下做社戏了，他和戏子相识，便上台替他们去敲锣,精光的头皮,簇新的海青⑤,真是风头十足。乡下人大抵有些顽固,以为和尚是只应该念经拜忏的,台下有人骂了起来。师父不甘示弱,也给他们一个回骂。于是战争开幕,甘蔗梢头雨点似的飞上来,有些勇士,还有进攻之势,"彼众我寡",他只好退走,一面退,一面一定追,逼得他又只好慌张的躲进一家人家去。而这人家,又只有一位年青的寡妇。以后的故事,我也不甚了然了,总而言之,她后来就是我的师母。

自从《宇宙风》出世以来,一向没有拜读的机缘,近几天才看见了"春季特大号"。其中有一篇铢堂先生的《不以成败论英雄》⑥,使我觉得很有趣,他以为中国人的"不以成败论英雄","理想是不能不算崇高"的,"然而在人群的组织上实在要不得。抑强扶弱,便是永远不愿意有强。崇拜失败英雄,便是不承认成功的英雄"。"近人有一句流行话,说中国民族富于同化力,所以辽金元清都并不曾征服中国。其实无非是一种惰性,对于新制度不容易接收罢了"。我们怎样来改悔这"惰性"呢,现在姑且不谈,而且正在替我们想法的人们也多得很。我只要说那位寡妇之所以变了我的师母,其弊病也就在"不以成败论英雄"。乡下没有活的岳飞或文天祥,所以一个漂亮的和尚在如雨而下的甘蔗梢头中,从戏台逃下,也就是一个货真价实的失败的英雄。她不免发现了祖传的"惰性",崇拜起来,对于追兵,也像我们的祖先的对于辽金元清的大军似的,"不承认成功的英雄"了。在历史上,这结果是正如铁堂先生所说:"乃是中国的社会不树威是难得帖服的",所以活该有"扬州十日"和"嘉定三屠"⑦。但那时的乡下人,却好像并没有"树威",走散了,自然,也许是他们料不到躲在家里。

因此我有了三个师兄,两个师弟。大师兄是穷人的孩子,舍在寺里,或是卖在寺里的;其余的四个,都是师父的儿子,大和尚的儿子做小和尚,我那时倒并不觉得怎么稀奇。大师兄只有单身;二师兄也有家小,但他对我守着秘密,这一点,就可见他的道行远不及我的师父,他的父亲了。而且年龄都和我相差太远,我们几乎没有交往。

三师兄比我恐怕要大十岁,然而我们后来的感情是很好的,我常常替他担心。还记得有一回,他要受大戒了,他不大看经,想来未必深通什么大乘⑧教理,在剃得精光的囟门上,放上两排艾绒,同时烧起来,我看是总不免要叫痛的,这时善男信女,多数参加,实在不大雅观,也失了我做师弟的体面。这怎么好呢?每一想到,十分心焦,仿佛受戒的是我自己一样。然而我的师父究竟道力高深,他不说戒律,不谈教理,只在当天大清早,叫了我的三师兄去,厉声吩咐道:"拼命熬住,不许哭,不许叫,要不然,脑袋就炸开,死了!"这一种大喝,实在比什么《妙法莲花经》或《大乘起信论》还有力,谁高兴死呢,于是仪式很庄严的进行,虽然两眼比平时水汪汪,但到两排艾绒在头顶上烧完,的确一声也不出。我嘘一口气,真所谓"如释重负",

善男信女们也个个"合十赞叹,欢喜布施,顶礼而散"⑨了。

出家人受了大戒,从沙弥升为和尚,正和我们在家人行过冠礼⑩,由童子而为成人相同。成人愿意"有室",和尚自然也不能不想到女人。以为和尚只记得释迦牟尼或弥勒菩萨,乃是未曾拜和尚为师,或与和尚为友的世俗的谬见。寺里也有确在修行,没有女人,也不吃荤的和尚,例如我的大师兄即是其一,然而他们孤僻,冷酷,看不起人,好像总是郁郁不乐,他们的一把扇或一本书,你一动他就不高兴,令人不敢亲近他。所以我所熟识的,都是有女人,或声明想女人,吃荤,或声明想吃荤的和尚。

我那时并不诧异三师兄在想女人,而且知道他所理想的是怎样的女人。人也许以为他想的是尼姑罢,并不是的,和尚和尼姑"相好",加倍的不便当。他想的乃是千金小姐或少奶奶;而作这"相思"或"单相思"——即今之所谓"单恋"也——的媒介的是"结"。我们那里的阔人家,一有丧事,每七日总要做一些法事,有一个七日,是要举行"解结"的仪式的,因为死人在未死之前,总不免开罪于人,存着冤结,所以死后要替他解散。方法是在这天拜完经忏的傍晚,灵前陈列着几盘东西,是食物和花,而其中有一盘,是用麻线或白头绳,穿上十来文钱,两头相合而打成蝴蝶式,八结式之类的复杂的,颇不容易解开的结子。一群和尚便环坐桌旁,且唱且解,解开之后,钱归和尚,而死人的一切冤结也从此完全消失了。这道理似乎有些古怪,但谁都这样办,并不为奇,大约也是一种"惰性"。不过解结是并不如世俗人的所推测,个个解开的,倘有和尚以为打得精致,因而生爱,或者故意打得结实,很难解散,因而生恨的,便能暗暗的整个落到僧袍的大袖里去,一任死者留下冤结,到地狱里去吃苦。这种宝结带回寺里,便保存起来,也时时鉴赏,恰如我们的或亦不免偏爱看看女作家的作品一样。当鉴赏的时候,当然也不免想到作家,打结子的是谁呢,男人不会,奴婢不会,有这种本领的,不消说是小姐或少奶奶了。和尚没有文学界人物的清高,所以他就不免睹物思人,所谓"时涉遐想"起来,至于心理状态,则我虽曾拜和尚为师,但究竟是在家人,不大明白底细。只记得三师兄曾经不得已而分给我几个,有些实在打得精奇,有些则打好之后,浸过水,还用剪刀柄之类砸实,使和尚无法解散。解结,是替死人设法的,现在却和和尚为难,我真不知道小姐或少奶奶是什么意思。这疑问直到二十年后,学了一点医学,才明白原来是给和尚吃苦,颇有一点虐待异性的病态的。深闺的怨恨,会无线电似的报在佛寺的和尚身上,我看道学先生可还没有料到这一层。

后来,三师兄也有了老婆,出身是小姐,是尼姑,还是"小家碧玉"呢,我不明白,他也严守秘密,道行远不及他的父亲了。这时我也长大起来,不知道从那里,听到了和尚应守清规之类的古老话,还用这话来嘲笑他,本意

是在要他受窘。不料他竟一点不窘,立刻用"金刚怒目"⑪式,向我大喝一声道:

"和尚没有老婆,小菩萨那里来!?"

这真是所谓"狮吼"⑫,使我明白了真理,哑口无言,我的确早看见寺里有丈余的大佛,有数尺或数寸的小菩萨,却从未想到他们为什么有大小。经此一喝,我才彻底的省悟了和尚有老婆的必要,以及一切小菩萨的来源,不再发生疑问。但要找寻三师兄,从此却艰难了一点,因为这位出家人,这时就有了三个家了:一是寺院,二是他的父母的家,三是他自己和女人的家。

我的师父,在约略四十年前已经去世;师兄弟们大半做了一寺的住持;我们的交情是依然存在的,却久已彼此不通消息。但我想,他们一定早已各有一大批小菩萨,而且有些小菩萨又有小菩萨了。

四月一日。

---

①本篇最初发表于1936年4月《作家》月刊第一卷第一期。后收入《且介亭杂文附集》。

②宋代笔记小说《道山清话》(著者不详)中记有如下的故事:"一长老在欧阳公(修)座上,见公家小儿有名僧哥者,戏谓公曰:'公不重佛,安得此名?'公笑曰:'人家小儿要易长育,往往以贱名

为小名，如狗、羊、犬、马之类是也。'闻者莫不服公之捷对。"又据宋代王闢之著《渑水燕谈录》："公（欧阳修）幼子小名和尚。"

③毗卢帽：和尚所戴的一种绣有毗卢佛像的帽子。放焰口，旧俗于夏历七月十五日（中元节）晚上请和尚结盂兰盆会，诵经施食，称为"放焰口"。盂兰盆，梵语音译，"救倒悬"的意思；焰口，饿鬼名。

④"式相好矣，毋相尤矣"：语见《诗经·小雅·斯干》，意思是互相爱好而不相恶。式，发语辞。

⑤海青，江浙一带方言，指一种广袖的长袍。

⑥《不以成败论英雄》，刊于《宇宙风》第十三期（1936年3月）。铢堂，原作铢庵，本名瞿宣颖（1894—1973），字兑之，湖南长沙人，清季军机大臣、外务部尚书瞿鸿玑之子，精于掌故之学。

⑦"扬州十日"：指清顺治二年（1645）清军攻破扬州后进行的十天大屠杀。"嘉定三屠"，指同年清军占领嘉定后进行的三次大屠杀。

⑧大乘：相对于主张"自我解脱"的小乘教派而言，它主张"救度一切众生"，强调尽人皆可成佛。一切修行应以利他为主。

⑨"合十赞叹"等语，是佛经中常见的话。合十，即合掌，用以表示敬意；顶礼，以头、手、足五体匍匐在地的叩拜，是一种最尊敬的礼节。

⑩我国古代，男子二十岁时举行冠礼，表示已经成人。

⑪金刚是佛寺山门的守护神，左右各一，头戴宝冠，裸上身，作愤怒相。左金刚张口，高举金刚杵；右金刚闭口，平托金刚杵。关于金刚怒目的意义，见《太平广记》卷一七四引《谈薮·薛道衡》："金刚努（怒）目，所以降服四魔；菩萨低眉，所以慈悲六道。"

⑫"狮吼"：佛家语，意思是震动世界的声音。

论"他妈的!"①

无论是谁,只要在中国过活,便总得常听到"他妈的"或其相类的口头禅。我想:这话的分布,大概就跟着中国人足迹之所至罢;使用的遍数,怕也未必比客气的"您好呀"会更少。假使依或人所说,牡丹是中国的"国花",那么,这就可以算是中国的"国骂"了。

我生长于浙江之东,就是西滢先生之所谓"某籍"②。那地方通行的"国骂"却颇简单:专一以"妈"为限,决不牵涉余人。后来稍游各地,才始惊异于国骂之博大而精微:上溯祖宗,旁连姊妹,下递子孙,普及同性,真是"犹河汉而无极也"③。而且,不特用于人,也以施之兽。前年,曾见一辆煤车的只轮陷入很深的辙迹里,车夫便愤然跳下,出死力打那拉车的骡子道:"你姊姊的!你姊姊的!"

别的国度里怎样,我不知道。单知道诺威人 Hamsun④ 有一本小说叫《饥饿》,粗野的口吻是很多的,但我并不见这一类话。Gorky⑤ 所写的小说中多无赖汉,就我所看过的而言,也没有这骂法。惟独 Artzybashev⑥ 在《工人绥惠略夫》里,却使无抵抗主义者亚拉借夫骂了一句"你妈的"。

但其时他已经决计为爱而牺牲了，使我们也失却笑他自相矛盾的勇气。这骂的翻译，在中国原极容易的，别国却似乎为难，德文译本作"我使用过你的妈"，日文译本作"你的妈是我的母狗"。这实在太费解，——由我的眼光看起来。

那么，俄国也有这类骂法的了，但因为究竟没有中国似的精博，所以光荣还得归到这边来。好在这究竟又并非什么大光荣，所以他们大约未必抗议；也不如"赤化"之可怕，中国的阔人，名人，高人，也不至于骇死的。但是，虽在中国，说的也独有所谓"下等人"，例如"车夫"之类，至于有身分的上等人，例如"士大夫"之类，则决不出之于口，更何况笔之于书。"予生也晚"，赶不上周朝，未为大夫，也没有做士，本可以放笔直干的，然而终于改头换面，从"国骂"上削去一个动词和一个名词，又改对称为第三人称者，恐怕还因为到底未曾拉车，因而也就不免"有点贵族气味"之故。那用途，既然只限于一部分，似乎又有些不能算作"国骂"了；但也不然，阔人所赏识的牡丹，下等人又何尝以为"花之富贵者也"⑦？

这"他妈的"的由来以及始于何代，我也不明白。经史上所见骂人的话，无非是"役夫"，"奴"，"死公"⑧；较厉害的，有"老狗"，"貉子"⑨；更厉害，涉及先代的，也不外乎"而母婢也"，"赘阉遗丑"⑩罢了！还没见过什么"妈的"怎样，虽然也许是士大夫讳而不录。但《广弘明集》（七）记北魏邢子才"以为妇人不可保。谓元景曰，'卿何必姓王？'元景变色。子才曰，'我亦何必姓邢；能保五世耶？'"则颇有可以推见消息的地方。

晋朝已经是大重门第，重到过度了；华胄世业，子弟便易于得官；即使是一个酒囊饭袋，也还是不失为清品。北方疆土虽失于拓跋氏⑪，士人却更其发狂似的讲究阀阅，区别等第，守护极严。庶民中纵有俊才，也不能和大姓比并。至于大姓，实不过承祖宗余荫，以旧业骄人，空腹高心，当然使人不耐。但士流既然用祖宗做护符，被压迫的庶民自然也就将他们的祖宗当作仇敌。邢子才的话虽然说不定是否出于愤激，但对于躲在门第下的男女，却确是一个致命的重伤。势位声气，本来仅靠了"祖宗"这惟一的护符而存，"祖宗"倘一被毁，便什么都倒败了。这是倚赖"余荫"的必得的果报。

同一的意思，但没有邢子才的文才，而直出于"下等人"之口的，就是："他妈的！"

要攻击高门大族的坚固的旧堡垒，却去瞄准他的血统，在战略上，真可谓奇谲的了。最先发明这一句"他妈的"的人物，确要算一个天才，——然而是一个卑劣的天才。

唐以后，自夸族望的风气渐渐消除；到了金元，已奉夷狄为帝王，自不妨拜屠沽作卿士，"等"的上下本该从此有些难定了，但偏还有人想辛辛苦苦地爬进"上等"去。刘时中的曲子里说："堪笑这没见识街市匹夫，好打那好顽劣。江湖伴侣，旋将表德官名相体呼，声音多厮称，字样不寻俗。听我一个个细数：粜米的唤子良；卖肉的呼仲甫……开张卖饭的呼君宝；磨面登罗底叫德夫；何足云乎?!"（《乐府新编阳春白雪》三）这就是那时的暴发户的丑态。

"下等人"还未暴发之先，自然大抵有许多"他妈的"在嘴上，但一遇机会，偶窃一位，略识几字，便即文雅起来：雅号也有了；身分也高了；家谱也修了，还要寻一个始祖，不是名儒便是名臣。从此化为"上等人"，也如上等前辈一样，言行都很温文尔雅。然而愚民究竟也有聪明的，早已看穿了这鬼把戏，所以又有俗谚，说："口上仁义礼智，心里男盗女娼!"他们是很明白的。

于是他们反抗了，曰："他妈的!"

但人们不能蔑弃扫荡人我的余泽和旧荫，而硬要去做别人的祖宗，无论如何，总是卑劣的事。有时，也或加暴力于所谓"他妈的"的生命上，但大概是乘机，而不是造运会，所以无论如何，也还是卑劣的事。

中国人至今还有无数"等"，还是依赖门第，还是倚仗祖宗。倘不改造，即永远有无声的或有声的"国骂"。就是"他妈的"，围绕在上下和四旁，而且这还须在太平的时候。

但偶尔也有例外的用法：或表惊异，或表感服。我曾在家乡看见乡农父子一同午饭，儿子指一碗菜向他父亲说："这不坏，妈的你尝尝看!"那父亲回答道："我不要吃。妈的你吃去罢！"则简直已经醇化为现在时行的"我的亲爱的"的意思了。

一九二五年七月十九日。

---

①本篇最初发表于1925年7月27日《语丝》周刊第三十七期。后收入《坟》。

②陈西滢在《现代评论》第一卷第二十五期发表的《闲话》中攻击鲁迅等人说："以前我们常常听说女师大的风潮，有在北京教育界占最大势力的某籍某系的人在暗中鼓动，可是我们总不敢相信。……但是这篇宣言一出，免不了流言更加传布得利害了。"

③语见《庄子·逍遥游》："吾惊怖其言，犹河汉而无极也。"河汉，即银河。

④Hamsun，哈姆生（1859—1952），挪威小说家。代表作有《饥饿》《大地的成长》等，1920年获得诺贝尔文学奖。

⑤Gorky，高尔基。

⑥Artzybashev，阿尔志跋绥夫。

⑦周敦颐《爱莲说》："牡丹，花之富贵者也。"

⑧"役夫"，见《左传》文公元年，楚成王妹江芈骂成王子商臣（即楚穆王）的话："呼，役夫！宜君王之欲杀女而立职也。"晋代杜预注："役夫，贱者称。"职是指商臣的庶弟。"奴"，《南史·宋本纪》："帝（前废帝刘子业）自以为昔在东宫，不为孝武所爱，及即位，将掘景宁陵，太史言于帝不利而止；乃纵粪于陵，肆骂孝武帝为

齇奴。"齇，鼻上的红疱，俗称"酒糟鼻子"。"死公"，《后汉书·文苑列传》祢衡骂黄祖的话："死公！云等道？"唐代李贤注："死公，骂言也；等道，犹今言何勿语也。"

⑨ "老狗"，汉代班固《汉孝武故事》：栗姬"骂上（景帝）老狗，上心衔之，未发也"。衔，怀恨在心。"貉子"，南朝宋刘义庆《世说新语·惑溺》："孙秀降晋，晋武帝厚存宠之，妻以姨妹蒯氏，室家甚笃；妻尝妒，乃骂秀为貉子，秀大不平，遂不复入。"

⑩ "而母婢也"，《战国策·赵策》："周烈王崩，诸侯皆吊。齐后往，周怒，赴于齐曰：'天崩地坼，天子下席，东藩之臣田婴齐后至则斮之。'（齐）威王勃然怒曰：'叱嗟，而（尔）母婢也！'""赘阉遗丑"，陈琳《为袁绍檄豫州文》："操赘阉遗丑，本无懿德。"赘阉，指曹操的父亲曹嵩过继给宦官曹腾做儿子。

⑪ 拓跋氏，古代鲜卑族的一支。386年拓跋珪自立为魏王，后日益强大，占有黄河以北的土地；398年建都平城（今大同），称帝改元，史称北魏。

由中国女人的脚，推定中国人之非中庸，又由此推定孔夫子有胃病

（"学匪"派考古学之一）①

古之儒者不作兴谈女人，但有时总喜欢谈到女人。例如"缠足"罢，从明朝到清朝的带些考据气息的著作中，往往有一篇关于这事起源的迟早的文章。为什么要考究这样下等事呢，现在不说他也罢，总而言之，是可以分为两大派的，一派说起源早，一派说起源迟。说早的一派，看他的语气，是赞成缠足的，事情愈古愈好，所以他一定要考出连孟子的母亲，也是小脚妇人的证据来。说迟的一派却相反，他不大恭维缠足，据说，至早，亦不过起于宋朝的末年。

其实，宋末，也可以算得古的了。不过不缠之足，样子却还要古，学者应该"贵古而贱今"，斥缠足者，爱古也。但也有失怀了反对缠足的成见，假造证据的，例如前明才子杨升庵先生，他甚至于替汉朝人做《杂事秘辛》②，来证明那时的脚是"底平趾敛"。

于是又有人将这用作缠足起源之古的材料，说既然"趾敛"，可见是缠的了。但这是自甘于低能之谈，这里不

加评论。

照我的意见来说,则以上两大派的话,是都错,也都对的。现在是古董出现的多了,我们不但能看见汉唐的图画,也可以看到晋唐古坟里发掘出来的泥人儿。那些东西上所表现的女人的脚上,有圆头履,有方头履,可见是不缠足的。古人比今人聪明,她决不至于缠小脚而穿大鞋子,里面塞些棉花,使自己走得一步一拐。

但是,汉朝就确已有一种"利屣"③,头是尖尖的,平常大约未必穿罢,舞的时候,却非此不可。不但走着爽利,"潭腿"④似的踢开去之际,也不至于为裙子所碍,甚至于踢下裙子来。那时太太们固然也未始不舞,但舞的究以倡女为多,所以倡伎就大抵穿着"利屣",穿得久了,也免不了要"趾敛"的。然而伎女的装束,是闺秀们的大成至圣先师,这在现在还是如此,常穿利屣,即等于现在之穿高跟皮鞋,可以俨然居炎汉⑤"摩登女郎"之列,于是乎虽是名门淑女,脚尖也就不免尖了起来。先是倡伎尖,后是摩登女郎尖,再后是大家闺秀尖,最后才是"小家碧玉"⑥一齐尖。待到这些"碧玉"们成了祖母时,就入于利屣制度统一脚坛的时代了。

当民国初年,"不佞"观光北京的时候,听人说,北京女人看男人是否漂亮(自按:盖即今之所谓"摩登"也)的时候,是从脚起,上看到头的。所以男人的鞋袜,也得留心,脚样更不消说,当然要弄得齐齐整整,这就是天下之所以有"包脚布"的原因。仓颉造字,我们是知道的,谁造这布的呢,却还没有研究出。但至少是"古已有之",唐朝张鷟作的《朝野佥载》罢,他说武后朝有一位某男士,将脚裹得窄窄的,人们见了都发笑。可见盛唐之世,就已有了这一种玩意儿,不过还不是很极端,或者还没有很普及。然而好像终于普及了。由宋至清,绵绵不绝,民元革命以后,革了与否,我不知道,因为我是专攻考"古"学的。

然而奇怪得很,不知道怎的(自按:此处似略失学者态度),女士们之对于脚,尖还不够,并且勒令它"小"起来了,最高模范,还竟至于以三寸为度。这么一来,可以不必兼买利屣和方头履两种,从经济的观点来看,是不算坏的,可是从卫生的观点来看,却未免有些"过火",换一句话,就是"走了极端"了。

我中华民族虽然常常的自命为爱"中庸",行"中庸"的人民,其实是颇不免于过激的。譬如对于敌人罢,有时是压服不够,还要"除恶务尽",杀掉不够,还要"食肉寝皮"。但有时候,却又谦虚到"侵略者要进来,让他们进来。也许他们会杀了十万中国人。不要紧,中国人有的是,我们再有人上去"。这真教人会猜不出是真痴还是假呆。而女人的脚尤其是一个铁证,不小则已,小则必求其三寸,宁可走不成路,摆摆摇摇。慨自辫子肃清以后,缠足本已一同解放的了,老新党的母亲们,鉴于自己在皮鞋里塞棉花之麻烦,一时也确给她的女儿留了天足。然而我们中华民族是究竟有些"极端"的，不多久，老病复发，有些女士们已在别想花样，用一枝细黑柱子将脚跟支起，叫它离开地球。她到底非要她的脚变把戏不可。由过去以测将来，则四朝（假如仍旧有朝代的话）之后，全国女人的脚趾都和小腿成一直线，是可以有八九成把握的。

然则圣人为什么大呼"中庸"呢？曰：这正因为大家并不中庸的缘故。人必有所缺，这才想起他所需。穷教员养不活老婆了，于是觉到女子自食其力说之合理，并且附带地向男女平权论点头；富翁胖到要发哮喘病了，才去打高而富球，从此主张运动的紧要。我们平时，是决不记得自己有一个头，或一个肚子，应该加以优待的，然而一旦头痛肚泻，这才记起了他们，并且大有休息要紧，饮食小心的议论。倘有谁听了这些议论之后，便贸贸然决定这议论者为卫生家，可就失之十丈，差以亿里了。

倒相反，他是不卫生家，议论卫生，正是他向来的不卫生的结果的表现。孔子曰，"不得中行而与之，必也狂狷乎，狂者进取，狷者有所不为也！"以孔子交游之广，事实上没法子只好寻狂狷相与，这便是他在理想上之所以哼着"中庸，中庸"的原因。

以上的推定假使没有错，那么，我们就可以进而推定孔子晚年，是生了胃病的了。"割不正不食"，这是他老先生的古板规矩，但"食不厌精，脍不厌细"的条令却有些稀奇。他并非百万富翁或能收许多版税的文学家，想不至于这么奢侈的,除了只为卫生,意在容易消化之外,别无解法。况且"不撤姜食",又简直是省不掉暖胃药了。何必如此独厚于胃,念念不忘呢?曰,以其有胃病之故也。

倘说:坐在家里,不大走动的人们很容易生胃病,孔子周游列国,运动王公,该可以不生病证的了。那就是犯了知今而不知古的错误。盖当时花旗白面⑦,尚未输入,土磨麦粉,多含灰沙,所以分量较今面为重;国道尚未修成,泥路甚多凹凸,孔子如果肯走,那是不大要紧的,而不幸他偏有一车两马。胃里袋着沉重的面食,坐在车子里走着七高八低的道路,一颠一顿,一掀一坠,胃就被坠得大起来,消化力随之减少,时时作痛;每餐非吃"生姜"不可了。所以那病的名目,该是"胃扩张";那时候,则是"晚年",约在周敬王十年以后。

以上的推定,虽然简略,却都是"读书得间"的成功。但若急于近功,妄加猜测,即很容易陷于"多疑"的谬误。例如罢,二月十四日《申报》载南京专电云:"中执委会令各级党部及人民团体制'忠孝仁爱信义和平'⑧匾额,悬挂礼堂中央,以资启迪。"看了之后,切不可便推定为各要人讥大家为"忘八"⑨;三月一日《大晚报》载新闻云:"孙总理夫人宋庆龄女士自归国寓沪后,关于政治方面,不闻不问,惟对社会团体之组织非常热心。据本报记者所得报告,前日有人由邮政局致宋女士之索诈信□(自按:原缺)件,业经本市当局派驻邮局检查处检查员查获,当将索诈信截留，转辗呈报市府。"看了之后，也切不可便推定虽为总理夫人宋女士的信件，也常在邮局被当局派员所检查。

盖虽"学匪派考古学"，亦当不离于"学"，而以"考古"为限的。

三月四日夜。

---

① 本篇最初发表于1933年3月16日《论语》第十三期，署名何干。后收入《南腔北调集》。

② 《杂事秘辛》，笔记小说，伪托为东汉佚书，实为明代杨慎（号升庵）作。杨慎主张缠足后汉已自有之。

③ "利屣"，一种舞鞋。

④ "潭腿"，拳术的一种，相传由清代山东龙潭寺的和尚创立。

⑤ 炎汉，即汉代。过去阴阳家用金木水火土五行相生相克的循环变化来说明王朝更替；他们认为汉朝属火，故称"炎汉"。

⑥ 南朝乐府《碧玉歌》："碧玉小家女，不敢攀贵德。"碧玉，人名，旧时常以"小家碧玉"称小康人家的少女。

⑦ 花旗白面，由美国进口的面粉。

⑧ "忠孝仁爱信义和平"，当时戴季陶等宣扬的所谓"八德"。国民党当局曾强令机关团体将它制匾悬挂于礼堂，国民党教育部又于1933年2月20日宣布以此为"小学公民训练标准"。

⑨ "忘八"，指忘记了概括封建道德要义的"孝、悌、忠、信、礼、义、廉、耻"八个字的最后一个"耻"字，即"无耻"的意思。

说"面子"①

"面子",是我们在谈话里常常听到的,因为好像一听就懂,所以细想的人大约不很多。

但近来从外国人的嘴里,有时也听到这两个音,他们似乎在研究。他们以为这一件事情,很不容易懂,然而是中国精神的纲领,只要抓住这个,就像二十四年前的拔住了辫子一样,全身都跟着走动了。相传前清时候,洋人到总理衙门去要求利益,一通威吓,吓得大官们满口答应,但临走时,却被从边门送出去。不给他走正门,就是他没有面子;他既然没有面子,自然就是中国有了面子,也就是占了上风了。这是不是事实,我断不定,但这故事,"中外人士"中是颇有些人知道的。

因此,我颇疑心他们想专将"面子"给我们。

但"面子"究竟是怎么一回事呢?不想还好,一想可就觉得胡涂。它像是很有好几种的,每一种身份,就有一种"面子",也就是所谓"脸"。这"脸"有一条界线,如果落到这线的下面去了,即失了面子,也叫作"丢脸"。不怕"丢脸",便是"不要脸"。但倘使做了超出这线以上的事,就"有面子",或曰"露脸"。而"丢脸"之道,则因人而不同,例如车夫坐在路边赤膊捉虱子,并不算什么,富家姑爷坐在路边赤膊捉虱子,才成为"丢脸"。但车夫也并非没有"脸",不过这时不算"丢",要给老婆踢了一脚,就躺倒哭起来,这才成为他的"丢脸"。这一条"丢脸"律,是也适用于上等人的。这样看来,"丢脸"的机会,似乎上等人比较的多,但也不一定,例如车夫偷一个钱袋,被人发现,是失了面子的,而上等人大捞一批金珠珍玩,却仿佛也不见得怎样"丢脸",况且还有"出洋考察"②,是改头换面的良方。

谁都要"面子",当然也可以说是好事情,但"面子"这东西,却实在有些怪。九月三十日的《申报》就告诉我们一条新闻:沪西有业木匠大包作头之罗立鸿,为其母出殡,邀开"贳器店之王树宝夫妇帮忙,因来宾众多,所备白衣,不敷分配,其时适有名王道才,绰号三喜子,亦到来送殡,争穿白衣不遂,以为有失体面,心中怀恨,……邀集徒党数十人,各执铁棍,据说尚有持手枪者多人,将王树宝家人乱打。一时双方有剧烈之战争,头破血流,多人受有重伤。……"白衣是亲族有服者所穿的,现在必须"争穿"而又"不遂",足见并非亲族,但竟以为"有失体面",演成这样的大战了。这时候,好像要和普通有些不同便是"有面子",而自己成了什么,却可以完全不管。这类脾气,是"绅商"也不免发露的;袁世凯将要称帝的时候,有人以列名于劝进表中为"有面子";有一国从青岛撤兵③的时候,有人以列名于万民伞上为"有面子"。

所以,要"面子"也可以说并不一定是好事情——但我并非说,人应该"不要脸"。现在说话难,如果主张"非孝",就有人会说你在煽动打父母,主张男女平等,就有人会说你在提倡乱交——这声明是万不可少的。

况且,"要面子"和"不要脸"实在也可以有很难分辨的时候。不是有一个笑话么?一个绅士有钱有势,我假定他叫四大人罢,人们都以能够和他扳谈为荣。有一个专爱夸耀的小瘪三,一天高兴的告诉别人道:"四大人和我讲过话了!"人问他"说什么呢?"答道:"我站在他门口,四大人出来了,对我说:滚开去!"当然,这是笑话,是形容这人的"不要脸",但在他本人,是以为"有面了"的,如此的人一多,也就真成为"有面子"了。别的许多人,不是四大人连"滚开去"也不对他说么?

在上海,"吃外国火腿"④虽然还不是"有面子",却也不算怎么"丢脸"了,然而比起被一个本国的下等人所踢来,又仿佛近于"有面子"。

中国人要"面子",是好的,可惜的是这"面子"是"圆机活法"⑤,善于变化,于是就和"不要脸"混起来了。长谷川如是闲说"盗泉"⑥云:"古之君子,恶其名而不饮,今之君子,改其名而饮之。"也说穿了"今之君子"的"面子"的秘密。

十月四日。

---

①本篇最初发表于1934年10月上海《漫画生活》月刊第二期。后收入《且介亭杂文》。

②"出洋考察"：旧时的军阀、政客在失势或失意时，常以"出洋考察"作为暂时隐退、伺机再起的手段。其中也有并不真正"出洋"，只用这句话来保全面子的。

③有一国从青岛撤兵，指1922年12月日本撤走侵占青岛的军队。

④"吃外国火腿"，旧时上海俗语，意指被外国人所踢。

⑤"圆机活法"，指随机应变的方法。"圆机"，语见《庄子·盗跖》："若是若非，执而圆机。"据唐代成玄英注："圆机，犹环中也；执环中之道，以应是非。"

⑥长谷川如是闲（1875—1969），日本评论家。不饮盗泉，原是中国的故事，见《尸子》（清代章宗源辑本）卷下："孔子……过于盗泉，渴矣而不饮，恶其名也。"据《水经注》：盗泉出卞城（今山东泗水县东）东北卞山之阴。

略论中国人的脸①

大约人们一遇到不大看惯的东西,总不免以为他古怪。我还记得初看见西洋人的时候,就觉得他脸太白,头发太黄,眼珠太淡,鼻梁太高。虽然不能明明白白地说出理由来,但总而言之:相貌不应该如此。至于对于中国人的脸,是毫无异议;即使有好丑之别,然而都不错的。

我们的古人,倒似乎并不放松自己中国人的相貌。周的孟轲就用眸子来判胸中的正不正②,汉朝还有《相人》③二十四卷。后来闹这玩艺儿的尤其多;分起来,可以说有两派罢:一是从脸上看出他的智愚贤不肖;一是从脸上看出他过去,现在和将来的荣枯。于是天下纷纷,从此多事,许多人就都战战兢兢地研究自己的脸。我想,镜子的发明,恐怕这些人和小姐们是大有功劳的。不过近来前一派已经不大有人讲究,在北京上海这些地方捣鬼的都只是后一派了。

我一向只留心西洋人。留心的结果,又觉得他们的皮肤未免太粗;毫毛有白色的,也不好。皮上常有红点,即因为颜色太白之故,倒不如我们之黄。尤其不好的是红鼻子，有时简直像是将要熔化的蜡烛油，仿佛就要滴下来，使人看得栗栗危惧，也不及黄色人种的较为隐晦，也见得较为安全。总而言之：相貌还是不应该如此的。

后来，我看见西洋人所画的中国人，才知道他们对于我们的相貌也很不敬。那似乎是《天方夜谈》或者《安兑生童话》④中的插画，现在不很记得清楚了。头上戴着拖花翎的红缨帽，一条辫子在空中飞扬，朝靴的粉底非常之厚。但这些都是满洲人连累我们的。独有两眼歪斜，张嘴露齿，却是我们自己本来的相貌。不过我那时想，其实并不尽然，外国人特地要奚落我们，所以格外形容得过度了。

但此后对于中国一部分人们的相貌，我也逐渐感到一种不满，就是他们每看见不常见的事件或华丽的女人，听到有些醉心的说话的时候，下巴总要慢慢挂下，将嘴张了开来。这实在不大雅观；仿佛精神上缺少着一样什么机件。据研究人体的学者们说，一头附着在上颚骨上，那一头附着在下颚骨上的"咬筋"，力量是非常之大的。我们幼小时候想吃核桃，必须放在门缝里将它的壳夹碎。但在成人，只要牙齿好，那咬筋一收缩，便能咬碎一个核桃。有着这么大的力量的筋，有时竟不能收住一个并不沉重的自己的下巴，虽然正在看得出神的时候，倒也情有可原，但我总以为究竟不是十分体面的事。

日本的长谷川如是闲是善于做讽刺文字的。去年我见过他的一本随笔集，叫作《猫・狗・人》；其中有一篇就说到中国人的脸。大意是初见中国人,即令人感到较之日本人或西洋人,脸上总欠缺着一点什么。久而久之,看惯了,便觉得这样已经尽够,并不缺少东西;倒是看得西洋人之流的脸上,多余着一点什么。这多余着的东西,他就给它一个不大高妙的名目:兽性。中国人的脸上没有这个,是人,则加上多余的东西,即成了下列的算式:

人 + 兽性 = 西洋人

他借了称赞中国人,贬斥西洋人,来讥刺日本人的目的,这样就达到了,自然不必再说这兽性的不见于中国人的脸上,是本来没有的呢,还是现在已经消除。如果是后来消除的,那么,是渐渐净尽而只剩了人性的呢,还是不过渐渐成了驯顺。野牛成为家牛,野猪成为猪,狼成为狗,野性是消失了,但只足使牧人喜欢,于本身并无好处。人不过是人,不再夹杂着别的东西,当然再好没有了。倘不得已,我以为还不如带些兽性,如果合于下列的算式倒是不很有趣的:

人 + 家畜性 = 某一种人

中国人的脸上真可有兽性的记号的疑案,暂且中止讨论罢。我只要说近来却在中国人所理想的古今人的脸上,看见了两种多余。一到广州,我觉得比我所从来的厦门丰富得多的,是电影,而且大半是"国片",有古装的,有时装的。因为电影是"艺术",所以电影艺术家便将这两种多余加上去了。

古装的电影也可以说是好看,那好看不下于看戏;至少,决不至于有大锣大鼓将人的耳朵震聋。在"银幕"上,则有身穿不知何时何代的衣服的人物,缓慢地动作;脸正如古人一般死,因为要显得活,便只好加上些旧式戏子的昏庸。

时装人物的脸,只要见过清朝光绪年间上海的吴友如的《画报》的,便会觉得神态非常相像。《画报》所画的大抵不是流氓拆梢⑤,便是妓女吃醋,所以脸相都狡猾。这精神似乎至今不变,国产影片中的人物,虽是作者以为善人杰士者,眉宇间也总带些上海洋场式的狡猾。可见不如此,是连善人杰士也做不成的。

听说,国产影片之所以多,是因为华侨欢迎,能够获利,每一新片到,老的便带了孩子去指点给他们看道:"看哪,我们的祖国的人们是这样的。"在广州似乎也受欢迎,日夜四场,我常见看客坐得满满。

广州现在也如上海一样,正在这样地修养他们的趣味。可惜电影一开演,电灯一定熄灭,我不能看见人们的下巴。

四月六日。

①本篇最初发表于1927年11月25日北京《莽原》半月刊第二卷第二十一、二十二期合刊。后收入《而已集》。

②《孟子·离娄》有如下的话："孟子曰：存乎人者，莫良于眸子，眸子不能掩其恶。胸中正，则眸子瞭焉；胸中不正，则眸子眊焉。听其言也，观其眸子，人焉廋哉。"

③《相人》，谈相术的书，见《汉书·艺文志》的《数术》类，著者不详。

④《天方夜谈》，原名《一千零一夜》，古代阿拉伯民间故事集。安兑生（H. C. Andersen，1805—1875），通译作安徒生，丹麦作家。这里所说的插画，见于当时美国霍顿·密夫林公司出版的安徒生《童话集》中的《夜莺》篇。

⑤拆梢，上海一带方言，指流氓制造事端诈取财物的行为。

说胡须①

今年夏天游了一回长安②,一个多月之后,胡里胡涂的回来了。知道的朋友便问我:"你以为那边怎样?"我这才栗然地回想长安,记得看见很多的白杨,很大的石榴树,道中喝了不少的黄河水。然而这些又有什么可谈呢?我于是说:"没有什么怎样。"他于是废然而去了,我仍旧废然而住,自愧无以对"不耻下问"的朋友们。

今天喝茶之后,便看书,书上沾了一点水,我知道上唇的胡须又长起来了。假如翻一翻《康熙字典》,上唇的,下唇的,颊旁的,下巴上的各种胡须,大约都有特别的名号谥法的罢,③然而我没有这样闲情别致。总之是这胡子又长起来了,我又要照例的剪短他,先免得沾汤带水。于是寻出镜子,剪刀,动手就剪,其目的是在使他和上唇的上缘平齐,成一个隶书的一字。

我一面剪,一面却忽而记起长安,记起我的青年时代,发出连绵不断的感慨来。长安的事,已经不很记得清楚了,大约确乎是游历孔庙的时候,其中有一间房子,挂着许多印画,有李二曲像,有历代帝王像,其中有一张是宋太祖或是什么宗,我也记不清楚了,总之是穿一件长袍,而胡子向上翘起的。于是一位名士④就毅然决然地说:"这都是日本人假造的,你看这胡子就是日本式的胡子。"

诚然,他们的胡子确乎如此翘上,他们也未必不假造宋太祖或什么宗的画像,但假造中国皇帝的肖像而必须对了镜子,以自己的胡子为法式,则其手段和思想之离奇,真可谓"出乎意表之外"⑤了。清乾隆中,黄易掘出汉武梁祠石刻画像来,男子的胡须多翘上;我们现在所见北魏至唐的佛教造像中的信士像⑥,凡有胡子的也多翘上,直到元明的画像,则胡子大抵受了地心的吸力作用,向下面拖下去了。日本人何其不惮烦,孳孳汲汲地造了这许多从汉到唐的假古董,来埋在中国的齐鲁燕晋秦陇巴蜀的深山邃谷废墟荒地里?

我以为拖下的胡子倒是蒙古式,是蒙古人带来的,然而我们的聪明的名士却当作国粹了。留学日本的学生因为恨日本,便神往于大元⑦,说道"那时倘非天幸,这岛国早被我们灭掉了!"则认拖下的胡子为国粹亦无不可。然而又何以是黄帝的子孙?又何以说台湾人在福建打中国人⑧是奴隶根性?

我当时就想争辩,但我即刻又不想争辩了。留学德国的爱国者X君,——因为我忘记了他的名字,姑且以X代之,——不是说我的毁谤中国,是因为娶了日本女人,所以替他们宣传本国的坏处?我先前不过单举几样中国的缺点，尚且要带累"贱内"改了国籍，何况现在是有关日本的问题？好在即使宋太祖或什么宗的胡子蒙些不白之冤，也不至于就有洪水，就有地震，有什么大相干。我于是连连点头，说道："嗡，嗡，对啦。"因为我实在比先前似乎油滑得多了，——好了。

我剪下自己的胡子的左尖端毕，想，陕西人费心劳力，备饭化钱，用汽车①载，用船装，用骡车拉，用自动车装，请到长安去讲演，大约万料不到我是一个虽对于决无杀身之祸的小事情，也不肯直抒自己的意见，只会"嗡，嗡，对啦"的罢。他们简直是受了骗了。

我再向着镜中的自己的脸，看定右嘴角，剪下胡子的右尖端，撒在地上，想起我的青年时代来——

那已经是老话，约有十六七年了罢。

我就从日本回到故乡来，嘴上就留着宋太祖或什么宗似的向上翘起的胡子，坐在小船里，和船夫谈天。

"先生，你的中国话说得真好。"后来，他说。

"我是中国人，而且和你是同乡，怎么会……"

"哈哈哈，你这位先生还会说笑话。"

记得我那时的没奈何，确乎比看见 X 君的通信要超过十倍。我那时随身并没有带着家谱，确乎不能证明我是中国人。即使带着家谱，而上面只有一个名字，并无画像，也不能证明这名字就是我。即使有画像，日本人会假造从汉到唐的石刻，宋太祖或什么宗的画像，难道偏不会假造一部木版的家谱么？

凡对于以真话为笑话的，以笑话为真话的，以笑话为笑话的，只有一个方法：就是不说话。

于是我从此不说话。

然而，倘使在现在，我大约还要说："嗡，嗡，……今天天气多么好呀？……那边的村子叫什么名字？……"因为我实在比先前似乎油滑得多了，——好了。

现在我想，船夫的改变我的国籍，大概和 X 君的高见不同。其原因只在于胡子罢，因为我从此常常为胡子受苦。

国度会亡，国粹家是不会少的，而只要国粹家不少，这国度就不算亡。国粹家者，保存国粹者也；而国粹者，我的胡子是也。这虽然不知道是什么"逻辑"法，但当时的实情确是如此的。

"你怎么学日本人的样子，身体既矮小，胡了又这样，……"一位国粹家兼爱国者发过一篇崇论宏议之后，就达到这一个结论。

可惜我那时还是一个不识世故的少年，所以就愤愤地争辩。第一，我的身体是本来只有这样高，并非故意设法用什么洋鬼子的机器压缩，使他变成矮小，希图冒充。第二，我的胡子，诚然和许多日本人的相同，然而我虽然没有研究过他们的胡须样式变迁史，但曾经见过几幅古人的画像，都不向上，只是向外，向下，和我们的国粹差不多。维新以后，可是翘起来了，那大约是学了德国式。你看威廉皇帝的胡须,不是上指眼梢,和鼻梁正作平行么?虽然他后来因为吸烟烧了一边,只好将两边都剪平了。但在日本明治维新的时候,他这一边还没有失火……。

这一场辩解大约要两分钟,可是总不能解国粹家之怒,因为德国也是洋鬼子,而况我的身体又矮小乎。而况国粹家很不少,意见又很统一,因此我的辩解也就很频繁,然而总无效,一回,两回,以至十回,十几回,连我自己也觉得无聊而且麻烦起来了。罢了,况且修饰胡须用的胶油在中国也难得,我便从此听其自然了。

听其自然之后,胡子的两端就显出毗心现象⑩来,于是也就和地面成为九十度的直角。国粹家果然也不再说话,或者中国已经得救了罢。

然而接着就招了改革家的反感,这也是应该的。我于是又分疏,一回,两回,以至许多回,连我自己也觉得无聊而且麻烦起来了。

大约在四五年或七八年前罢,我独坐在会馆里,窃悲我的胡须的不幸的境遇,研究他所以得谤的原因,忽而恍然大悟,知道那祸根全在两边的尖端上。于是取出镜子,剪刀,即刻剪成一平,使他既不上翘,也难拖下,如一个隶书的一字。

"阿,你的胡子这样了?"当初也曾有人这样问。

"唔唔,我的胡子这样了。"

他可是没有话。我不知道是否因为寻不着两个尖端,所以失了立论的根据，还是我的胡子"这样"之后，就不负中国存亡的责任了。总之我从此太平无事的一直到现在，所麻烦者，必须时常剪剪而已。

一九二四年十月三十日。

---

①本篇最初发表于1924年12月15日《语丝》周刊第五期。后收入《坟》。

②长安，即西安。1924年7月7日，作者应西北大学的邀请，离京前往西安，为该校与陕西省教育厅合办的暑期学校讲《中国小说的历史的变迁》，8月12日返回北京。

③《康熙字典》中各种胡须的名称是：上唇的叫"髭"，下唇的叫"须"，颊旁的叫"髯"，下巴的叫"胡"。《康熙字典》，清代康熙年间张玉书等奉诏编纂的一部字典，于康熙五十五年（1716）刊行。共四十二卷，收四万七千零三十五字。

④讽指王小隐（1895—1947），名迺潼，字梓生，山东人，晚清翰林王景禧之子，号称"才子""名士"，1924年以《京报》记者身份去西安讲学，与鲁迅同行。

⑤"出乎意表之外"，这是林琴南文章中不通的语句。当时林琴南等人攻击新文学作者所以提倡白话文，是因为自己不懂古文的缘故；因而主张白话文的人常引用他那些不甚合乎逻辑的古文句子，加以嘲讽。

⑥信士像：自三国时起，一些信仰佛教的人常捐资在寺庙和崖壁

间塑造或雕刻佛像；有时也在其间附带塑刻出资者自身的像，叫做信士像。

⑦元至元十七年（1280），元世祖忽必烈命范文虎等率军十余万人攻打日本。次年七月，攻入日本平户岛。据《新元史·日本传》所记，当时日本形势很紧张："日本战船小，不能敌前后来攻者，皆败退，国中人心汹汹，市无粜米。日本主亲至八幡祠祈祷，又宣命于六神宫，乞以身代国难。……八月甲于朔，飓风大作，（元军）战舰皆破坏覆没。"

⑧1919年五四运动后，福建也开始抵制日货，日本便以保护侨民为借口，于11月15日派出日本浪人和便衣警察殴打表演爱国新剧的学生，酿成"福州惨案"。当时中国台湾为日本控制，所以有台湾人参与其中。

⑨这里的"汽车"，即火车；下文的"自动车"，即汽车。都是日语名称。

⑩毗心，趋向中心；毗心现象，是说上唇两边的须尖向下拖垂。

世故三昧①

人世间真是难处的地方,说一个人"不通世故",固然不是好话,但说他"深于世故"也不是好话。"世故"似乎也像"革命之不可不革,而亦不可太革"一样,不可不通,而亦不可太通的。

然而据我的经验,得到"深于世故"的恶谥者,却还是因为"不通世故"的缘故。

现在我假设以这样的话,来劝导青年人——

如果你遇见社会上有不平事,万不可挺身而出,讲公道话,否则,事情倒会移到你头上来,甚至于会被指作反动分子的。如果你遇见有人被冤枉,被诬陷的,即使明知道他是好人,也万不可挺身而出,去给他解释或分辩,否则,你就会被人说是他的亲戚,或得了他的贿赂;倘使那是女人,就要被疑为她的情人的;如果他较有名,那便是党羽。例如我自己罢,给一个毫不相干的女士做了一篇信札集的序②,人们就说她是我的小姨;绍介一点科学的文艺理论,人们就说得了苏联的卢布。亲戚和金钱,在目下的中国,关系也真是大,事实给与了教训,人们看惯了,以为人人都脱不了这关系,原也无足深怪的。

然而,有些人其实也并不真相信,只是说着玩玩,有趣有趣的。即使有人为了谣言,弄得凌迟碎剐,像明末的郑鄤[3]那样了,和自己也并不相干,总不如有趣的紧要。这时你如果去辨正,那就是使大家扫兴,结果还是你自己倒楣。我也有一个经验,那是十多年前,我在教育部里做"官僚",常听得同事说,某女学校的学生,是可以叫出来嫖的,连机关的地址门牌,也说得明明白白。有一回我偶然走过这条街,一个人对于坏事情,是记性好一点的,我记起来了,便留心着那门牌,但这一号,却是一块小空地,有一口大井,一间很破烂的小屋,是几个山东人住着卖水的地方,决计做不了别用。待到他们又在谈着这事的时候,我便说出我的所见来,而不料大家竟笑容尽敛,不欢而散了,此后不和我谈天者两三月。我事后才悟到打断了他们的兴致,是不应该的。

所以,你最好是莫问是非曲直,一味附和着大家;但更好是不开口;而在更好之上的是连脸上也不显出心里的是非的模样来……

这是处世法的精义,只要黄河不流到脚下,炸弹不落在身边，可以保管一世没有挫折的。但我恐怕青年人未必以我的话为然；便是中年，老年人，也许要以为我是在教坏了他们的子弟。呜呼，那么，一片苦心，竟是白费了。

然而倘说中国现在正如唐虞盛世，却又未免是"世故"之谈。耳闻目睹的不算，单是看看报章，也就可以知道社会上有多少不平，人们有多少冤抑。但对于这些事，除了有时或有同业，同乡，同族的人们来说几句呼吁的话之外，利害无关的人的义愤的声音，我们是很少听到的。这很分明，是大家不开口；或者以为和自己不相干；或者连"以为和自己不相干"的意思也全没有。"世故"深到不自觉其"深于世故"，这才真是"深于世故"的了。这是中国处世法的精义中的精义。

而且，对于看了我的劝导青年人的话，心以为非的人物，我还有一下反攻在这里。他是以我为狡猾的。但是，我的话里，一面固然显示着我的狡猾，而且无能，但一面也显示着社会的黑暗。他单责个人，正是最稳妥的办法，倘使兼责社会，可就得站出去战斗了。责人的"深于世故"而避开了"世"不谈，这是更"深于世故"的玩艺，倘若自己不觉得，那就更深更深了，离三昧④境盖不远矣。

不过凡事一说，即落言筌⑤，不再能得三昧。说"世故三昧"者，即非"世故三昧"。三昧真谛，在行而不言；我现在一说"行而不言"，却又失了真谛，离三昧境盖益远矣。

一切善知识⑥,心知其意可也,唵⑦!

十月十三日。

---

①本篇最初发表于1933年11月15日《申报月刊》第二卷第十一号,署名洛文。后收入《南腔北调集》。

②毫不相干的女士,指金淑姿。1932年程鼎兴为亡妻金淑姿刊行遗信集,托人请鲁迅写序。鲁迅所作的序,后编入《集外集》,题为《〈淑姿的信〉序》。

③郑鄤,号峚阳,江苏武进(今常州市)人,明代天启年间进士。崇祯时温体仁诬告他不孝杖母,被凌迟处死。

④三昧,佛家语,佛家修身方法之一,也泛指事物的诀要或精义。

⑤言筌,言语的迹象。《庄子·外物》:"荃(筌)者所以在鱼,得鱼而忘荃;言者所以在意,得意而忘言。"

⑥善知识,佛家语,据《法华文句》解释:"闻名为知,见形为识,是人益我菩提(觉悟)之道,名善知识。"

⑦唵,梵文 om 的音译,佛经咒语的发声词。

捣鬼心传①

中国人又很有些喜欢奇形怪状，鬼鬼祟祟的脾气，爱看古树发光比大麦开花的多，其实大麦开花他向来也没有看见过。于是怪胎畸形，就成为报章的好资料，替代了生物学的常识的位置了。最近在广告上所见的，有像所谓两头蛇似的两头四手的胎儿，还有从小肚上生出一只脚来的三脚汉子。固然，人有怪胎，也有畸形，然而造化的本领是有限的，他无论怎么怪，怎么畸，总有一个限制：孪儿可以连背，连腹，连臀，连胁，或竟骈头，却不会将头生在屁股上；形可以骈拇，枝指，缺肢，多乳，却不会两脚之外添出一只脚来，好像"买两送一"的买卖。天实在不及人之能捣鬼。

但是，人的捣鬼，虽胜于天，而实际上本领也有限。因为捣鬼精义，在切忌发挥，亦即必须含蓄。盖一加发挥，能使所捣之鬼分明，同时也生限制，故不如含蓄之深远，而影响却又因而模胡了。"有一利必有一弊"，我之所谓"有限"者以此。

清朝人的笔记里，常说罗两峰的《鬼趣图》②，真写得鬼气拂拂；后来那图由文明书局印出来了，却不过一个奇瘦，一个矮胖，一个臃肿的模样，并不见得怎样的出奇，还不如只看笔记有趣。小说上的描摹鬼相，虽然竭力，也都不足以惊人，我觉得最可怕的还是晋人所记的脸无五官，浑沦如鸡蛋的山中厉鬼③。因为五官不过是五官，纵使苦心经营，要它凶恶，总也逃不出五官的范围，现在使它浑沦得莫名其妙，读者也就怕得莫名其妙了。然而其"弊"也，是印象的模胡。不过较之写些"青面獠牙"，"口鼻流血"的笨伯，自然聪明得远。

中华民国人的宣布罪状大抵是十条，然而结果大抵是无效。古来尽多坏人，十条不过如此，想引人的注意以至活动是决不会的。骆宾王作讨武曌檄，那"入宫见嫉，蛾眉不肯让人，掩袖工谗，狐媚偏能惑主"这几句，恐怕是很费点心机的了，但相传武后看到这里，不过微微一笑。④是的，如此而已，又怎么样呢？声罪致讨的明文，那力量往往远不如交头接耳的密语，因为一是分明，一是莫测的。我想假使当时骆宾王站在大众之前，只是攒眉摇头，连称"坏极坏极"，却不说出其所谓坏的实例，恐怕那效力会在文章之上的罢。"狂飙文豪"高长虹攻击我时，说道劣迹多端，倘一发表，便即身败名裂，⑤而终于并不发表，是深得捣鬼正脉的；但也竟无大效者，则与广泛俱来的"模胡"之弊为之也。

明白了这两例，便知道治国平天下之法，在告诉大家以有法，而不可明白切实的说出何法来。因为一说出，即有言，一有言，便可与行相对照，所以不如示之以不测。不测的威棱使人萎伤，不测的妙法使人希望——饥荒时生病，打仗时做诗，虽若与治国平天下不相干，但在莫明其妙中，却能令人疑为跟着自有治国平天下的妙法在——然而其"弊"也，却还是照例的也能在模胡中疑心到所谓妙法，其实不过是毫无方法而已。

搞鬼有术，也有效，然而有限，所以以此成大事者，古来无有。

十一月二十二日。

①本篇最初发表于1934年1月15日《申报月刊》第三卷第一号，署名罗怃。后收入《南腔北调集》。

心传，佛教禅宗用语，指不立文字，不依经卷，只凭师徒心心相印来传法授受。

②罗两峰（1733—1799），名聘，清代画家，"扬州八怪"中最年轻的一位。《鬼趣图》，是一幅讽刺世态的画。

③山中厉鬼，见南朝宋人郭季产的《集异记·刘玄》："中山刘玄，居越城。日暮，忽见一人著乌袴褶来，取火照之，面首无七孔，面莽倪然。"（据鲁迅《古小说钩沉》）

④骆宾王（约640—？），义乌（今属浙江）人，初唐四杰之一。

曾随徐敬业反对武则天,著《代徐敬业讨武曌檄》。据《新唐书·骆宾王传》,他"为敬业传檄天下,斥武后罪。后读,但嘻笑"。

⑤高长虹在《狂飙》第十七期(1927年1月)发表的《我走出了化石的世界》中说:"若夫其他琐事,如狂飙社以直报怨,则鲁迅不特身心交病,且将身败名裂矣!我们是青年,我们有的是同情,所以我们决不为已甚。"

送灶日漫笔①

坐听着远远近近的爆竹声,知道灶君先生们都在陆续上天,向玉皇大帝讲他的东家的坏话去了,②但是他大概终于没有讲,否则,中国人一定比现在要更倒楣。

灶君升天的那日,街上还卖着一种糖,有柑子那么大小,在我们那里也有这东西,然而扁的,像一个厚厚的小烙饼。那就是所谓"胶牙饧"了。本意是在请灶君吃了,粘住他的牙,使他不能调嘴学舌,对玉帝说坏话。我们中国人意中的神鬼,似乎比沽人要老实些,所以对鬼神要用这样的强硬手段,而于活人却只好请吃饭。

今之君子往往讳言吃饭,尤其是请吃饭。那自然是无足怪的,的确不大好听。只是北京的饭店那么多,饭局那么多,莫非都在食蛤蜊,谈风月,"酒酣耳热而歌呜呜"③么?不尽然的,的确也有许多"公论"从这些地方播种,只因为公论和请帖之间看不出蛛丝马迹,所以议论便堂哉皇哉了。但我的意见,却以为还是酒后的公论有情。人非木石,岂能一味谈理,碍于情面而偏过去了,在这里正有着人气息。况且中国是一向重情面的。何谓情面?明朝就有人解释过，曰："情面者，面情之谓也。"④自然不知道他说什么，但也就可以懂得他说什么。在现今的世上，要有不偏不倚的公论，本来是一种梦想；即使是饭后的公评，酒后的宏议，也何尝不可姑妄听之呢。然而，倘以为那是真正老牌的公论，却一定上当，——但这也不能独归罪于公论家，社会上风行请吃饭而讳言请吃饭，使人们不得不虚假，那自然也应该分任其咎的。

记得好几年前，是"兵谏"⑤之后，有枪阶级专喜欢在天津会议的时候，有一个青年愤愤地告诉我道：他们那里是会议呢，在酒席上，在赌桌上，带着说几句就决定了。他就是受了"公论不发源于酒饭说"之骗的一个，所以永远是愤然，殊不知他那理想中的情形，怕要到二九二五年才会出现呢，或者竟许到三九二五年。

然而不以酒饭为重的老实人，却是的确也有的，要不然，中国自然还要坏。有些会议，从午后二时起，讨论问题，研究章程，此问彼难，风起云涌，一直到七八点，大家就无端觉得有些焦躁不安，脾气愈大了，议论愈纠纷了，章程愈渺茫了，虽说我们到讨论完毕后才散罢，但终于一哄而散，无结果。这就是轻视了吃饭的报应，六七点钟时分的焦躁不安，就是肚子对于本身和别人的警告，而大家误信了吃饭与讲公理无关的妖言，毫不瞅睬，所以肚子就使你演说也没精采，宣言也——连草稿都没有。

但我并不说凡有一点事情，总得到什么太平湖饭店，撷英番菜馆之类里去开大宴；我于那些店里都没有股本，犯不上替他们来拉主顾，人们也不见得都有这么多的钱。我不过说，发议论和请吃饭，现在还是有关系的；请吃饭之于发议论，现在也还是有益处的；虽然，这也是人情之常，无足深怪的。

顺便还要给热心而老实的青年们进一个忠告，就是没酒没饭的开会，时候不要开得太长，倘若时候已晚了，那么，买几个烧饼来吃了再说。这么一办，总可以比空着肚子的讨论容易有结果，容易得收场。

胶牙饧的强硬办法，用在灶君身上我不管它怎样，用之于活人是不大好的。倘是活人，莫妙于给他醉饱一次，使他自己不开口，却不是胶住他。中国人对人的手段颇高明，对鬼神却总有些特别，二十三夜的捉弄灶君即其一例，但说起来也奇怪，灶君竟至于到了现在，还仿佛没有省悟似的。

道士们的对付"三尸神"⑥，可是更利害了。我也没有做过道士，详细是不知道的，但据"耳食之言"，则道士们以为人身中有三尸神，到有一日，便乘人熟睡时，偷偷地上天去奏本身的过恶。这实在是人体本身中的奸细，《封神传演义》⑦常说的"三尸神暴躁，七窍生烟"的三尸神，也就是这东西。但据说要抵制他却不难，因为他上天的日子是有一定的，只要这一日不睡觉，他便无隙可乘，只好将过恶都放在肚子里，再看明年的机会了。连胶牙饧都没得吃，他实在比灶君还不幸，值得同情。

三尸神不上天，罪状都放在肚子里；灶君虽上天，满嘴是糖，在玉皇大帝面前含含胡胡地说了一通，又下来了。对于下界的情形，玉皇大帝一点也听不懂，一点也不知道，于是我们今年当然还是一切照旧，天下太平。

我们中国人对于鬼神也有这样的手段。

我们中国人虽然敬信鬼神；却以为鬼神总比人们傻，所以就用了特别的方法来处治他。至于对人，那自然是不同的了，但还是用了特别的方法来处治，只是不肯说；你一说，据说你就是卑视了他了。诚然，自以为看穿了的话，有时也的确反不免于浅薄。

二月五日。

---

①本篇最初发表于1926年2月11日《国民新报副刊》。后收入《华盖集续编》。

②旧俗以夏历十二月二十四日为灶神升天的日子，在这一天或前一天祭送灶神，称为送灶。

③食蛤蜊，见《南史·王弘传》："（融）初为司徒法曹，诣王僧祐，因遇沈昭略，未相识。昭略屡顾盼，谓主人曰：'是何年少？'融殊不平，谓曰：'仆出于扶桑，入于汤谷，照耀天下，谁云不知，而卿此问！'昭略云：'不知许事，且食蛤蜊。'"谈风月，见《梁书·

徐勉传》，勉为吏部尚书，"常与门人夜集，客有虞暠求詹事五官。勉正色答云：'今夕止可谈风月，不宜及公事。'""酒酣耳热而歌呜呜"，语出《汉书·杨恽传》，恽报孙会宗书："田家作苦，岁时伏腊，烹羊炰羔，斗酒自劳。……酒后耳热，仰天拊缶而呼呜呜。"

④"情面者，面情之谓也。"这是明代周道登（崇祯初年的礼部尚书兼东阁大学士）对崇祯皇帝说的话，见竹坞遗民（文秉）著《烈皇小识》卷一。

⑤第一次世界大战期间，北洋政府在是否参战问题上，总统黎元洪和总理段祺瑞发生分歧。五月，段提出的对德宣战案未得国会通过，且被黎元洪免职。于是在段的指使下，安徽省长倪嗣冲首先通电独立，奉、鲁、闽、豫、浙、陕、直等省督军相继响应，皖督张勋也用"十三省省区联合会"（即所谓督军团）的名义电请黎元洪退职，他们自称这种行动为"兵谏"。

⑥"三尸神"，道教称在人体内作祟的"神"。据《太上三尸中经》说："上尸名彭倨，在人头中；中尸名彭质，在人腹中；下尸名彭矫，在人足中。"又说每逢庚申那天，他们便上天去向天帝陈说人的罪恶；但只要人们在这天晚上通宵不眠，便可避免，叫作"守庚申"。

⑦《封神传演义》，即《封神演义》，长篇小说，明代许仲琳（一说陆西星）著，共一百回。

谈皇帝①

中国人的对付鬼神,凶恶的是奉承,如瘟神和火神之类,老实一点的就要欺侮,例如对于土地或灶君。待遇皇帝也有类似的意思。君民本是同一民族,乱世时"成则为王败则为贼",平常是一个照例做皇帝,许多个照例做平民;两者之间,思想本没有什么大差别。所以皇帝和大臣有"愚民政策",百姓们也自有其"愚君政策"。

往昔的我家,曾有一个老仆妇,告诉过我她所知道,而且相信的对付皇帝的方法。她说——

"皇帝是很可怕的。他坐在龙位上,一不高兴,就要杀人;不容易对付的。所以吃的东西也不能随便给他吃,倘是不容易办到的,他吃了又要,一时办不到;——譬如他冬天想到瓜,秋天要吃桃子,办不到,他就生气,杀人了。现在是一年到头给他吃菠菜,一要就有,毫不为难。但是倘说是菠菜,他又要生气的,因为这是便宜货,所以大家对他就不称为菠菜,另外起一个名字,叫作'红嘴绿鹦哥'。"

在我的故乡，是通年有菠菜的，根很红，正如鹦哥的嘴一样。

这样的连愚妇人看来，也是呆不可言的皇帝，似乎大可以不要了。然而并不，她以为要有的，而且应该听凭他作威作福。至于用处，仿佛在靠他来镇压比自己更强梁的别人，所以随便杀人，正是非备不可的要件。然而倘使自己遇到，且须侍奉呢？可又觉得有些危险了，因此只好又将他练成傻子，终年耐心地专吃着"红嘴绿鹦哥"。

其实利用了他的名位，"挟天子以令诸侯"②的，和我那老仆妇的意思和方法都相同，不过一则又要他弱，一则又要他愚。儒家的靠了"圣君"来行道也就是这玩意，因为要"靠"，所以要他威重，位高；因为要便于操纵，所以又要他颇老实，听话。

皇帝一自觉自己的无上威权，这就难办了。既然"普天之下，莫非皇土"③，他就胡闹起来，还说是"自我得之，自我失之，我又何恨"④哩！于是圣人之徒也只好请他吃"红嘴绿鹦哥"了，这就是所谓"天"。据说天子的行事，是都应该体帖天意，不能胡闹的；而这"天意"也者，又偏只有儒者们知道着。

这样，就决定了：要做皇帝就非请教他们不可。

然而不安分的皇帝又胡闹起来了。你对他说"天"么，他却道，"我生不有命在天？！"⑤岂但不仰体上天之意而已，还逆天,背天,"射天"⑥,简直将国家闹完,使靠天吃饭的圣贤君子们,哭不得,也笑不得。

于是乎他们只好去著书立说,将他骂一通,豫计百年之后,即身殁之后,大行于时,自以为这就了不得。

但那些书上,至多就止记着"愚民政策"和"愚君政策"全都不成功。

二月十七日。

---

①本篇最初发表于1926年3月9日《国民新报副刊》。后收入《华盖集续编》。

②《三国志·诸葛亮传》载:诸葛亮在隆中对刘备评论曹操时说:"今操已拥百万之众,挟天子以令诸侯,此诚不可与争锋。"

③《诗经·小雅·北山》:"溥天之下,莫非王土;率土之滨,莫非王臣。"溥,通普。

④《梁书·邵陵王纶传》载:太清三年(549)三月,侯景陷建康,"高祖(梁武帝萧衍)叹曰:自我得之,自我失之,亦复何恨!"

⑤《尚书·西北戡黎》:"王(商纣王)曰:呜呼!我生不有命在天?"

⑥《史记·殷本纪》:"帝武乙无道,为偶人,谓之天神。与之博,令人为行。天神不胜,乃僇辱之。为革囊,盛血,卬(仰)而射之,命曰'射天'。"

儒术①

元遗山②在金元之际,为文宗,为遗献,为愿修野史,保存旧章的有心人,明清以来,颇为一部分人士所爱重。然而他生平有一宗疑案,就是为叛将崔立颂德者,是否确实与他无涉,或竟是出于他的手笔的文章。

金天兴元年(一二三二),蒙古兵围洛阳;次年,安平都尉京城西面元帅崔立杀二丞相,自立为郑王,降于元。惧或加以恶名,群小承旨,议立碑颂功德,于是在文臣间,遂发生了极大的惶恐,因为这与一生的名节相关,在个人是十分重要的。

当时的情状,《金史·王若虚传》这样说——

"天兴元年,哀宗走归德。明年春,崔立变,群小附和,请为立建功德碑。翟奕以尚书省命,召若虚为文。时奕辈恃势作威,人或少忤,则谗搆立见屠灭。若虚自分必死,私谓左右司员外郎元好问曰,'今召我作碑,不从则死,作之则名节扫地,不若死之为愈。虽然,我姑以理谕之。'……奕辈不能夺,乃召太学生刘祁麻革辈赴省，好问张信之喻以立碑事曰，"众议属二君，且已白郑王矣！二君其无让。"祁等固辞而别。数日，促迫不已，祁即为草定，以付好问。好问意未惬，乃自为之，既成，以示若虚，乃共删定数字，然止直叙其事而已。后兵入城，不果立也。

碑虽然"不果立"，但当时却已经发生了"名节"的问题，或谓元好问作，或谓刘祁作，文证具在清凌廷堪所辑的《元遗山先生年谱》中，兹不多录。经其推勘，已知前出的《王若虚传》文，上半据元好问《内翰王公墓表》，后半却全取刘祁自作的《归潜志》，被诬攀之说所蒙蔽了。凌氏辩之云，"夫当时立碑撰文，不过畏崔立之祸，非必取文辞之工，有京叔属草，已足塞立之请，何取更为之耶？"然则刘祁之未尝决死如王若虚，固为一生大玷，但不能更有所推诿，以致成为"塞责"之具，却也可以说是十分晦气的。

然而，元遗山生平还有一宗大事，见于《元史·张德辉传》——

世祖在潜邸，……访中国人材。德辉举魏璠，元裕，李冶等二十余人。……壬子，德辉与元裕北觐，请世祖为儒教大宗师，世祖悦而受之。因启：累朝有旨蠲儒户兵赋，乞令有司遵行。从之。

以拓跋魏的后人与德辉，请蒙古小酋长为"汉儿"的"儒教大宗师"，在现在看来，未免有些滑稽，但当时却似乎并无訾议。盖蠲除兵赋，"儒户"均沾利益，清议操之于士，利益既沾，虽已将"儒教"呈献，也不想再来开口了。

由此士大夫便渐渐的进身，然终因不切实用，又渐渐的见弃。但仕路日塞，而南北之士的相争却也日甚了。余阙的《青阳先生文集》卷四《杨君显民诗集序》云——

"我国初有金宋，天下之人，惟才是用之，无所专主，然用儒者为居多也。自至元以下，始浸用吏，虽执政大臣，亦以吏为之，……而中州之士，见用者遂浸寡。况南方之地远，士多不能自至于京师，其抱才缊者，又往往不屑为吏，故其见用者尤寡也。及其久也，则南北之士亦自町畦以相訾，甚若晋之与秦，不可与同中国，故夫南方之士微矣。"

然在南方，士人其实亦并不冷落。同书《送范立中赴襄阳诗序》云：

宋高宗南迁，合淝遂为边地，守臣多以武臣为之。……故民之豪杰者，皆去而为将校，累功多至节制。郡中衣冠之族，惟范氏，商氏，葛氏三家而已。……皇元受命，包裹兵革，……诸武臣之子弟，无所用其

> 能，多伏匿而不出。春秋月朔，郡太守有事于学，衣深衣，戴乌角巾，执笾豆罍爵，唱赞道引者，皆三家之子孙也，故其材皆有所成就，至学校官，累累有焉。……虽天道忌满恶盈，而儒者之泽深且远，从古然也。

这是"中国人才"们献教，卖经以来，"儒户"所食的佳果。虽不能为王者师，且次于吏者数等，而究亦胜于将门和平民者一等，"唱赞道引"，非"伏匿"者所敢望了。

中华民国二十三年五月二十日及次日，上海无线电播音由冯明权先生讲给我们一种奇书：《抱经堂勉学家训》。（据《大美晚报》）。这是从未前闻的书，但看见下署"颜子推"，便可以悟出是颜之推《家训》中的《勉学篇》了。曰"抱经堂"者，当是因为曾被卢文弨印入"抱经堂丛书"中的缘故。所讲有这样的一段——

> 有学艺者，触地而安。自荒乱已来，诸见俘虏，虽百世小人，知读《论语》《孝经》者，尚为人师；虽千载冠冕，不晓书记者，莫不耕田养马。以此观之，汝可不自勉耶？若能常保数百卷书，千载终不为小人也。……谚曰，"积财千万，不如薄伎在身。"伎之易习而可贵者，无过读书也。

这说得很透彻：易习之伎，莫如读书，但知读《论语》

《孝经》,则虽被俘虏,犹能为人师,居一切别的俘虏之上。这种教训,是从当时的事实推断出来的,但施之于金元而准,按之于明清之际而亦准。现在忽由播音,以"训"听众,莫非选讲者已大有感于方来,遂绸缪于未雨么?

"儒者之泽深且远",即小见大,我们由此可以明白"儒术",知道"儒效"了。

五月二十七日。

---

①本篇最初发表于1934年6月北平《文史》月刊第一卷第二期,署名唐俟。后收入《且介亭杂文》。

②元遗山(1190—1257),即元好问,字裕之,号遗山,原是北魏拓跋氏的后裔,金亡不仕。据《金史·兀德明传》载:"兵后故老皆尽,好问蔚为一代宗工……晚年尤以著作自任,以金源氏有天下,典章法度几及汉唐,国亡史作,己所当任……乃构亭于家,著述其上,因名曰'野史'。凡金源君臣遗言往行,采摭所闻,有所得,辄以寸纸细字为记录,至百余万言。"

在现代中国的孔夫子①

新近的上海的报纸,报告着因为日本的汤岛②,孔子的圣庙落成了,湖南省主席何键将军就寄赠了一幅向来珍藏的孔子的画像。老实说,中国的一般的人民,关于孔子是怎样的相貌,倒几乎是毫无所知的,自古以来,虽然每一县一定有圣庙,即文庙,但那里面大抵并没有圣像。凡是绘画,或者雕塑应该崇敬的人物时,一般是以大于常人为原则的,但一到最应崇敬的人物,例如孔夫子那样的圣人,却好像连形象也成为亵渎,反不如没有的好。这也不是没有道理的。孔夫子没有留下照相来,自然不能明白真正的相貌,文献中虽然偶有记载,但是胡说白道也说不定。若是从新雕塑的话,则除了任凭雕塑者的空想而外,毫无办法,更加放心不下。于是儒者们也终于只好采取"全部,或全无"的勃兰特③式的态度了。

然而倘是画像,却也会间或遇见的。我曾经见过三次:一次是《孔子家语》里的插画;一次是梁启超氏亡命日本时,作为横滨出版的《清议报》上的卷头画,从日本倒输入中国来的;还有一次是刻在汉朝墓石上的孔子见老子的画像。说起从这些图画上所得的孔夫子的模样的印象来，则这位先生是一位很瘦的老头子，身穿大袖口的长袍子，腰带上插着一把剑，或者腋下挟着一枝杖，然而从来不笑，非常威风凛凛的。假使在他的旁边侍坐，那就一定得把腰骨挺的笔直，经过两三点钟，就骨节酸痛，倘是平常人，大约总不免急于逃走的了。

后来我曾到山东旅行。在为道路的不平所苦的时候，忽然想到了我们的孔夫子。一想起那具有俨然道貌的圣人，先前便是坐着简陋的车子，颠颠簸簸，在这些地方奔忙的事来，颇有滑稽之感。这种感想，自然是不好的，要而言之，颇近于不敬，倘是孔子之徒，恐怕是决不应该发生的。但在那时候，怀着我似的不规矩的心情的青年，可是多得很。

我出世的时候是清朝的末年，孔夫子已经有了"大成至圣文宣王"④这一个阔得可怕的头衔，不消说，正是圣道支配了全国的时代。政府对于读书的人们，使读一定的书，即《四书》和《五经》⑤；使遵守一定的注释；使写一定的文章，即所谓"八股文"⑥；并且使发一定的议论。然而这些千篇一律的儒者们，倘是四方的大地，那是很知道的，但一到圆形的地球，却什么也不知道，于是和《四书》上并无记载的法兰西和英吉利打仗而失败了。不知道为了觉得与其拜着孔夫子而死，倒不如保存自己们之为得计呢，还是为了什么，总而言之，这回是拼命尊孔的政府和官僚先就动摇起来，用官帑大翻起洋鬼子的书籍来了。属于科学上的古典之作的,则有侯失勒的《谈天》,雷侠儿的《地学浅释》,代那的《金石识别》⑦,到现在也还作为那时的遗物,间或躺在旧书铺子里。

然而一定有反动。清末之所谓儒者的结晶,也是代表的大学士徐桐氏出现了。⑧他不但连算学也斥为洋鬼子的学问;他虽然承认世界上有法兰西和英吉利这些国度,但西班牙和葡萄牙的存在,是决不相信的,他主张这是法国和英国常常来讨利益,连自己也不好意思了,所以随便胡诌出来的国名。他又是一九〇〇年的有名的义和团的幕后的发动者,也是指挥者。但是义和团完全失败,徐桐氏也自杀了。政府就又以为外国的政治法律和学问技术颇有可取之处了。我的渴望到日本去留学,也就在那时候。达了目的,入学的地方,是嘉纳先生所设立的东京的弘文学院;在这里,三泽力太郎先生教我水是养气和轻气所合成,山内繁雄先生教我贝壳里的什么地方其名为"外套"。这是有一天的事情。学监大久保先生集合起大家来,说:因为你们都是孔子之徒,今天到御茶之水⑨的孔庙里去行礼罢!我大吃了一惊。现在还记得那时心里想,正因为绝望于孔夫子和他的之徒,所以到日本来的,然而又是拜么?一时觉得很奇怪。而且发生这样感觉的,我想决不止我一个人。

但是,孔夫子在本国的不遇,也并不是始于二十世纪的。孟子批评他为"圣之时者也",倘翻成现代语,除了"摩登圣人"实在也没有别的法。为他自己计,这固然是没有危险的尊号,但也不是十分值得欢迎的头衔。不过在实际上,却也许并不这样子。孔夫子的做定了"摩登圣人"是死了以后的事,活着的时候却是颇吃苦头的。跑来跑去,虽然曾经贵为鲁国的警视总监⑩,而又立刻下野,失业了;并且为权臣所轻蔑,为野人所嘲弄,甚至于为暴民所包围,饿扁了肚子,弟子虽然收了三千名,中用的却只有七十二,然而真可以相信的又只有一个人。有一天,孔夫子愤慨道:"道不行,乘桴浮于海,从我者,其由与?"⑪从这消极的打算上,就可以窥见那消息。然而连这一位由,后来也因为和敌人战斗,被击断了冠缨,但真不愧为由呀,到这时候也还不忘记从夫子听来的教训,说道"君子死,冠不免"⑫,一面系着冠缨,一面被人砍成肉酱了。连唯一可信的弟子也已经失掉,孔子自然是非常悲痛的,据说他一听到这信息,就吩咐去倒掉厨房里的肉酱云。⑬

　　孔夫子到死了以后,我以为可以说是运气比较的好一点。因为他不会噜苏了,种种的权势者便用种种的白粉给他来化妆,一直抬到吓人的高度。但比起后来输入的释迦牟尼⑭来,却实在可怜得很。诚然,每一县固然都有圣庙即文庙,可是一副寂寞的冷落的样子,一般的庶民,是决不去参拜的,要去,则是佛寺,或者是神庙。若向老百姓们问孔夫子是什么人,他们自然回答是圣人,然而这不过是权势者的留声机。他们也敬惜字纸,然而这是因为倘不敬惜字纸,会遭雷殛的迷信的缘故;南京的夫子庙固然是热闹的地方，然而这是因为另有各种玩耍和茶店的缘故。虽说孔子作《春秋》而乱臣贼子惧，然而现在的人们，却几乎谁也不知道一个笔伐了的乱臣贼子的名字。说到乱臣贼子，大概以为是曹操，但那并非圣人所教，却是写了小说和剧本的无名作家所教的。

总而言之，孔夫子之在中国，是权势者们捧起来的，是那些权势者或想做权势者们的圣人，和一般的民众并无什么关系。然而对于圣庙，那些权势者也不过一时的热心。因为尊孔的时候已经怀着别样的目的，所以目的一达，这器具就无用，如果不达呢，那可更加无用了。在三四十年以前，凡有企图获得权势的人，就是希望做官的人，都是读《四书》和《五经》，做"八股"，别一些人就将这些书籍和文章，统名之为"敲门砖"。这就是说，文官考试一及第，这些东西也就同时被忘却，恰如敲门时所用的砖头一样，门一开，这砖头也就被抛掉了。孔子这人，其实是自从死了以后，也总是当着"敲门砖"的差使的。

一看最近的例子，就更加明白。从二十世纪的开始以来，孔夫子的运气是很坏的，但到袁世凯[15]时代，却又被从新记得，不但恢复了祭典，还新做了古怪的祭服，使奉祀的人们穿起来。跟着这事而出现的便是帝制。然而那一道门终于没有敲开，袁氏在门外死掉了。余剩的是北洋军阀，当觉得渐近末路时，也用它来敲过另外的幸福之门。盘据着江苏和浙江,在路上随便砍杀百姓的孙传芳⑯将军,一面复兴了投壶之礼;钻进山东,连自己也数不清金钱和兵丁和姨太太的数目了的张宗昌将军,则重刻了《十三经》,而且把圣道看作可以由肉体关系来传染的花柳病一样的东西,拿一个孔子后裔的谁来做了自己的女婿。然而幸福之门,却仍然对谁也没有开。

这三个人,都把孔夫子当作砖头用,但是时代不同了,所以都明明白白的失败了。岂但自己失败而已呢,还带累孔子也更加陷入了悲境。他们都是连字也不大认识的人物,然而偏要大谈什么《十三经》之类,所以使人们觉得滑稽;言行也太不一致了,就更加令人讨厌。既已厌恶和尚,恨及袈裟,而孔夫子之被利用为或一目的的器具,也从新看得格外清楚起来,于是要打倒他的欲望,也就越加旺盛。所以把孔子装饰得十分尊严时,就一定有找他缺点的论文和作品出现。即使是孔夫子,缺点总也有的,在平时谁也不理会,因为圣人也是人,本是可以原谅的。然而如果圣人之徒出来胡说一通,以为圣人是这样,是那样,所以你也非这样不可的话,人们可就禁不住要笑起来了。五六年前,曾经因为公演了《子见南子》⑰这剧本,引起过问题,在那个剧本里,有孔夫子登场,以圣人而论,固然不免略有欠稳重和呆头呆脑的地方,然而作为一个人,倒是可爱的好人物。但是圣裔们非常愤慨,把问题一直闹到官厅里去了。因为公演的地点,恰巧是孔夫子的故乡,在那地方,圣裔们繁殖得非常多,成着使释迦牟尼和苏格拉第⑱都自愧弗如的特权阶级。然而,那也许又正是使那里的非圣裔的青年们,不禁特地要演《子见南子》的原因罢。

中国的一般的民众,尤其是所谓愚民,虽称孔子为圣人,却不觉得他是圣人;对于他,是恭谨的,却不亲密。但我想,能像中国的愚民那样,懂得孔夫子的,恐怕世界上是再也没有的了。不错,孔夫子曾经计划过出色的治国的方法,但那都是为了治民众者,即权势者设想的方法,为民众本身的,却一点也没有。这就是"礼不下庶人"⑲。成为权势者们的圣人,终于变了"敲门砖",实在也叫不得冤枉。和民众并无关系,是不能说的,但倘说毫无亲密之处,我以为怕要算是非常客气的说法了。不去亲近那毫不亲密的圣人,正是当然的事,什么时候都可以,试去穿了破衣,赤着脚,走上大成殿去看看罢,恐怕会像误进上海的上等影戏院或者头等电车一样,立刻要受斥逐的。谁都知道这是大人老爷们的物事,虽是"愚民",却还没有愚到这步田地的。

四月二十九日。

---

①本篇是作者用日文写的,最初发表于1935年6月号日本《改造》月刊。中译文最初发表于1935年7月在日本东京出版的《杂文》月刊第二号,题为《孔夫子在现代中国》。后收入《且介亭杂文

二集》。

②汤岛，东京的街名，建有日本最大的孔庙"汤岛圣堂"。该庙于1923年被烧毁，1935年4月重建落成时国民党政府曾派代表专程前往"参谒"。

③勃兰特，易卜生的诗剧《勃兰特》（又译作《布朗德》）中的人物。"全部，或全无"，是他所信奉的一句格言。

④唐开元二十七年（739）追谥孔子为"文宣王"，元大德十一年（1307）又加谥为"大成至圣文宣王"。

⑤四书指《大学》《中庸》《论语》《孟子》。五经，即《诗经》《尚书》《礼记》《周易》《春秋》的合称，汉武帝时始有此称。

⑥"八股文"：明清科举考试制度所规定的一种公式化的文体，它用"四书""五经"中的文句命题，每篇由破题、承题、起讲、入手、起股、中股、后股、束股八个部分构成。后四部分是主体，每一部分有两股相比偶的文字，合共八股，所以叫作八股文。

⑦侯失勒（Herschel，1792—1871），通译作赫舍尔，又译赫歇耳，英国科学家。雷侠儿（Lyell，1797—1875），通译作赖尔，英国地质学家。代那（Dana，1813—1895），通译丹纳，美国地质学家、矿物学家。

⑧徐桐（1819—1900），汉军正蓝旗人，清光绪间官至大学士。他反对维新变法，后又曾利用义和团势力，围攻外国使馆。八国联军攻入北京时自缢死。

⑨御茶之水，日本东京的地名。汤岛圣堂即在御茶之水车站附近。

⑩警视总监，日本主管警察工作的最高长官。孔丘曾一度任鲁国的司寇，掌管刑狱，相当于日本的这一官职。

⑪ 语见《论语·公冶长》。桴,用竹木编的筏子。由,孔子的弟子仲由,即子路。

⑫《左传》哀公十五年:"石乞、盂黡敌子路,以戈击之,断缨。子路曰:'君子死,冠不免。'结缨而死。"

⑬《孔子家语·子贡问》:"子路……仕于卫,卫有蒯聩之难……既而卫使至,曰:'子路死焉。'夫子哭之于中庭……进使者而问故,使者曰:'醢之矣。'遂令左右皆覆醢,曰:'吾何忍食此!'"

⑭ 释迦牟尼(Sakyamuni,约前565—前486),原古印度北部迦毗罗卫国净饭王的儿子,后出家修道,成为佛教创始人。佛教于西汉末年开始传入我国。

⑮ 袁世凯曾于1914年2月通令全国"祭孔",公布《崇圣典例》,同年9月28日他率领各部总长和一批文武官员,穿着新制的古祭服,在北京孔庙举行祀孔典礼。

⑯ 孙传芳(1885—1935),山东历城人,北洋直系军阀。投壶,古代宴会时的一种娱乐,宾主依次投矢壶中,负者饮酒。《礼记·投壶》中孔颖达注引郑玄的话,说投壶是"主人与客燕饮讲论才艺之礼"。

⑰《子见南子》,林语堂作的独幕剧,发表于《奔流》第一卷第六期(1928年11月)。1929年山东曲阜第二师范学校学生排演此剧时,当地孔氏族人以"公然侮辱宗祖孔子"为由,联名向国民党政府教育部提出控告,结果该校校长被调职。

⑱ 苏格拉第(Sokrates,前469—前399),通译作苏格拉底,西方最伟大的思想家之一。他的思想主要见于柏拉图的《对话录》以及色诺芬的《回忆录》。

⑲ "礼不下庶人",语见《礼记·曲礼》。

老调子已经唱完

——二月十九日在香港青年会讲——①

今天我所讲的题目是"老调子已经唱完":初看似乎有些离奇,其实是并不奇怪的。

凡老的,旧的,都已经完了!这也应该如此。虽然这一句话实在对不起一般老前辈,可是我也没有别的法子。

中国人有一种矛盾思想,即是:要子孙生存,而自己也想活得很长久,永远不死;及至知道没法可想,非死不可了,却希望自己的尸身永远不腐烂。但是,想一想罢,如果从有人类以来的人们都不死,地面上早已挤得密密的,现在的我们早已无地可容了;如果从有人类以来的人们的尸身都不烂,岂不是地面上的死尸早已堆得比鱼店里的鱼还要多,连掘井,造房子的空地都没有了么?所以,我想,凡是老的,旧的,实在倒不如高高兴兴的死去的好。

在文学上,也一样,凡是老的和旧的,都已经唱完,或将要唱完。举一个最近的例来说,就是俄国。他们当俄皇专制的时代,有许多作家很同情于民众,叫出许多惨痛的声音,后来他们又看见民众有缺点,便失望起来,不很能怎样歌唱,待到革命以后,文学上便没有什么大作品了。只有几个旧文学家跑到外国去,作了几篇作品,但也不见得出色,因为他们已经失掉了先前的环境了,不再能照先前似的开口。

在这时候,他们的本国是应该有新的声音出现的,但是我们还没有很听到。我想,他们将来是一定要有声音的。因为俄国是活的,虽然暂时没有声音,但他究竟有改造环境的能力,所以将来一定也会有新的声音出现。

再说欧美的几个国度罢。他们的文艺是早有些老旧了,待到世界大战时候,才发生了一种战争文学。战争一完结,环境也改变了,老调子无从再唱,所以现在文学上也有些寂寞。将来的情形如何,我们实在不能豫测。但我相信,他们是一定也会有新的声音的。

现在来想一想我们中国是怎样。中国的文章是最没有变化的,调子是最老的,里面的思想是最旧的。但是,很奇怪,却和别国不一样。那些老调子,还是没有唱完。

这是什么缘故呢?有人说,我们中国是有一种"特别国情"[②]。——中国人是否真是这样"特别",我是不知道,不过我听得有人说,中国人是这样。——倘使这话是真的,那么,据我看来,这所以特别的原因,大概有两样。

第一,是因为中国人没记性,因为没记性,所以昨天听过的话,今天忘记了,明天再听到,还是觉得很新鲜。做事也是如此,昨天做坏了的事,今天忘记了,明天做起来,也还是"仍旧贯"③的老调子。

第二,是个人的老调子还未唱完,国家却已经灭亡了好几次了。何以呢?我想,凡有老旧的调子,一到有一个时候,是都应该唱完的,凡是有良心,有觉悟的人,到一个时候,自然知道老调子不该再唱,将它抛弃。但是,一般以自己为中心的人们,却决不肯以民众为主体,而专图自己的便利,总是三翻四复的唱不完。于是,自己的老调子固然唱不完,而国家却已被唱完了。

宋朝的读书人讲道学,讲理学,尊孔子,千篇一律。虽然有几个革新的人们,如王安石等等,行过新法,但不得大家的赞同,失败了。从此大家又唱老调子,和社会没有关系的老调子,一直到宋朝的灭亡。

宋朝唱完了,进来做皇帝的是蒙古人——元朝。那么,宋朝的老调子也该随着宋朝完结了罢,不,元朝人起初虽然看不起中国人,后来却觉得我们的老调子,倒也新奇,渐渐生了羡慕,因此元人也跟着唱起我们的调子来了,一直到灭亡。

这个时候,起来的是明太祖。元朝的老调子,到此应该唱完了罢,可是也还没有唱完。明太祖又觉得还有些意趣,就又教大家接着唱下去。什么八股咧,道学咧,和社会,百姓都不相干,就只向着那条过去的旧路走,一直到明亡。

清朝又是外国人。中国的老调子,在新来的外国主人的眼里又见得新鲜了,于是又唱下去。还是八股,考试,做古文,看古书。但是清朝完结,已经有十六年了,这是大家都知道的。他们到后来,倒也略略有些觉悟,曾经想从外国学一点新法来补救,然而已经太迟,来不及了。

老调子将中国唱完,完了好几次,而它却仍然可以唱下去。因此就发生一点小议论。有人说:"可见中国的老调子实在好,正不妨唱下去。试看元朝的蒙古人,清朝的满洲人,不是都被我们同化了么?照此看来,则将来无论何国,中国都会这样地将他们同化的。"原来我们中国就如生着传染病的病人一般,自己生了病,还会将病传到别人身上去,这倒是一种特别的本领。

殊不知这种意见,在现在是非常错误的。我们为甚么能够同化蒙古人和满洲人呢?是因为他们的文化比我们的低得多。倘使别人的文化和我们的相敌或更进步,那结果便要大不相同了。他们倘比我们更聪明,这时候,我们不但不能同化他们,反要被他们利用了我们的腐败文化,来治理我们这腐败民族。他们对于中国人,是毫不爱惜的,当然任凭你腐败下去。现在听说又很有别国人在尊重中国的旧文化了,那里是真在尊重呢,不过是利用!

从前西洋有一个国度,国名忘记了,要在非洲造一条铁路。顽固的非洲土人很反对,他们便利用了他们的神话来哄骗他们道:"你们古代有一个神仙,曾从地面造一道桥到天上。现在我们所造的铁路,简直就和你们的古圣人的用意一样。"非洲人不胜佩服,高兴,铁路就造起来。——

中国人是向来排斥外人的，然而现在却渐渐有人跑到他那里去唱老调子了，还说道："孔夫子也说过，'道不行，乘桴浮于海。'所以外人倒是好的。"外国人也说道："你家圣人的话实在不错。"

倘照这样下去，中国的前途怎样呢？别的地方我不知道，只好用上海来类推。上海是：最有权势的是一群外国人，接近他们的是一圈中国的商人和所谓读书的人，圈子外面是许多中国的苦人，就是下等奴才。将来呢，倘使还要唱着老调子，那么，上海的情状会扩大到全国，苦人会多起来。因为现在是不像元朝清朝时候，我们可以靠着老调子将他们唱完，只好反而唱完自己了。这就因为，现在的外国人，不比蒙古人和满洲人一样，他们的文化并不在我们之下。

那么，怎么好呢？我想，唯一的方法，首先是抛弃了老调子。旧文章，旧思想，都已经和现社会毫无关系了，从前孔子周游列国的时代，所坐的是牛车。现在我们还坐牛车么？从前尧舜的时候，吃东西用泥碗，现在我们所用的是甚？所以，生在现今的时代，捧着古书是完全没有用处的了。

但是，有些读书人说，我们看这些古东西，倒并不觉得于中国怎样有害，又何必这样决绝地抛弃呢？是的。然而古老东西的可怕就正在这里。倘使我们觉得有害，我们便能警戒了，正因为并不觉得怎样有害，我们这才总是觉不出这致死的毛病来。因为这是"软刀子"。这"软刀子"的名目，也不是我发明的，明朝有一个读书人，叫做贾凫西的，鼓词里曾经说起纣王，道："几年家软刀子割头不觉死，只等得太白旗悬才知道命有差。"我们的老调子，也就是一把软刀子。

中国人倘被别人用钢刀来割，是觉得痛的，还有法子想；倘是软刀子，那可真是"割头不觉死"，一定要完。

我们中国被别人用兵器来打，早有过好多次了。例如，蒙古人满洲人用弓箭，还有别国人用枪炮。用枪炮来打的后几次，我已经出了世了，但是年纪青。我仿佛记得那时大家倒还觉得一点苦痛的，也曾经想有些抵抗，有些改革。用枪炮来打我们的时候，听说是因为我们野蛮；现在，倒不大遇见有枪炮来打我们了，大约是因为我们文明了罢。现在也的确常常有人说，中国的文化好得很，应该保存。那证据，是外国人也常在赞美。这就是软刀子。用钢刀，我们也许还会觉得的，于是就改用软刀子。我想：叫我们用自己的老调子唱完我们自己的时候，是已经要到了。

中国的文化，我可是实在不知道在那里。所谓文化之类，和现在的民众有甚么关系，甚么益处呢？近来外国人也时常说，中国人礼仪好，中国人肴馔好。中国人也附和着。但这些事和民众有甚么关系？车夫先就没有钱来做礼服，南北的大多数的农民最好的食物是杂粮。有什么关系？

中国的文化，都是侍奉主子的文化，是用很多的人的痛苦换来的。无论中国人，外国人，凡是称赞中国文化的，都只是以主子自居的一部份。

以前，外国人所作的书籍，多是嘲骂中国的腐败；到了现在，不大嘲骂了，或者反而称赞中国的文化了。常听到他们说："我在中国住得很舒服呵！"这就是中国人已经渐渐把自己的幸福送给外国人享受的证据。所以他们愈赞美，我们中国将来的苦痛要愈深的！

这就是说：保存旧文化，是要中国人永远做侍奉主子的材料，苦下去，苦下去。虽是现在的阔人富翁，他们的子孙也不能逃。我曾经做过一篇杂感，大意是说："凡称赞中国旧文化的，多是住在租界或安稳地方的富人，因为他们有钱，没有受到国内战争的痛苦，所以发出这样的赞赏来。殊不知将来他们的子孙，营业要比现在的苦人更其贱，去开的矿洞，也要比现在的苦人更其深。"④这就是说，将来还是要穷的，不过迟一点。但是先穷的苦人，开了较浅的矿，他们的后人，却须开更深的矿了。我的话并没有人注意。他们还是唱着老调子，唱到租界去，唱到外国去。但从此以后，不能像元朝清朝一样，唱完别人了，他们是要唱完了自己。

这怎么办呢？我想，第一，是先请他们从洋楼，卧室，书房里踱出来，看一看身边怎么样，再看一看社会怎么样，世界怎么样。然后自己想一想，想得了方法，就做一点。"跨出房门，是危险的。"自然，唱老调子的先生们又要说。然而，做人是总有些危险的，如果躲在房里，就一定长寿，白胡子的老先生应该非常多；但是我们所见的有多少呢？他们也还是常常早死，虽然不危险，他们也胡涂死了。

要不危险，我倒曾经发见了一个很合式的地方。这地方，就是：牢狱。人坐在监牢里，便不至于再捣乱，犯罪了；救火机关也完全，不怕失火；也不怕盗劫，到牢狱里去抢东西的强盗是从来没有的。坐监是实在最安稳。

但是，坐监却独独缺少一件事，这就是：自由。所以，贪安稳就没有自由，要自由就总要历些危险。只有这两条路。那一条好，是明明白白的，不必待我来说了。

现在我还要谢诸位今天到来的盛意。

---

①本篇最初发表于1927年3月广州《国民新闻》副刊《新时代》，同年5月11日汉口《中央日报》副刊第四十八号曾予转载。后收入《集外集拾遗》。

②"特别国情"：1915年袁世凯阴谋复辟帝制时，他的美国顾问古德诺，曾于8月10日北京《亚细亚日报》发表《共和与君主论》一文，说中国自有"特别国情"，不适宜实行民主政治，应当恢复君主政体。

③《论语·先进》："鲁人为长府，闵子骞曰：'仍旧贯，如之何？何必改作！'"

④参看《华盖集续编·无花的蔷薇之二》。

答中学生杂志社问①

"假如先生面前站着一个中学生,处此内忧外患交迫的非常时代,将对他讲怎样的话,作努力的方针?"

编辑先生:

请先生也许我回问你一句,就是:我们现在有言论的自由么?假如先生说"不",那么我知道一定也不会怪我不作声。假如先生竟以"面前站着一个中学生"之名,一定要逼我说一点,那么,我说:第一步要努力争取言论的自由。

---

① 本篇最初发表于 1932 年 1 月 1 日《中学生》新年号。后收入《二心集》。

《中学生》,以中学生为对象的综合性刊物,由我国著名教育家夏丏尊、叶圣陶创刊于 1930 年。